Geschichten

aus der

Dunkelheit

Kies, Christian:
Geschichten aus der Dunkelheit
Luxemburg 1999

ISBN 2-87996-977-8

Umschlaggestaltung: LTC Multimedia
© Christian Kies 1999
Erstveröffentlichung: DIV Verlag/Germany

Printed in Germany

www.MisterHorror.com

Inhaltsverzeichnis

Der Brief

Hallo du, mein ewig Geliebter!

Ich schreibe dir diese Zeilen, weil ich dir noch so einiges zu sagen habe.

Fast fünf Jahre sind nach unserem letzten Treffen vergangen. Sicherlich wirst du dich fragen warum ich dir diesen Brief schreibe, nun, da ich es selbst nicht so recht weiß, so beginne ich mit dem Anfang unserer Geschichte.

Vielleicht wird dies mir so manche Klarheit bringen.

Klarheit darüber, warum ich nicht das schaffe, was du wahrscheinlich schon lange vollbracht hast.

Vergessen!

Doch ich kann dich einfach nicht vergessen.

Auch geheilte Wunden lassen Narben zurück.

Ja, vor etwa 10 Jahren lernten wir uns kennen, wir waren beide in der gleichen Schulklasse und wir waren beide noch so jung. Die Erinnerung daran läßt mich lächeln, ich fühle mich so als ob die Zeit mich zurückträgt und ich neben dir in der Schulbank sitze.

So hat alles begonnen.

Weißt du noch was du damals sagtest?

Wahre Liebe wird niemals enden!

Und bei mir war es *wahre Liebe*.

Beinahe drei Jahre, genauer gesagt, zwei Jahre, elf Monate und fünf Tage waren wir damals ein Paar. Doch dann bekamen wir Streit und du hast mich verlassen. Ich weiß heute noch wie sehr ich damals litt.

Nach einem Jahr trafen wir uns wieder, in diesem Lokal, welches diese schreckliche grüne Tapete hatte und wo, wie du sagtest, das Bier verdammt wässerig schmeckte.

Da wurden wir wieder ein Paar.

Doch wir trennten uns wieder, kamen erneut zusammen, doch du gingst wieder deinen eigenen Weg, ohne mich dahin mitzunehmen.

Das letzte Mal als wir uns trafen und zusammenkamen war vor fünf Jahren.

Du warst bereits verheiratet, was du mir allerdings erst gestandest, nachdem wir einige Zeit im Bett verbracht hatten.

„Ich liebe meine Frau, ich kann sie nicht verlassen, nicht für dich."

Waren das nicht die Worte die du ausgesprochen hast? Waren das nicht diese einen letzten Worte welche ich von dir hörte? Du kannst dir gar nicht vorstellen, wie ich mich damals fühlte, gedemütigt, verlassen und betrogen., ja ich dachte sogar daran mir das Leben zu nehmen. So folgte wieder eine Zeit der Trauer.

So dachte ich, ich hätte dich vergessen, meine Gedanken an dich überwunden, ja, vielleicht sogar gelernt dich zu hassen. Doch dann mußte ich einsehen, daß dies nur Wunschdenken ist. Ich spürte das an dem Tag an dem ich dich wiedersah. Das war vor zwei Wochen.

Ja, zwei Wochen ist es her, als ich dich zum letzten Mal sah.

Und wieder einmal entbrannte in mir die Sehnsucht nach dir.

Als ich Zuhause ankam wollte ich dich anrufen, doch als das Telefon klingelte, war es deine Frau die bei dir abhob und ich legte ohne Worte auf.

So überlegte ich was ich tun könnte, und schließlich kam ich auf den Entschluß dir diesen Brief zu schreiben. Weißt du, über dem du diesen Brief hier ließt geschehen um dich herum nämlich einige Sachen.

Sicher, ich kann mir vorstellen wie du über mich lachst, den Brief grinsend zwischen deinen Händen hältst, doch so glaube mir, bald wirst du nicht mehr lachen.

Bald wirst du wissen was Schmerzen sind.

Als du heute morgen zum Büro gefahren bist, hast du da nicht ein kleines rotes Auto im Rückspiegel gesehen? Das war ich. Ich wartete bis du im Gebäude verschwunden warst, dann gab ich dem Portier diesen Brief, mit dem Vermerk er soll ihn dir nicht vor zehn Uhr geben. Danach fuhr ich zu deinem Haus, klingelte an deiner Tür, wartete bis deine Frau die Tür aufmachte und schlug ihr den Schädel ein. Ich hatte extra für diesen Zweck eine eiserne Stange mitgenommen. Schließlich schleppte ich ihren bewußtlosen (oder auch toten) Körper in die Küche, drehte den Gashahn auf und wartete darauf, daß der Tod für uns beide eintrat.

Sei also vorsichtig wenn du nach Hause kommst.

Zünde ja keine Zigarette vor der Haustür an.

Mach es gut.

Ich liebe dich.

Denn wahre Liebe wird ewig halten und niemals enden.

Marie

Angst!

Ja, ich habe Angst. Sogar fürchterliche Angst! Aber meine Angst verschwindet, wenn ich daran denke, daß ich sie bald wiedersehe, daß wir beide bald wieder vereint sein werden, genauso als ob das Schicksal uns nie getrennt hätte. Ich freue mich auf den Moment, sie wieder in meinen Armen halten zu können, sie zu küssen und ihr zu sagen wie sehr sie mir doch gefehlt hat.

Ja, sie hat mir sehr gefehlt. In meinen Träumen rief ich nach ihr, am Tag habe ich von ihr geträumt und vor dem Einschlafen um sie geweint.

Ich werde wohl nie verstehen, warum es so gekommen ist. Warum nur? Wenn Sie wüßten wie sehr ich mich in den letzten Monaten ,Warum nur?' fragte, ich nehme an, daß Sie dann nur noch den Kopf schütteln würden. Aber selbst jetzt noch, wo alles vorbei ist, fand ich noch keine Antwort auf diese eine Frage.

Ich liebe sie!

Ich liebe sie so sehr wie ich noch nie irgend etwas in meinem Leben liebte, und auch jemals wieder lieben werde. Und um mit ihr vereint zu sein, setze ich meinem Leben heute ein Ende. Aber auch weil sie mich suchen und irgendwann finden.

Aber vorher will ich diese Geschichte hier niederschreiben, es Ihnen erzählen, um Ihnen erklären zu können wie es soweit kam. Doch vielleicht auch damit ich eine Erklärung finden kann.

Ja, ich liebe sie so sehr.

Sie, das ist Marie, mein Engel des Lichts, ohne den ich nicht sein kann.

Sie, das ist das, was meinem Leben einen Sinn gab, mir Freude spendete.

Sie, das ist das, was das Schicksal mir nahm. Was die bösen Menschen mir wegnahmen.

Wenn Sie jemals so geliebt haben wie ich, dann können Sie mich (vielleicht) verstehen.

Marie, sie ist das wunderschönste Geschöpf welches man sich nur vorstellen kann. Neben ihr erscheint selbst der schönste leuchtende Engel fade, und auch die Sonne strahlt nur müde, wenn ich sie mit Maries Augen vergleiche.

Ich lernte Marie vor drei Jahren kennen, es war an einem strahlenden Sommertag und es war heiß, sehr heiß sogar. Ich sah sie durch die Straßen gehen, und ich wurde sofort gefangen von ihrer Schönheit und ihrem Anmut, verliebte mich gleich beim ersten Blick hoffnungslos in sie und sprach sie an.

Ja, ich sprach sie an.

Noch heute frage ich mich wie ich damals den Mut aufbrachte sie anzusprechen, doch ich tat es.

Ich sprach sie an, lernte sie kennen!

Und später wurden Marie und ich ein Paar.

Marie ist ein so wunderbares Wesen. Ich sehe Sie heute noch genauso vor mir stehen, wie sie damals vor mir stand. Sie hatte lange braune Haare, leuchtende grüne Augen, und Hüften wie die Hüften einer wirklichen Frau sein sollen. Ich weiß gar nicht wie ich Ihnen Maries Schönheit beschreiben soll, ich kann es einfach nicht.

Marie ich liebe dich.

Marie du fehlst mir so sehr.

Doch dann geschah es.

Es war vor vier Monaten. Vier Monate der Trauer und der Einsamkeit, des Hasses und Schmerzen habe ich hinter mir.

Und ich will mit dem ersten Tag dieser vier Monate beginnen.

Marie sah mich an. Ich wußte, daß sie sich unseren Ausflug im Grünen anders vorgestellt hatte, und nicht so, daß uns auf der Rückreise das Benzin ausgehen würde, aber es war doch so gekommen.

Wir standen auf der Notspur an der Autobahn.

„Und nun?" fragte sie mich.

Ich betrachtete sie, und, ich weiß es noch genau, mußte wieder einmal erkennen wie sehr ich sie doch liebte.

„Nun, ich glaube einer von uns muß zu Fuß bis zur nächsten Tankstelle gehen und einen Kanister mit Benzin mitbringen. Ich dachte mir doch gleich, daß diese verdammte Benzinuhr kaputt ist." antwortete ich ihr. Dann schlug ich mit der Hand auf das Steuerrad, denn auch ich hatte mir den Ausflug etwas anders vorgestellt.

„Reg dich nicht auf!" flüsterte sie, wobei sie mich in den Arm nahm.

Sie gab mir einen Kuß auf die Wange.

„Ich werde gehen." sprach ich zu ihr.

„Nein, wir gehen zusammen!" widersprach sie mir.

Sie gab mir noch einen Kuß, und ich willigte ihrem Vorhaben ein.

Ich Idiot!

Hätte ich sie doch nicht mitgenommen, hätte ich sie im Wagen gelassen, hätte ich doch nur vorher diese verdammte Benzinuhr reparieren lassen, dann wäre das alles niemals geschehen. Nein, es wäre nie passiert.

Aber ich nahm sie mit, weil ich wie immer froh war, sie an meiner Seite zu sehen. Ich schloß den Wagen ab, nahm ihre Hand und wir gingen zusammen hinter die Leitplanke, um nicht gerade von einem anderem Autofahrer überfahren zu werden. Doch wenn ich jetzt darüber nachdenke, so wäre es doch besser gewesen, wenn irgend jemand uns beide überrannt hätte.

Wir mußten ungefähr eine viertel Stunde vorwärts gehen bis wir an einer Autobahnraststätte mit Tankstelle ankamen. Es war inzwischen dunkel geworden, wie der Frühling es noch so an sich hat. Aber es war keinem von uns beiden kalt.

Es war ein großer Parkplatz, ich weiß es genau, ich kenne jeden Zentimeter davon, weil ich ihn nach diesem Tag noch oft besucht habe. Sehr oft!

„Also, ich hoffe das sie uns einen Kanister voll Benzin verkaufen, dann werden wir zurück zum Wagen gehen, hierhin gefahren kommen und dann..."

„Volltanken." vollendete sie meinen Satz.

„Genau."

„Ich warte hier auf dich." sagte sie zu mir.

„Vielleicht werde ich ja jemanden finden, der uns mitnimmt. Dann brauchen wir wenigstens nicht mehr den Weg zurück zu laufen."

„In Ordnung."

Ich gab ihr noch einen Kuß.

Es war der letzte Kuß den ich ihr gab.

Ich spüre ihn immer noch an meinen Lippen, er klebt genauso fest an mir, wie der Schmerz es tut.

Als ich aus dem Gebäude zurückkam, ich hatte einen Kanister erhalten, da war sie weg. Spurlos verschwunden. Das einzige was ich sah war ein Wagen an mir vorbeifahren. Ich drehte mich um, sah mir den Wagen kurz an, beachtete ihn aber weiter nicht, weil ich ja noch zu diesem Zeitpunkt unwissend war.

Marie war weg.

Verschwunden.

Zuerst suchte ich sie nur, dann rief ich ihren Namen, ich schrie ihn über den ganzen Parkplatz, die Leute starrten mich an, (allerdings waren nicht viele Leute da) aber es war alles vergeblich.

Sie war weg!

Ich weiß nicht wie lange ich sie noch suchte, aber es war sehr lange. Schließlich ging ich zurück zu dem Auto, in der Hoffnung sie dort zu finden, aber auch da war sie nicht. Ich füllte den Inhalt aus dem Kanister in den Tank, fuhr zur Tankstelle zurück, suchte sie weiter. Vergebens.

An dem Moment wo ich erkannte, daß sie verschwunden war, überkam mich zum ersten Mal ein Gefühl der Angst. Ja, abgrundtiefe Angst.

Schließlich rief ich die Polizei an, die dann auch eintraf. Die Polizisten versuchten mich zu beruhigen und sagten ich solle doch nach Hause fahren, vielleicht wäre sie ja da, vielleicht hätte sie sich ja nur einen Scherz erlaubt, und außerdem könnte ich ja sowieso nicht viel auf dem Parkplatz machen...

Aber sie war nicht Zuhause. Ich rief ihre Mutter an, ihre Freundinnen, jeden den sie oder ich kannte, aber keiner wußte wo sie steckte. Schließlich gab ich auf, versuchte mich schlafen zu legen, in der Hoffnung, daß alles gut wäre wenn ich aufwachte, daß sie schon noch kommen würde, aber ich konnte nicht einschlafen.

Am anderen Morgen hatte die Polizei sie dann gefunden.

Sie war tot.

Man hatte sie vergewaltigt und ermordet, dann weggeworfen wie einen Müllsack.

Mein Engel des Lichts war tot.

Als die Polizei mir die Nachricht brachte, brach ich zusammen. Noch nie, und auch nie wieder, versuchte ich eine solche qualvolle Tatsache zu verstehen.

Tot.

Ich glaubte es nicht.

Es konnte doch nicht sein.

Es durfte nicht sein.!

Aber es war so! So real, so echt wie Schmerzen!

All die Tränen, all das Flehen, all dies änderte nichts an der Tatsache, daß sie tot war.

Ich konnte es auch nicht verstehen.

Ich kann es bis heute nicht verstehen.

Und wieder einmal frage ich mich ‚*Warum?*‘

Warum *meine* Marie.

Ich denke sie sahen schon genug Kriminalfilme, oder haben Bücher gelesen, daß sie sich vorstellen können, daß die Polizei auch mich verhörte. Und da kam mir zum ersten Mal die Erinnerung an den Wagen.
Seine Farbe war,(ich wußte es nicht),
(Weiß?)
nein.
(Etwa schwarz?)
Ich wußte es nicht.
(Grau?)
Ich hatte es vergessen. *Marie, wo bist du?*
Komm zurück!
(War er grau?)
Dunkel. Es ist so dunkel geworden ohne sie.
Ja, ich glaube es war grau.
Nummernschild?
(Nummernschild?)
(Grauer Wagen?)
Ich wußte es nicht.
(Erinnere dich!)
Marie, wo bist du?
Laß mich doch nicht alleine!
Dunkel.
(Nummernschild?)
(UR...?)
(OR....?)
R, der zweite Buchstabe war ein R.
(Oder?)
(Grauer Wagen?)
Marie, bitte komm zurück!
Ja, an alles was ich mich erinnerte, war, daß es ein graues Auto war und, daß die Erkennungstafel mit OR oder UR begann.
Das war in etwa soviel wie gar nichts.
Die Polizisten fragten mich ob ich mir vorstellen könnte, wie viele graue Autos es geben würde, welche mit OR oder UR gekennzeichnet sind.
Ich wußte es nicht.
Ich wollte es auch nicht wissen.

Ich wollte wissen wo Marie war.
Ich wollte wissen ‚*Warum?*‘

Drei Tage waren vergangen. Drei Tage an denen ich keine Nacht auch nur eine Sekunde schlief. Es waren drei lange Tage voller Sehnsucht.
Voller Schmerzen!
Und ich hatte fürchterliche Schuldgefühle.
Ich mußte erkennen, daß wenn wir nicht diesen blöden Ausflug gemacht hätten, dann würde sie noch leben. Oder wenn ich sie nicht mitgenommen hätte zu dieser gottverdammten Tankstelle. Oder...
Es gab tausend Tatsachen mit dem Wort oder.
Aber keine der Tatsachen konnte mir mehr helfen, konnte etwas daran ändern an dem was geschehen war.
Marie war tot.
Tot ist für immer.
Ewig.
Ewig ohne Marie!
Dann, am vierten Tag fuhr ich zu dieser verfluchten Tankstelle. Ich stand einige Stunden da, sah mir alles an, die Leute müssen gedacht haben ich wäre verrückt, versuchte mich an jedes Detail zu erinnern, suchte in meinem Kopf, sah die Nacht, spürte die Dunkelheit, sah Marie,
Angst. Sie hatte Angst als es geschah!
Rufen, sie wollte mich rufen!
in meiner Erinnerung, versuchte ich sie zu fühlen, suchte eine Antwort auf die Frage ‚*Warum?*‘, und sehnte mich vier Tage zurück.
Ich weinte leise vor mich hin.
Warum?
Warum du Marie?
Schließlich ging ich dann doch nach Hause, schaffte es einige Stunden zu schlafen, aber besser fühlte ich mich nicht.
Wissen Sie, bevor Marie umgebracht wurde, arbeitete ich in einem Kaufhaus aber nach Maries Tod bin ich nicht wieder dorthin gegangen. Ich wußte wahrscheinlich damals schon, daß ich ohne sie nicht leben könne und daß alles sowieso keinen Sinn hat ohne sie.
Es ist doch schrecklich, daß wir Menschen die Zeit nicht zurückdrehen können. Wir könnten unsere Fehler ändern und ich denke, daß das Leben dann bedeutend einfacher und angenehmer für uns wäre.

Aber wir können es nicht.

Leider.

Am fünften Tage wurde sie begraben. Es war grauenvoll da zu stehen und zu wissen, daß sie in einem Sarg liegt, keine zwei Meter von mir entfernt, aber doch soweit weg ist. Unendlich weit weg. Als die Totengräber den Sarg hinablassen wollten, stürzte ich mich aus der Menge und probierte mich am Sarg festzuklammern. Die anderen Besucher versuchten mich zu beruhigen, was ihnen dann auch gelang. Trotzdem war es schrecklich. Ich blieb noch sehr lange auf dem Friedhof, weinte, und wollte auch tot sein.

Marie.

Warum?

Die erste Woche verging, aber meine Wunde begann nicht zu heilen. Ich hatte eine unbeschreibliche Sehnsucht nach ihr. Schon damals fing ich an darüber nachzudenken, wie ich mir wohl am einfachsten das Leben nehmen könnte.

Ich wollte zu ihr.

Sie war einen Monat Tod, als sie mich das erste Mal besuchte. Es war in einem Traum und obwohl ich jede Nacht von ihr träumte (bis heute) war dieser Traum doch etwas besonderes.

Ich sah sie da stehen, am Ende eines langen Tunnels, und obwohl es weit weg war, konnte ich sie erkennen. Ich lief so schnell ich konnte auf sie zu aber ich erreichte sie nicht. Sie war weit weg. So weit weg. Ich rannte schneller, aber ich schaffte es nicht zu ihr zu kommen.

Dann hörte ich sie.

Ich hörte ihre Stimme.

Sie rief meinen Namen.

Ich rief sie auch. Der Schweiß rannte mir über die Stirn, aber ich rannte, rannte so schnell, wie ich es noch nie zuvor tat.

Vergeblich.

Sie war...

zu weit weg.

Viel zu weit.

Marie...

Warum?

Dann wachte ich schreiend auf.

Ich habe für einen Moment meine Arbeit mit diesen Zeilen unterbrochen, weil ich dachte ich hätte sie kommen gehört. Sie werden mich finden, und es wird nicht mehr lange dauern, ich weiß es. Zwar bin ich noch sicher hier, glaube ich jedenfalls, doch sie werden mich finden.

Ich besuchte sie täglich auf dem Friedhof, brachte Blumen an ihr Grab, stand da weinend, flehend, betete Gott an, aber alles half nichts. Gott hat meine Rufe nicht erhört. Er ließ mich leiden, ihm war es ja egal. Ja, und wenn ich bald schon vor ihm stehe, dann lache ich ihm ins Gesicht.

Meine Sehnsucht und die Schmerzen nach Marie nahmen nicht ab. Nein, nicht im geringsten. Aber, ich lernte plötzlich ein anderes Gefühl kennen, etwas neues...Haß. Haß und Rache wuchsen in meinem Innern, erstanden wie Unkraut, begannen zu Wuchern wie ein Krebsgeschwür, griffen Besitz von mir und wurden immer stärker.

Ich hatte plötzlich Haß auf die ganze Welt, auf die Gesellschaft, die Menschen, aber warum, das weiß ich nicht.

Und ich wollte Rache. Ich wollte diese Typen finden, mich und Marie rächen, ihnen wehtuen, sie leiden sehen. Aber ich wußte auch, daß es so gut wie unmöglich war sie zu finden.

Wissen sie wie viele graue Autos es gib?.

Hundert?

Tausend?

Hunderttausend?

Finden, sie finden. Wehtun. Ihnen wehtun. Ja!

Ich legte mich Zuhause aufs Bett, starrte an die Decke und dachte nach. Ich wußte, daß sich alles noch irgendwo in meinem Gehirn befand, daß ich die Bilder dieser Nacht irgendwo gespeichert hatte, aber wo? Es ist schier unglaublich was das menschliche Gehirn vermag.

Ich konzentrierte mich, dachte an die schreckliche Nacht zurück, mußte die Tränen zurückhalten, flickte Stück für Stück wie aus einem Puzzle zusammen.

Auto, graues Auto...

Erinnerung!

Nummernschild...

Erinnere dich!
Marie...
Was war geschehen?
Dunkelheit, es ist so dunkel ohne sie.
Marie. Warum?
Angst, sie hatte Angst!

Über das Nummernschild war ich mir nicht sicher, aber ich war nun sicher, daß es ein grauer Wagen war. Ich schrieb mir alle möglichen Kombinationen auf, es waren sechs, und betrachtete sie auf dem Zettel. Von diesen sechs strich ich noch mal zwei durch und eine setzte ich unter Klammern, weil mir diese als unwahrscheinlichste vorkam.
Dann überlegte ich. Was sollte ich machen? Wie sollte ich die richtige (wenn überhaupt) unter diesen Nummern herausfinden?
Ich dachte nach, stellte Überlegungen an, und so kam ein Einfall, welcher mir recht einfach doch sinnvoll vorkam.
Ich nahm das Telefonbuch zur Hand und wählte die Nummer der Polizei.
Der Polizist am anderen Ende der Leitung hob ab und meldete sich, seine Stimme schien gelangweilt und man konnte sogleich vernehmen, daß er nicht besonders klug war.
„Guten Tag," meldete ich mich zurück. „Ich hatte einen kleinen Unfall mit dem Auto, nichts schlimmes, sondern, als ich mich stationieren wollte, habe ich dem Wagen der neben mir stand, eine kleine Beule gemacht. Nun, dachte ich mir, das kann ich nicht so sein lassen, also schrieb ich mir die Autonummer des anderen Wagen auf, ich habe den Zettel hier vor mir liegen, und bitte sie mir doch diese Adresse zu nennen wem der Wagen gehört, damit ich mich mit ihm in Verbindung setzen kann. Sie wissen schon, der ganze Versicherungskram und so weiter."
„Dann sagen Sie mir doch mal die Nummer."
Ich nannte ihm die erste der möglichen Kombinationen und erhielt prompt eine Adresse wem der Wagen gehörte. Ich legte auf und wiederholte den Vorgang vier weitere Male.
Es klappte jedesmal, eine der vier angegebenen Nummern gab es nicht, ich legte dem Polizist einfach auf als er fragte ob ich sicher sei mich nicht zu irren, so blieben also nur noch drei Stück bei denen ich mir sicher war den Richtigen anzutreffen.

Klar hatte ich damals noch recht viele Zweifel, es war mir klar, daß der Fahrer des Wagens vielleicht gar nichts mit Maries Tod zu tun hatte, aber es war mir egal, ich wußte, daß ich es herausfinden wollte. Ja, ich wußte es ganz sicher.

Zwei einhalb Monate waren vergangen, ich hatte die Adressen aufgesucht, zwei der Nummern konnte ich wieder von meiner Liste streichen, denn es waren keine grauen Autos, sondern das eine war rot und das andere weiß. Es blieben also nur noch zwei übrig. Aber wie sollte ich den Richtigen finden?

Es blieb mir nur eine Möglichkeit, ich mußte die Bewohner beschatten. Das tat ich dann auch.

Ich parkte meinen Wagen nicht weit vom ersten der zwei Verdächtigen entfernt und wartete auf den Besitzer des Wagens.

Nun konnte ich wieder einen von der Liste streichen, denn es war eine alte Frau.

Also machte ich mich auf den Weg zum Letzten, beschatte ihn und fand, daß er eventuell als Täter in Frage käme.

Wieder einmal plante ich Zuhause, was ich tuen sollte, bis mir schließlich ein Einfall kam. Ich ging zur Bank, hob Geld ab, (bis dahin habe ich nur noch vom Ersparten gelebt), *Geld welches ich gespart hatte um einst mit Marie zusammen zu leben,* und kaufte mir einige Sachen: einen Hammer, eine Säge, Nägel ,Handschellen...

Bei mir angekommen zog ich einen Blaumann an, packte die gekaufte Sachen in einen Werkzeugkoffer, nahm noch ein Messer mit, dazu steckte einen kleinen Hammer in meine Tasche. Dann fuhr ich wieder zu dem Haus, klingelte und wartete bis jemand mir die Tür öffnete.

Ich hatte Angst, ich spürte meine Angst regelrecht in meinen Knien, sie zitterten, aber ich wollte es tun, für Marie und für mich.

Die Tür ging auf, und vor mir stand der Mann den ich seit einiger Zeit beobachtet hatte.

„Ja?" fragte er mich.

„Guten Tag, entschuldigen Sie bitte die Störung, ich komme vom Elektrizitätswerk und ich muß mir Ihren Verteilerkasten ansehen, wenn Sie es mir erlauben, denn wir werden demnächst hier einige Arbeiten in der Straße durchführen." entgegnete ich ihm.

Er betrachtete mich.

Ich wollte einen Moment einfach weglaufen, so groß war meine Angst und ich fühlte mich sehr sehr Unwohl. Aber ich blieb stehen, faßte mir meine Absicht vor Augen und dachte an Marie, trat ein, wartete bis er die Tür zumachte, mir den Rücken zudrehte und schlug dann zu.

Ich zog meinen Hammer aus der Tasche und schlug ihn von hinten auf den Kopf, er fiel nach vorne, es klebte Blut auf meinem Hammer, Blut mit einigen Haaren, und ich befürchtete bereits ihn erschlagen zu haben.

Aber er war nicht tot. Ich fühlte den Puls an seinem Hals, hob ihn auf, setzte ihn auf einen Stuhl und fesselte ihn mit meinen mitgebrachten Handschellen. Ich hatte noch immer Angst, zwar nicht mehr soviel wie am Anfang, aber dennoch. Ich betrachtete ihn wie er da auf dem Stuhl lag, gefesselt, Blut klebte in seinen Haaren, er war ein Stückchen kleiner als ich, dazu auch etwas dünner. Er sah genauso aus wie eine fiese kleine Ratte.

Ich wartete bis er wieder zu sich kam. Er starrte mich verschwommen an, stöhnte leise, und fragte dann was ich von ihm wolle.

„Du kannst mein Geld haben..." stöhnte er.

„Oh nein, ich will dein Geld nicht." antwortete ich ihm.

Er starrte mich fragen an, ich konnte in seinen Augen lesen, daß er sich fragte, was ich wohl dann von ihm wolle.

Ich trat einen Schritt nach vorne, sah ihm in die Augen.

Ja, er hatte Angst.

„Sag es mir!" befahl ich ihm.

„Na los, sag es mir, was kann ich denn schon wollen außer dein Geld? Überlege mal!"

Er sah mich weiter fragend an, und ich genoß es die Angst in seinen Augen zu sehen.

„Erinnere dich! Denke einmal zweieinhalb Monate zurück!" befahl ich.

Er sah mich weiter einfach nur an, schwieg, und er hatte Angst.

„Ich weiß nicht was du willst!" log er.

„Oh, gleich wirst du es wissen!"

Ich öffnete meinen Werkzeugkoffer, nahm eine Handvoll Nägel heraus. Sie können sich nicht vorstellen wie fragend er mich ansah.

„Ich werde deinem Gedächtnis etwas auf die Sprünge helfen! Weißt du was Schmerzen sind? Ich meine richtige Schmerzen, nicht etwa ein wenig Bauchweh oder so. Ja, ich werde dir helfen dein Gedächtnis wiederzufinden, und du wirst mir alles sagen was ich wissen will."

„Du bist doch verrückt!" schrie er.

17

„Ja, vielleicht, nein sogar wahrscheinlich bin ich das. Aber ich wurde nicht so geboren. Ich bin es nur geworden. Geworden durch solche Leute wie dich."

Ich stand nun vor ihm, ich konnte seinen stinkenden Atem riechen, er ekelte mich regelrecht an. Ich spürte etwas Angst in mir, und ich fragte mich, was wohl wäre, wenn ich mich geirrt hätte, wenn der Typ da wirklich unschuldig war und ich mir den falschen gegriffen hatte. Es war ja gut möglich, oder ...

Wissen Sie wie viele graue Autos es gibt...

Dunkel, und es war dunkel...

aber was sollte es. Ich verdrängte den Gedanken aus meinem Kopf, griff mir einen der Nägel, nahm mir den Hammer und setzte eine Nagelspitze auf sein Knie.

„Ja, weißt du was Schmerzen sind? Ich werde es dir zeigen. Warum sagst du es mir nicht einfach? Ich weiß doch, daß du es warst."

Er blieb stumm.

Ich schlug mit dem Hammer auf den Nagel, die Spitze bohrte sich in sein Knie, er schrie vor Schmerzen, ich spürte Blut auf meiner Hand aber ich fühlte mich gut. Dann ließ ich von ihm ab. Ich ließ den Nagel zwar in seinem Knie stecken, trat aber einen Schritt zurück, und ich sah, daß er weinte, ja er weinte.

„Weißt du jetzt was ich meine?"

Er antwortete nicht, sondern er weinte weiter.

Ich griff mir einen zweiten Nagel, zeigte ihn ihm und sprach: „Siehst du ihn? Siehst du den Nagel? Wo soll er hin? Neben den ersten, oder etwas in dein anderes Knie? Du darfst wählen."

„Nein, bitte, bitte hör auf!" Ich hörte sein widerliches Schluchzen, sein Wimmern und ich sah Tränen an seinen Backen hinunter laufen.

„Ich werde aufhören. Ich werde aufhören und ich werde verschwinden, sobald du mir ein Antwort auf meine Frage gegeben hast."

„Ich weiß nicht ... ehrlich... keine Ahnung was du meinst..."

„Gut, ganz wie du willst."

Ich schlug ihm einen zweiten Nagel in sein anderes Knie, er schrie noch lauter und greller als beim ersten.

Dann plötzlich begann er sich zu erinnern. Ja, er fing an zu reden und jedes Wort was er mir sagte, war wie ein Dolchstich in meinem Herzen, jedes Detail bohrte in meiner Wunde, tat mir weh.

Ich zwang ihn jedes Wort zu wiederholen, und ich war unheimlich froh darüber (den Umständen entsprechend), Marie rächen zu können.

Ich wollte die Namen der Anderen wissen, zuerst wollte er sie mir nicht geben, doch dann zeigte ich ihm einen Nagel und sagte zu ihm, ich würde ihn ihm ins Auge schlagen. Dann sprach er und ich notierte mir die Namen und die Adressen.

Nachdem er mir alles erzählt hatte und ich alles hörte was ich wissen wollte, nahm ich den Hammer, ging auf ihn zu, beugte mich nach vorne und flüsterte in sein Ohr: „Du wirst jetzt sterben! Du wirst verrecken und in wenigen Minuten in der Hölle sein, du elendiger Bastard."

„Nein, bitte nicht!" flehte er wimmernd.

Ich schlug ihm mit dem Hammer auf dem Kopf. Mehrmals. Ich glaube er war bereits tot, aber ich schlug weiter und weiter auf ihn ein, bis sein Kopf nicht mehr wie ein Kopf aussah, sondern eher wie eine geplatzte Tomate. Überall lag Blut, am Hammer klebten sogar einige Blutklumpen von ihm.

„Für dich Marie!" sprach ich noch zu seiner Leiche.

Dann wusch ich den Hammer ab und ich ging nach Hause.

Nach Hause, wo ich dann weinte. Weinte, weil Marie nicht da war.

Marie, ich liebe dich!

Eigentlich dachte ich, es würde bereits nach zwei Tagen in der Zeitung stehen, aber es erschien vorläufig nicht, und ich glaube bereits, daß ich alles nur geträumt hatte. Erst zwei Wochen später erschien die Anzeige vom Fund seiner Leiche, (grausam hingerichtet schrieben die Presseleute) und es erfüllte mich mit Stolz dies zu lesen. Ich schnitt die Anzeige aus und legte sie in ein Fotoalbum.

Das war der Erste flüsterte ich mir leise selbst zu. Ja, das war der Erste. Dann mußte ich lachen und es kam mir so vor, als ob Marie neben mir stände.

Ich sah mir die Liste an. Drei Namen hatte er mir genannt. Vielleicht hatte er mich ja belogen, aber ich hielt er für unwahrscheinlich, daß einer im Angesicht des Todes lügt, nein, ich konnte es mir selbst für einen so verlogenen Bastard nicht vorstellen.

Aber soll ich ihnen etwas erzählen? Nun, wissen Sie eigentlich, daß der letzte Wunsch eines Sterbenden erfüllt wird? Ja, es ist so! Wirklich! Und mein letzter Wunsch wird es sein mit Marie zusammen zu sein. Für immer!

Ich wollte die drei Anderen auch noch töten, aber ich wollte es auf eine andere Art und Weise machen wie ich den Ersten kaltgestellt hatte. Aber alle sollten sie wissen was Schmerzen sind.

Als ich vor dem Haus der zweiten Person stand, fühlte ich wieder etwas Angst in mir, zwar nicht soviel wie beim ersten Mal, aber doch. Ich verschaffte mir auch hier Eintritt.

Wissen Sie eigentlich was man mit einem Bügeleisen so alles machen kann? Ganz phantastische Sachen, man kann zum Beispiel seine Wäsche bügeln, seine Hemden glätten und vor allem schöne Brandwunden verursachen. Fragen Sie mal Person N° 2. Das Gesicht war nachher so entstellt, nicht einmal seine Mutter hätte ihn wiedererkannt. Und ich kann Ihnen sagen, daß er zäh war. Erst als ich ihm seinen ganzen Bauch verbrannte, begann er zu reden. Ich drückte ihm das Bügeleisen auf die Nase und er schrie wie ein kleines Mädchen. Als ich ihm die Hose öffnete und das jämmerliche Teil seiner Männlichkeit verbrannte, da gab er Töne von sich welche ich in meinem ganzem Leben noch nie vernommen habe. Er starb nachdem ich ihm mit einem Messer die Kehle durchschnitt. Ein weiteres Mal ging ich nach Hause und weinte.

Seine Leiche wurde aber bereits nach zwei Tagen gefunden. Oder das was davon übrig war.

Marie, du fehlst mir so sehr.

Nun mußte ich vorsichtiger sein, denn es war ja anzunehmen, daß die beiden anderen Personen die an der Tat teilgenommen hatten nicht gerade strohdumm waren, und es ihnen auffiel, daß plötzlich zwei ihrer Kumpanen auf unnatürliche Weise verstorben waren. Außerdem konnte ich damit rechnen, daß die Polizei hinter mir her war. Vielleicht sollte sie noch keine heiße Spur haben, aber vielleicht hatte ich ja irgendwo einen Fehler gemacht, und sie sollten mich bald schon schnappen. Das wollte ich natürlich vermeiden.

So befand ich mich in einer Sackgasse, auf der einen Seite wäre es besser gewesen zu warten, auf der anderen Seite konnte (und wollte) ich nicht warten, weil mir ja vielleicht die Polizei schon auf dem Fersen war.

Doch mir war auch klar, daß ich nichts zu verlieren hatte, nein, ich hatte ja bereits alles verloren was mir etwas bedeutete (*Marie*), aber ich wollte meine Aufgabe zu Ende bringen.

So beschloß ich Nummer Drei zu besuchen. Sein Haus war eine jämmerliche Bruchbude, die Fassade flehte regelrecht nach einem neuen Anstrich, die Fenster im Obergeschoß waren eingeschlagen und auch das Dach schien nicht mehr so ganz dicht zu sein. Doch ich wollte nicht riskieren zu klingeln und mir unter einem Argument Eintritt verschaffen, nein, vielleicht war er ja auf der Hut nachdem zwei seiner Kumpanen Opfer eines Mörders geworden waren. Also wartete ich bis es dunkel wurde.

Ich erinnere mich noch sehr gut an diese Nacht. Es regnete und blitzte, meine Kleidung war tropfnaß. Ich ging zu dem Haus, schlich in den Garten, brach ein Fenster auf und drang ein. Der Kerl hatte einen Müll in seiner Wohnung, Sie können es sich gar nicht vorstellen. Ich machte mich auf die Such nach ihm, fand ihn schließlich in seinem Bett liegend, er hatte seine Kleidung noch an, er schnarchte und neben seinem Bett lagen recht viele Flaschen Bier (leere). Es blitzte, ich konnte den widerlichen Kerl da liegen sehen. Ich betrachtete ihn, ich weiß nicht warum ich ihn so lange ansah, aber ich tat es. Wieder blitzte es, ich hörte die Regentropfen gegen die Fensterscheibe prasseln, und ich hörte den Widerling schnarchen. Er war dick. Er war häßlich. Und er hatte es getan, oder jedenfalls war er dabei, als es getan wurde. Ich zog einen etwa dreißig Zentimeter langen Stab, den ich extra mitgebracht hatte aus meiner Tasche. Dann ging auf den Kerl zu und schlug mit meinem Knüppel kurz auf ihn ein. Er ließ kurz von sich hören, dann schlief er noch ein Stückchen tiefer.

Als er aufwachte war er an sein Bett gefesselt. Er hatte durch meinen Schlag eine kleine Platzwunde über seinem rechten Auge und sein Auge war zugeschwollen. Er sah mich an und ich betrachtete ihn.

„Hast du Angst du dickes Schwein?" fragte ich.

„Was willst du?"

„Das wirst du sehen, Fettwanst!"

Ja, er hatte Angst. Ich ließ ihn kurz alleine und ging in seine Küche um einige Vorbereitungen zu treffen, damit der Spaß anfangen konnte.

Als ich wiederkam ging ich zu ihm ans Bett. „Du wirst mir einige Fragen beantworten."

„Fick dich!" gab er mir als Antwort.

Ich trat mit meinem Fuß gegen einen seiner leeren Bierflaschen, welche achtlos im Zimmer umherlagen, beugte mich nach vorne zu ihm herunter und flüsterte ihm zu: „Oh nein, du wirst dich ficken." Dann lachte ich, und als ich erkannte, daß mein Lachen ihm Angst einjagte, da lacht ich noch lauter.

Dann ging ich zurück in seine Küche, ich hatte mir dort ein Pfanne mit Öl auf den Herd gestellt, das Öl brutzelte bereits in der Pfanne, nahm sie und ging damit in sein Schlafzimmer. Ein paar Tropfen von dem Öl über seinem Gesicht genügten bereits, daß er anfing zu reden. Na ja, eigentlich hat er zuerst geschrieen, dann geweint und danach erst geredet. Aber er tat es.

Zum Schluß nahm ich ein Messer aus seiner Küche und schnitt ihm damit den Bauch auf. Seine Gedärme und sein ganzes Innere kam zum Vorschein. Es war eklig.

So bezahlte auch Nummer Drei für ihre Tat.

Es blieb also nur noch ein einziger übrig.

Der Fettwanst starb vor zwei Wochen. Der Geruch von seinen Gedärmen hängt mir noch immer in der Nase wenn ich daran denke.

Doch irgend was, vielleicht etwas unbedeutendes muß ich wohl doch falsch gemacht haben, denn die Polizei kam mir auf die Schliche. Ich weiß nicht wie, aber zwei Tage nach Nummer Dreis Tod, kamen sie zu mir nach Hause, und dachten, ich solle doch Mal kurz mit bis auf das Polizeirevier kommen, sie würden gerne einige Worte mit mir reden.

Es gelang mir zwar zu flüchten, doch seit jenem Tag war ich nicht mehr zu Hause.

Nicht mehr in meinem und Maries Zuhause.

Mein Foto erschien in der Zeitung, ich war ja schließlich ein Schwerverbrecher geworden, obwohl ich zwar nicht so richtig wußte warum. So kam das Problem, daß ich nicht wußte ob die Polizei wissen würde, wer als vierter auf der Liste stand. Ich hielt es für unwahrscheinlich, denn ich konnte mir nicht vorstellen daß der Vierte zur Polizei gehen und erzählen würde : „Ich war auch dabei, beschützen Sie mich bitte!", aber man konnte es ja nie wissen. Nein, wissen konnte man es nie.

Wissen kann man vieles nicht. Sonst würde Marie noch leben und ich säße nicht hier und schriebe diese Geschichte nieder. Leider ist das Wissen oft ein abgrundtiefes Geheimnis.

Aber ich konnte Nummer Vier auch nicht verschonen. Nein, das würde nicht gehen. Aber viel Zeit zum warten hatte ich auch nicht, ich bin kein erfahrener Ausbrecher und ich wußte, daß sie mich kriegen würden, es war alles nur eine Frage der Zeit.

Und dann. Was sollte wohl geschehen, wenn die Polizei mich erwischte? Würden sie mich für den Rest meines Lebens, das ohnehin unbedeutend geworden war, ins Gefängnis stecken? Oder etwa in eine Psychiatrie? Wer wußte das schon? Wer will das denn auch schon wissen?

Es war mir klar, daß ich den Vierten nur in die Finger zu kriegen brauchte, dann konnte ja eigentlich nicht mehr soviel schiefgehen.

Und das gelang mir letzte Nacht.

Genau wie bei dem dritten, brach ich in der Nacht in sein Haus ein. Zwar hatte es nicht so geregnet und geblitzt, doch trotzdem kam mir alles gleich vor. Ich schüttete zwar kein glühendes Öl auf ihn, nein, ich bohrte im mit seiner eigenen Bohrmaschine einige Löcher mehr in seinen verdammten Körper, zuerst in seine Beine, seine Hände, dann in seine Ellbögen, und zum Schluß in seinen Kopf. Genau in sein Gehirn. Ich kann Ihnen sagen, daß es ein sehr seltsames Geräusch macht einem mit einer Bohrmaschine in die Schädeldecke zu bohren.

Ja, damit habe ich Maries Tot wohl gerächt. Aber ich glaube ich höre sie kommen, die Polizei. Ja, ich bin sicher, daß sie dicht hinter mir ist. Also werde ich jetzt gehen. Ich gehe jetzt zu ihr. Ich freue mich schon darauf.

Marie!

Ich höre sie! Sie ruft mich.

Es wird jetzt Zeit!

Marie!

Marie, ich komme!

Marie II

Obwohl es ein kleines bißchen mehr als zwölf Jahre her ist erinnere ich mich sehr genau an diesen Tag. Es war das erste und zugleich auch das einzige Mal in meinem Leben, daß ich ihn sah.

Man brachte ihn mit Handschellen gefesselt in mein Behandlungszimmer, ich hatte kurz vorher seine Akte gelesen und ich muß Ihnen eingestehen, daß er ganz anders aussah als ich ihn mir vorgestellt hatte. Doch welcher Schwerverbrecher sieht denn schon so aus wie man ihn sich vorstellt?

Er hatte vier Menschen ermordet, das heißt eigentlich bestialisch hingerichtet und die Polizei fand ihn mit aufgeschnittenen Pulsadern und er hatte, wohl um auf Nummer Sicher zu gehen, eine Überdosis Medikamente geschluckt. Die Ärzte kämpften zwei Wochen um sein Leben und so sollten sie es schaffen, daß er seinen Selbstmordversuch überlebte.

Es war eine unverständliche Tat denn es war klar, daß er doch an einem unnatürlichem Tode sterben würde

In unserem Staat gibt es etwas was man das 3 Morde Gesetz nennt, was eigentlich nichts anderes bedeutet, daß einer der drei Morde begeht selbst die Todesstrafe erhalten wird. Und Jim Daniel, so hieß der junge Mensch der in Handschellen vor mir stand, hatte sogar vier Menschen getötet, also sogar noch einen mehr.

In der Akte konnte ich auch nachlesen, daß sein Anwalt vor Gericht behauptete er hätte die Taten begangen um den Mord an seiner Freundin zu rächen. Er selbst aber nannte den Richter einen verdammten Hurensohn und fragte ihn ob er schon die Frau des Staatsanwaltes gevögelt hätte.

Es schien ihm egal zu sein, daß er die Todesstrafe erhielt, doch die Gefahr war zu groß, daß er versuchen würde sich hier im Gefängnis das Leben zu nehmen. Und es war meine Aufgabe dies zu verhindern. Das ist der Job eines Gefängnispsychiaters.

Ich sah ihn an. Seine Augen waren hellblau, doch sie schienen ein totes Glitzern zu haben Sein Gesicht schien eingefallen, genau so als wenn er schon lange nicht mehr genug geschlafen hätte. Sein rechter Schneidezahn war abgebrochen, er hatte wie man mir erzählte eine Schlägerei mit einem anderem Insassenden angefangen.

Sein Blick richtete sich nicht auf mich sondern auf die Wand hinter meinem Rücken, genau dorthin wo ich einige meiner Diplome in

Glasrahmen angebracht hatte. Es sah genau so aus als wenn er sie laß, dann starrte er mich an und grinste.

Normalerweise erwartet die Gefängnisleitung, daß ich dem Gefangenem ein Antidepressivum verschreibe. Diese Leute pflegen diese Ansicht : „Ein paar Pillen und alles ist schon wieder in bester Ordnung!"

„Wie fühlen Sie sich Herr Daniel?" wollte ich von ihm wissen.

„Es könnte besser sein!" sprach er grinsend. Seine Stimme klang gebrochen und weich. „Es könnte viel besser sein, Doc. Ich darf Sie doch Doc nennen? Oder etwa nicht? Sie können mich dann auch Jim nennen!"

„Na gut Jim, wenn Sie wollen dann nennen Sie mich Doc."

Ich schlug einige Seiten seiner Akte um, dann beobachtete ich ihn. Seine Miene war ausdruckslos, mit einer seiner Hände strich er sich seine braunen Haare hinter das Ohr, es war an den Seiten ziemlich lang.

„Ich habe hier gelesen das Sie versuchten sich kurz vor Ihrer Verhaftung das Leben zu nehmen. Erlauben Sie mir doch die Frage warum!"

Seine Augen waren auf mich gerichtet.

„Weil ich sie wiedersehen wollte!"

„Wer ist sie?"

Ich konnte deutlich hören wie er tief Luft nahm. Sein Blick fiel zu Boden.

„Sie, das ist Marie!" flüsterte er in den Raum.

„Ist sie das Mädchen wegen dessen Sie vier Menschen töteten?"

Sein Blick blieb weiterhin auf den Boden gerichtet und ich entnahm das ich Recht hatte.

„Ich habe keine vier Menschen getötet. Ich brachte vier Schweine um, welche es nicht besser verdienten. Denn diese Vier haben Marie getötet und auf eine gewisse Art und Weise auch mich mit. Sie nahmen mir das wichtigste was ich in meinem ganzen Leben besaß."

„Warum zeigten Sie diese Leute denn nicht an?"

Nun schaute er zu mir auf und lächelte. „Warum sollte ich? Damit andere richten können welche sich nicht mal vorstellen können was diese vier Nuttenkinder mir angetan haben? Ich habe richtig gehandelt und ich weiß es. Marie ist stolz auf mich und sie wird auf mich warten."

„Planen Sie vielleicht noch einmal sich das Leben zu nehmen?"

Jim schüttelte den Kopf. „Nein Doc, da können Sie sich beruhigen. Ich habe es nicht vor noch einmal zu versuchen, das werden doch nun andere Leute für mich machen. Dieser Staat der doch eigentlich Maries Tot hätte verhindern sollen und total unfähig ist wird mich doch hinrichten. Und das ist gut, dann habe ich alle meine Aufgaben erfüllt, das heißt eigentlich fast alle."

Seine Worte verwunderten mich. Tausende von Fragen sprangen in meinem Kopf auf, ich wollte mehr erfahren. Seltsamerweise wurde mir plötzlich bewußt, daß die meisten Todeskandidaten lieber Lebenslänglich als die Todesstrafe erhielten. Doch dieser Junge hier war anders. Ganz anders!

„Welche Aufgabe erfüllten Sie denn noch nicht?"

„Ganz einfach, es gab fünf, nicht nur vier. Als ich nach meinem Selbstmordversuch im Koma lag, da hat Marie es mir erzählt. Ich sah sie, verstehen Sie? Und das ist auch der einzige Grund weshalb ich noch hier bin, ich wollte zurück ins Leben um den fünften Mann zu töten, ohne zu wissen, daß ich bereits mit Handschellen gefesselt in einem Krankenbett lag, denn schließlich hatte ich von meiner Verhaftung ja nichts mitbekommen. Ich will diesen einen finden und ihn auch töten damit ich wieder mit Marie alleine sein kann. Doch diesmal für immer. Aber ich werde nicht noch einmal versuchen mir das Leben zu nehmen, ich will kein unglücklicher Mensch mehr werden!"

„Ich verstehe Sie nicht ganz Jim, was meinen Sie mit ,Unglücklicher Mensch'?'"

„Ganz einfach, ich will Ihnen das Geheimnis erzählen, das Geheimnis des Todes, das was mit einem geschieht wenn man stirbt, denn schließlich erlebte ich es ja, oder so gut wie.

Es ist ganz einfach, man wird wiedergeboren. Das heißt, das ist der einfachste Teil der Erklärung, Geburt und Wiedergeburt. Wenn Sie heute sterben wird Ihre Seele in den nächsten freien Körper eingehen und Sie werden fast alles vergessen haben was in Ihrem früherem Leben war. Ich sage fast, denn es bleiben immer einige Stückchen hängen, das sind dann die Gefühle wenn man ein Buch ließt und die Worte einem bekannt vorkommen, einen Film zum ersten Mal sieht und doch schon weiß was der Schauspieler als nächstes sagen wird oder das Gefühl hat wenn man in Urlaub zu einem Ort hinfährt, wo man noch nie vorher war, dieser Ort einem doch irgendwie bekannt vorkommt. Das sind Erinnerungen an das frühere Leben. Aber wenn man sich das Leben nimmt, dann hat man verloren und man bekommt den Körper eines Unglücklichen, das heißt eines Menschen der nie zufrieden sein wird oder immer nur Pech hat. Daher nehme ich an das ich mich in meinem früherem Leben selbst tötete und daher soviel Unglück habe. Das größte Unglück war, daß ich Marie verlor. Beinahe wäre es noch mal geschehen, und ich denke dann hätte ich Marie nie wiedergesehen. Doch drehen wir den Spieß mal um und sagen einfach das Sie morgen Ihr Leben für andere opferten, daß Sie sterben damit andere Menschen überleben können, ja dann Doc, dann werden Sie ein König in Ihrem nächstem Leben sein, oder so was in der Richtung. Schauen Sie sich doch mal um, wie viele Könige gibt es auf der Welt? Nicht besonders viele und es gibt auch nicht viele Menschen die bereit sind für andere zu sterben. So sehen Leben und Tod im Normalfall aus. Doch es gibt auch noch andere Fälle, Fälle wo die Seelen noch unter uns sind weil sie noch Aufgaben zu erfüllen haben. Nehmen wir doch einfach einmal an Sie hätten keine anderen Sorgen als Ihre Frau beschützen zu wollen weil Sie sie abgöttisch lieben und schreckliche Angst davor haben diese zu verlieren, doch dann sterben Sie vor Ihrer Frau. Wenn Ihre Liebe und Angst groß genug waren dann werden Sie nicht einfach nur Tod sein, sondern Ihre Frau noch auch noch nach Ihrem Ableben vor allem Unglück beschützen. Die normalen Bänder welche die Wiedergeburt abhalten sind meistens auf Liebe aufgebaut, aber auch auf Haß oder Rache. Wissen Sie eigentlich, daß der letzte Wunsch eines Sterbenden immer erfüllt wird, Doc? Und mein letzter Wunsch wird es sein diesen einen Typen zu finden und ihn zu töten, um endlich wieder mit Marie vereint zu sein. Und ich kann warten, wenn es sein muß sehr lange, denn ich weiß das sie auch auf mich wartet. "

Ich sah diesen jungen Menschen an und begann fest daran zu glauben, daß er wirklich verrückt war, oder aber mindestens total verwirrt. Es ist nichts ungewöhnliches, daß ein Mensch seinen Verstand verliert wenn er von dem Menschen getrennt wird den er liebt, man braucht ja schließlich nur an diesen Amokläufer zu denken der letzte Woche einen Imbiß stürmte, den Besitzer erschoß und die Leute als Geiseln nahm. Die Presse schrieb später er hätte es wegen seiner Ex-Freundin getan, damit sie ihn im Fernseher sehen könnte.

Jim betrachtete seine Schuhe und ich hatte aus irgendeinem Grund ein ungutes Gefühl in mir.

Ich schrieb mir einige Notizen in seine Akte und ließ ihn dann zurück in seine Zelle führen. Kurz vor der Tür blieb er stehen, drehte seinen Kopf nach mir um und sah mich an.

„Auf Wiedersehen, Doc. Sie werden noch von mir hören. Nicht mehr heute und auch ganz bestimmt nicht morgen, doch eines Tages sollen Sie sich an mich erinnern, an dem Tag an dem ich wieder mit Marie vereint sein werde und mich nichts mehr von ihr trennen kann! Und glauben Sie mir, dies wird ein wunderschöner Tag für mich sein."

So hatte ich Jim ein einziges Mal gesehen und ihm doch keine Medikamente verordnet.

Ich blieb noch fünf Jahre im Gefängnis, dann hörte ich dort auf und eröffnete meine eigene kleine Praxis. Jim war längst in Vergessenheit geraten.

Dann vor zwei Wochen laß ich, daß er hingerichtet worden war. Er saß zwölf Jahre in der Todeszelle, richtete kein einziges Gnadengesuch und in der Zeitung konnte man lesen, daß seine letzten Worte die er an die Zeugen sprach waren:

„Ich wartete solange auf diesen einen Tag. Meine Taten tun mir nicht leid, ich täte es wieder. Doch nun wird es Zeit zu gehen, man erwartet mich. Auf Wiedersehen!"

Laut Zeitungsbericht traf um 17.23 Uhr Ortszeit sein Tod ein. Ich erinnerte mich wirklich an ihn, an den Jungen der vor so langer Zeit so kurzen Kontakt mit mir hatte, und ich fragte mich, ob genau wie er es vorhergesagt hatte, er denn nun wieder mit seiner Liebe vereint sei.

Wie ich es schon sagte, das ist nun zwei Wochen her. Doch heute erblickte ich in der Tageszeitung einen Artikel welcher mir die Gänsehaut über den Rücken jagte. Ich laß die Anzeige zweimal durch weil ich es nicht glauben konnte, und zuerst dachte meine Phantasie hätte mir einen Streich gespielt. Doch es stand da, schwarz auf weiß, daß es einen fürchterlichen Mord gab und die Polizei erbat die Hilfe der Bevölkerung. Man fand einen Kerl, einen arbeitslosen Trinker, der bei sich daheim von einem Unbekannten regelrecht an die Wand genagelt wurde. (Natürlich stand es nicht so in der Zeitung, doch ein Freund von mir der mit mir studierte und nun Polizeiarzt ist faxte mir den genauen Bericht auf meine Anfrage hin zu). Dem armen Kerl wurden Nägel durch seine zwei Knien und Ellbogen gehauen, also er wurde regelrecht an die Wand gekreuzigt. Dann schlug der Täter ihm mit einer Axt den Schädel ein. Die Polizei fand eine rätselhafte Nachricht, die wohl vom Täter stammte, sie lag unmittelbar neben der Leiche. Dort standen in schrägen Buchstaben die Worte:

‚Ich sagte Ihnen doch Doc, daß Sie sich an mich erinnern werden. Mir geht es gut, Marie auch. Tschau!'

Ich laß den Bericht ein weiteres Mal genau durch. Meine Augen fielen auf den Satz: ..ein Unbekannter Täter... Ich schloß die Zeitung und flüsterte es leise in den Raum damit niemand mich hören konnte: „Ich weiß wer es war. Mach es gut Jim. Werde geboren doch diesmal glücklich. Und passe gut auf Marie auf!"

Blutbad

Aus: Obduktionsbericht Dr. Stanley 25.6.99 Nr. 235644.

Im Blut der Person Namens James Cohlen wurden keinerlei Rückstände von irgendwelchen chemischen oder pflanzlichen Mitteln gefunden. Daraus schließe ich, daß er zur Tatzeit nicht unter dem Einfluß von Medikamenten, Drogen oder Alkohol stand. Der Tod trat durch einen Schuß Kaliber 22 ein. Brand- und Pulverrückstände im Mund sowie am Handrücken lassen davon ausgehen, daß sich Cohlen die Waffe in den Mund steckte und abdrückte. Die Kugel durchschlug den Schädel und trat zum Kleinhirn wieder aus.

James schaltete den Fernseher ab, da er kein Programm fand das ihn interessierte. Gelangweilt saß er auf seinem Sofa und wieder stieg dieses Gefühl der Einsamkeit in ihm auf. Er hatte das Sofa schon recht lange und es diente ihm gleichzeitig als Bett. Es war niemand da, einfach niemand. Er fühlte sich so als wäre er ein Gefangener. Sein Blick fiel auf das Telefon. Es gab keine Freunde die anriefen, keine Freundin, keine Eltern welche sich sorgten, einfach niemanden. Mit seiner rechten Hand strich er sich durch das Haar.

Aus: Tagebuch von James Cohlen 13.7.98

Liebes Tagebuch,
ich fühle mich so einsam, so alleine. Und dann diese Träume. Letzte Nacht war es wieder soweit, ich hörte meinen Vater, hörte ihn kommen und ich sah, daß er wieder betrunken war. Ich spürte, daß er mich wieder schlagen wollte, daß er vorhatte mich zu peinigen. Ich glaube ich bin dann schreiend aufgewacht, jedenfalls war ich schweißgebadet. Ich weiß nicht was ich tun soll. Warum muß ich all diese Schmerzen ertragen? Ich habe doch nie einem Menschen irgend etwas angetan. Wenn es einen Gott gibt, wo ist er? Und warum hilft er mir nicht? Warum ließ er mich mein ganzes Leben lang Schmerz ertragen?
Warum gibt es keinen der sich um mich sorgt und mir hilft?

Das Schaufenster schien James magisch anzuziehen. Er betrachtete die ausgestellten Gegenstände und fing an sich seine Fragen zu stellen. Hinter ihm hörte er die Schritte der vorbeigehenden Passanten, doch sie klangen weit weg, so weit weg. Es waren Schritte von Menschen welcher er nicht kannte und die er wohl niemals kennen lernen würde. Er kam sich genau so vor wie der berühmte Korken der auf dem Wasser tanzt.

Aus: Polizeibericht James Cohlen
Herr Cohlen war niemals irgendwie auffällig geworden und es wurde kein Akte über ihn geführt. Seine Wohnung war ein recht bescheidenes Heim das er ohne Zweifel überteuert angemietet hatte. Er lebte alleine in der Wohnung. Seine Mutter starb als er sechzehn Jahre alt war und sein Vater war ein stadtbekannter Alkoholiker der mehrmals mit Alkohol hinter dem Steuer erwischt wurde...

James hörte sich den Bericht richtig vertieft an. Dann stand er auf und stellte den Fernseher etwas lauter. Man sprach über einen jungen Mann der sich in einem Imbißladen einige Geiseln genommen hatte. Der Reporter erzählte der Kamera und damit auch den Millionen Zuschauern, daß es noch keine Angaben darüber gab, ob es Verletzte oder sogar Tote zu beklagen gäbe, Cohlen sah einige weinende Menschen, die hinter der Polizeisperrung standen.
Als dann einige Sekunden später Werbung über die Mattscheibe flimmerte legte sich Cohlen in seinem Sofa zurück und verschränkte seine Arme hinter dem Kopf. In seinem Kopf sah er die Bilder der weinenden Angehörigen die beteten und hofften, daß alles ein gutes Ende nehmen würde.
‚Wie die sich wohl fühlen?‘ , fragte er sich. ‚Etwa genau so alleine wie ich mich fühle? Oder etwa noch einsamer?‘

Aus: Universitätsvorlesung von Professor Stein, Fachgebiet Kriminalistik.
Das Phänomen Cohlen ist gerade deshalb so erschreckend weil es jeden von uns hätte treffen können. Wie wir aus den Polizeiberichten lesen konnten, fiel er nie sonderlich auf, ein schüchterner, stiller junger Mann, wie es mindestens Tausende gibt.
Es gab nie irgendwelche Klagen seiner Nachbarn, daß die Musik zu laut gewesen wäre, er fiel auch nicht irgendwie anders negativ auf. Sicherlich war er geistesgestört, doch wie erkennt man solche Menschen? Man kann es nicht, liebe Zuhörer, sie sind einfach da, sitzen still unter uns, vielleicht auch in diesem Saal. Sie fallen nicht auf, bis sie eines Tages, wie ein schon langer ruhender Vulkan, ausbrechen. Und dann können wir alle unter ihren Opfern sein.

Nun hörte James, daß man den Amokläufer überwältigt hatte. Auf dem Bildschirm konnte er sehen wie weinende Menschen, die noch Minuten vorher Geiseln waren, ihren Angehörigen heulend in die Arme fielen. Eigentlich fand Cohlen das irgendwie deprimierend, er hatte im Laufe der Reportage eine Art Sympathie zu diesem unbekannten Täter gefühlt, eine Art Bewunderung.

„Der Grund ist unbekannt!" flüsterte der Reporter in die Kamera.

Es gab mindestens einen Toten, erzählte man den gespannten Zuschauern weiter.

„Der Imbißbesitzer wurde als freundlicher und netter Mann beschrieben."

Aus: Tagebuch von James Cohlen 9.1.99

Liebes Tagebuch,

heute war mein Geburtstag, doch niemand hat mir gewünscht und ich erhielt auch keinerlei Geschenke. Eigentlich müßte ich es schon gewohnt sein, daß niemand mir etwas schenkt, es hat noch nie ein Mensch es getan.

Heute Nachmittag verspürte ich schrecklichen Durst und ging in eine Kneipe. Mir gegenüber saß ein junges Paar, ich muß sagen, daß mir das Mädchen verdammt gut gefiel, sie hatte lange braune Haare und blaue Augen. Ich konnte sehen wie sie ihren Freund küßte und ihre Hand an seinen Nacken legte. Plötzlich fühlte ich mich so verdammt schlecht und verließ die Kneipe. Unterwegs beneidete ich den Jungen und fragte mich warum mir denn nie das Glück lacht. Bestimmt gehört dieser Junge zu den glücklichsten Menschen die auf diesem Boden herumirren. Und für mich ist einfach keiner da. Ach was muß der Kerl doch für ein verdammtes Glück haben. Ich denke, in jemanden verliebt sein, ist einfach das schönste Gefühl auf der Welt. Doch ich bin mir nicht sicher, denn schließlich sind diese Gefühle mir fremd. Doch wahrscheinlich ist es schon schön wenn man Freunde hat mit denen man etwas unternehmen und zusammen lachen kann!

James stellte die Kiste mit den Rohren in seinem Kofferraum ab.

„Dies wird die Erlösung auf all meine Sorgen sein!" flüsterte er sich selbst leise zu.

Er schlug den Kofferraum zu und brachte seinen Einkaufswagen zurück. Der nächste Baumarkt war rund 30 Kilometer entfernt. Doch er fuhr lieber 30 Kilometer als irgendwie auf zufallen.

Sein Wagen war eine alte Karre und dies im wahrsten Sinne des Wortes. An den Türen konnte man große Rostflecken sehen.

Aus: Polizeibericht James Cohlen
Bei der, nach seiner Tat, stattfindenden Hausdurchsuchung fanden wir dann auch die Bauanleitungen für die Rohrbomben welche er gebastelt hatte. Es ist stark anzunehmen, daß sämtliche Anleitungen aus dem Internet heruntergeladen wurden. Des weiteren fanden wir einige scharfe Sprengsätze die er mit Selbstauslöser in seinem Zimmer deponiert hatte. Wir mußten unser Sprengkommando rufen um die Bomben zu entschärfen. Wie durch ein Wunder wurde niemand verletzt...

„Wo haben sie denn die Unkrautvernichtungsmittel liegen?" fragte James den Verkäufer. Ein kleines Schild am Hemd des Mannes ließ den Kunden erfahren, daß er von einem ‚Immer lächelndem Mike bedient wurde'. Der freundliche, ‚immer lächelnde Mike' erklärte James wie er durch die Regale zu gehen hatte um dort die Ware zu finden.
Nach einer kurzen Suche fand James das Material das er für seinen Plan brauchte. Er kaufte sich eine große Tüte von den Mitteln.

Aus: Universitätsvorlesung von Professor Stein. Fachgebiet Kriminalistik.
Wir wissen nicht was Cohlen zu seiner Tat antrieb und vermutlich werden wir es auch nie erfahren. Als wir später sein Tagebuch fanden und auswerteten, stießen wir darauf, daß er sich einsam fühlte, einsam und verlassen. Vielleicht war das der Grund. Vielleicht war es aber auch, weil er weder Freunde, noch eine Freundin hatte. Doch es kann auch gewesen sein weil er, wie er schilderte, in seinem ganzen Leben nur Schmerz erlitt und plötzlich eifersüchtig auf die Menschen wurde denen es besser ging, Menschen die Freunde hatten, geborgen waren...

Niemandem fiel der junge Mann auf, der den Laden betrat. Es waren auch nicht viele Kunden da, genauer gesagt nur ein einziger und Cohlen stellte sich an die Theke. Der Verkäufer, vielleicht war er auch der Besitzer des Waffenladens erklärte gerade einem anderen Mann eine Waffe. Cohlen hörte aufmerksam zu. Nachdem der Kunde sich entschieden hatte wartete James darauf bedient zu werden.

Der Verkäufer welcher stolz hinter seiner Theke stand begrüßte James mit einem langgezogenem „Ja?"

„Ich möchte mir eine Waffe kaufen, eine Pistole!"

„Dachten Sie an irgend etwas bestimmtes?"

„Nein, eigentlich nicht so direkt, ich verstehe nicht besonders viel von Schußwaffen!"

„Für was für Zwecke soll es denn sein?"

„Ich möchte mich in einem Schießklub anmelden und das schießen lernen!"

Der Mann verkaufte Cohlen eine Pistole Kaliber 22 mit einigen Magazinen und 100 Schuß Munition.

James suchte daraufhin noch weitere Waffenläden auf, kaufte sich noch eine 37, weiter Munition und weitere Magazine.

Am Ende des Tages hatte er 400 Patronen für jede Waffe und 20 Magazine, 10 für jede Pistole. Er füllte seine Magazine auf und spielte mit der Waffe umher, richtete sie auf die eine Ecke des Zimmers und lachte laut auf

.

Aus: Polizeibericht James Cohlen

Als wir den Besitzer des Waffenladens aufsuchten konnte dieser sich zuerst nicht an Cohlen erinnern. Erst nachdem wir ihm Cohlens Foto zeigten und er den Eintrag im Buch nachsuchte erklärte er, daß Cohlen nicht besonders aufgefallen wäre. Er wäre ein ruhiger und stiller Kunde gewesen. Es sei nichts ungewöhnliches, daß junge Kunden sich Waffen besorgen...

James ging die Straße entlang, unter seiner Jacke hatte er die 22er versteckt. Der Gedanke daran, daß er die Waffe bei sich trug heiterte ihn auf. Vor sich sah er eine dicke Frau die in beiden Händen Einkaufstüten trug.

‚Wird ihr Ehemann wohl weinen und sich einsam fühlen wenn ich das fette Weib erschieße?' fragte er sich. Er lachte laut durch die Straße.

Aus: Tagebuch von James Cohlen 15.2.99

Liebes Tagebuch,

heute hatte ich wieder eine meiner Pistolen bei mir als ich durch die Straße ging. Ich fühlte mich so gut, so sicher und beschützt. Die Waffe verleiht mir ein Gefühl der Stärke und der Macht, niemand kann mir weh tun. Ich ging wieder in diese eine Kneipe wo ich vor einem Monat dieses Paar getroffen hatte. Beide saßen wieder da. Ich beobachtete sie unauffällig, und beneidete den Jungen um seine schöne Freundin. Doch zum ersten Mal fühlte ich mich nicht traurig sondern stark. Sehr stark sogar!

Dann kam mir der Gedanke, doch einfach die Waffe zu ziehen und das Mädchen zu erschießen. Ich stellte mir bildlich vor wie das Gehirn der Kleinen sich auf der Wand verteilte, wie sich der Freund über ihre Leiche warf um sie zu schützen, doch es sollte dann schon zu spät sein. Ich wußte, daß wenn ich es täte, ich nicht mehr alleine wäre, daß ich dann nicht mehr der einzige Mensch auf der Welt sei dem es schlecht ginge und der sich einsam fühlt.

Ich schoß nicht, doch die Idee befand sich von nun an in meinem Kopf.

Aus: Universitätsvorlesung von Professor Stein Fachgebiet Kriminalistik

Ich denke die Annahme, daß eine Verschärfung des Waffengesetzes diese Tat verhindert hätte ist falsch, denn schließlich stellte Cohlen aus einfachem Material Rohrbomben her, aus Sachen die sich jeder Mensch in jedem Land der Welt ganz einfach kaufen kann. Und wie sie alle und ich auch wissen, findet man entsprechende Anleitungen dafür im Internet. Doch schließlich kommt niemand auf die Idee das Internet zu verbieten.

Aus: Der Tag an dem James Cohlen kam Augenzeugenbericht

Eine der schlimmsten Sachen ist, daß ich ihn noch immer Lachen höre. In meinen Träumen steht er da, mit seinen Pistolen, schießt und ich werfe mich erneut zu Boden. Dann höre ich sein Gelächter und wache meist schreiend auf...

Aus: Polizeibericht James Cohlen

Die Nachbarn erzählten uns, daß Cohlen ein junger, freundlicher Mann gewesen wäre und, daß keiner sich diese fürchterliche Tat erklären könne...

Aus: Tagebuch James Cohlen 1.3.99

Liebes Tagebuch,

so langsam fangen meine Pläne an eine feste Gestalt anzunehmen. Ich will nicht mehr alleine sein. Ich will nicht mehr der einzige Mensch auf diesem Boden sein der sich einsam fühlt und dem es schlecht geht. Und ich will ihn sehen, ich will dieses Wesen sehen das sich Gott nennt, und ihm ins Gesicht spucken. Falls es ihn überhaupt gibt.

Aus: Tagebuch James Cohlen 20.3.99
Liebes Tagebuch,
nun ging ich drei Tage hintereinander in diese Kneipe um das junge Paar zu sehen und das Mädchen zu erschießen, aber sie waren nicht da. Das machte mich zuerst etwas traurig, doch nun fühle ich mich gut, denn währenddem ich da saß zu warten kam mir ein neuer, viel besserer Plan.

James verließ das Sportgeschäft mit einer recht großen Tüte ein seiner rechten Hand. Er hatte sich einen Rucksack gekauft, einen schwarzen Rucksack, nicht sonderlich groß, doch groß genug um einige Sachen darin zu verstauen. Als er zu Hause ankam schnitt er ein kleines Loch in die rechte Seite des Rucksacks und befestigte einen kleinen Stoffetzen über das Loch. Der Fetzen wurde von einer Klicke gehalten und ließ sich so leicht öffnen.

Aus: Polizeibericht James Cohlen
Die Bomben waren so gebaut, daß, wenn man sie warf, sie explodierten. Die späteren Analysen haben ergeben, daß sie aus einem Unkrautvernichtungsmittel hergestellt waren. Die Rohrbomben die Coolen in seiner Wohnung aufgestellt hatte waren genau gleich hergestellt, mit dem Unterschied, daß sie zusätzlich mit Nägel gefüllt waren. Vermutlich waren die Bomben die er bei seiner Tat benutzte nicht mit Nägel gefüllt damit er sich nicht bei der Explosion selbst durch einen herumfliegenden Nagel verletzte...

Aus: Der Tag an dem James Cohlen kam.
 Augenzeugenbericht
Ich verlor an diesem Tag alles was ich liebte. Diese Bestie von Mensch hat mir alles genommen und in einer gewissen Art und Weise auch mich getötet. Wenn ich daran denke, daß ich meiner Freundin vorgeschlagen hatte dahin zu gehen dann kommen in mir Wut und Trauer gegen mich selbst auf.

Aus: Tagebuch James Cohlen 1.5.99
Liebes Tagebuch,

heute war ich im Kino, zum ersten Male in meinem Leben. Der Saal war so gefüllt, daß man fast keinen Platz mehr fand. Trotzdem gefiel es mir dort. Es war ein schöner Ort. Man konnte sich eine riesengroße Portion Popcorn kaufen und es war sehr gemütlich. Danach war ich noch eine Tasse Kaffe trinken. Wieder sah ich ein junges Paar unweit von mir weg sitzen. Ich sah wie sie sich küßten und ich konnte ihre Worte hören. Das Mädchen hatte ungefähr mein Alter, ihr Freund schien ein kleines bißchen älter zu sein. Plötzlich sagte der Junge etwas zu ihr, ich hörte nicht genau was, doch das Mädchen ärgerte sich. Sie stand auf und sagte in leisem Ton:
„Du brauchst keine Freundin! Du brauchst eine Nutte!"
Der Mistkerl grinste nur und antwortete : „Wieso, ich habe doch schon eine!"
Dann schlug das Mädchen ihn mit der Hand ins Gesicht und ging. Der Kerl lachte nur.
Ich verstehe so etwas nicht. Ich könnte nie ein Mädchen so behandeln, doch ich weiß mittlerweile, daß ich sowieso nie eine Freundin finden werde. Aus irgendeinem Grund bin ich verflucht. Doch bald schon sollen einige Menschen meine Rache zu spüren bekommen.

Aus: Song für James Cohlen. Rockband The Cohlens
Man konnte ihn kommen sehen,
doch keiner hatte Zeit zu gehen.
Es ging so schnell,
man hörte einen Knall,
ihr Blut floß überall.

Er blickt dich grinsend an,
in einer Ecke,
wo keiner fliehen kann.
Du hast Angst doch du kannst nicht fort.
Du bist mit ihm alleine dort.

Aus: Tagebuch von James Cohlen 17.6.99
Liebes Tagebuch,
ich wartete nun lange genug, morgen ist der große Tag. Ich habe alles bis ins kleinste Detail geplant und ich freue mich schon darauf. Natürlich verspüre ich ein kleines wenig Angst. Doch ich weiß, daß ich es tun muß. Es muß einfach sein.

Die Ticketverkäuferin blickte Cohlen nur kurz an und schien sich nicht darüber zu wundern, daß er mit einem Rucksack ins Kino ging. Nun es war ja auch ein kleiner Rucksack, doch groß genug, daß vier 30 Zentimeter Rohre drin Platz fanden.

,Wenn die wüßte was ich noch so in meinen Taschen habe!' dachte sich Cohlen.

Aus: Universitätsvorlesung von Professor Stein. Fachgebiet Kriminalistik

Cohlens Tat war geplant, er entspricht nicht dem Bild des typischen Amokläufers, aus seinem Tagebuch konnten wir entnehmen, daß er mindestens drei Monate seine Tat plante. Und leider müssen wir ihm eingestehen, daß er es gut geplant hatte. Er hatte alle seine Opfer in einer Falle. Niemand konnte fliehen ohne im ins Visier zu laufen. Und wie ich es schon sagte, es hätte uns alle treffen können. Augenzeugen-berichten nach lachte er als er auf diese armen Menschen schoß. Ich denke es ist eine traurige Tatsache, daß sich diese Amokläufer köstlich dabei amüsieren wenn sie andere Menschen sterben sehen...

Aus: Polizeibericht James Cohlen

Wir fanden 112 leere Patronenhülsen am Tatort. Cohlen schoß mit zwei verschiedenen Waffen, eine 22er die er dann auch zum Schluß gegen sich selbst richtete und eine 37er. Er schoß vermutlich zuerst das Magazin der 37er leer, ließ die Waffe zu Boden fallen und schoß dann mit der 22er weiter. Jedesmal wenn das Magazin leer war entfernte er es und steckte ein neues in die Pistole. Schließlich hatte er genug Zeit, denn sämtliche Personen waren mindestens 15 Meter von ihm entfernt.

Aus: Das neue große Volkslexikon. Eber Verlag.

cohlen: jmd. oder etwas cohlen [kouhlen]. Jugendlicher Ausdruck für jemanden töten oder extreme Gewaltanwendung. Benannt nach dem Amokläufer → Cohlen, James.

Cohlen, James: 9.1.1973-18.6.99 Amokläufer der am 18.6.99 87 Menschen teils mit Schußwaffen, teils mit selbst gebauten Bomben tötete und weitere 36 zum Teil schwer verletzte. Cohlen tötete sich nach seiner Tat selbst. (Foto siehe Seite 115).

Aus: Universitätsvorlesung Professor Stein Fachgebiet Kriminalistik

In letzter Zeit wurden einige Stimmen laut welche eine Waffenkontrolle vor Kinosälen forderten. Dies ist totaler Unsinn, denn es gibt für solche Menschen wie Cohlen tausend und mehr Orte um ihre Tat auszuüben. Man müßte dann sämtliche Plätze dieses Landes kontrollieren und man wäre sich immer noch nicht sicher. Sicherlich war Cohlens Tat erschreckend, doch eine solche Situation kann immer wieder vorkommen, heute, morgen, jede Sekunde kann einer mit einer geladenen Waffe vor Ihnen stehen und abdrücken.

Die Statistiken zeigen, daß es in letzter Zeit viele Nachahmer gab, alle sind davon begeistert gewesen wie die Medien aus James Cohlen einen regelrechten Star machten. Denken wir doch einfach nur an die Tatsache das man sein Leben und seine Tat verfilmte. Zwar kann ich ihnen sagen, daß dieser Film nur sehr wenig mit den Einträgen aus seinem Tagebuch gemeinsam hat. Für verschiedene jugendlichen Gruppen ist James Cohlen ein regelrechter Star, letzte Woche sah ich, daß man in einem Laden ein Shirt mit seinem Foto drauf kaufen konnte. Über dem Bild war der Schriftzug „Ich habe ein Idol!", und unter dem Foto stand „James Cohlen". Auch das Buch „Der Tag an dem James Cohlen kam" war monatelang auf der Bestsellerliste von fast jedem Buchladen.

Aus: Der Tag an dem James Cohlen kam.
Augenzeugenbericht

Ich denke nicht, daß es irgendeinem auffiel, daß Cohlen mitten im Film aufstand und sich vor die Tür stellte. Es geschah alles so verdammt schnell, es gab kein Hände Hoch Gebrüll oder sonst irgend etwas. Ich höre noch immer denn Knall als Cohlen seine erste Rohrbombe in die eine Ecke des Saales warf. Der Kinosaal war vollgefüllt. Einige wurden sofort von der Bombe getötet, ich hörte Schrei, sah wie sich Menschen zu Boden warfen, doch ich wußte nicht was geschah.

Dann eröffnete Cohlen das Feuer. Schüsse peitschten durch den Saal, ich hörte wie Menschen starben, in der Luft hing irgendwie der Geruch von Blut und Pulver. Die meisten hatten keine Chance. Cohlen stand vor der Tür und ihm gegenüber befand sich der Notausgang. Jeder der versuchte durch eine dieser Tür zu fliehen wurde gnadenlos von ihm erschossen. Ich legte mich flach auf den Boden. Neben mir lag meine Freundin, sie war tot. Auf ihrer Stirn befand sich ein rotes Einschußloch. Ich drückte mich an sie, denn ich wollte es nicht wahrhaben. Meine ersten Gedanken waren, daß dies nur ein Traum wäre. Ich dachte es kann doch einfach nicht sein, du irrst dich.

Doch ich irrte mich leider nicht.

Ich konnte Cohlen lachen hören. Er lachte durch den ganzen Saal. Es war das scheußlichste Lachen das ich in meinem Leben jemals hörte.

Schließlich war es eine Sekunde ruhig, dann durchbrach ein Zweiter schrecklicher Knall die Stille. Ich vernahm wie die Sitzplätze aus ihrer Haltung gerissen wurden und roch Feuer.

Wie ich später in den Zeitungen laß verbrannten viele Menschen. Ich kann ihnen sagen, daß der Geruch von verbranntem Menschenfleisch fürchterlich ist, genauso wie wenn man sich einen Büschel Haare anzünden würde.

Weitere Schüsse fielen. Manchmal gab es eine sehr kurze Pause, vielleicht eine oder zwei Sekunden. Ich denke, daß war wenn er ein neues Magazin in seine Waffe steckte.

Ich hörte jemanden um Hilfe schreien. Doch niemand half der Person.

Ich konnte Cohlen wieder lachen hören!

Dieses Lachen war fürchterlich.

Ich drückte meinen Kopf fest gegen den Boden weinte und betete zugleich. Unweit von mir weg hörte ich eine Frau schreien. Doch der Schrei hörte schnell auf, denn Cohlen erschoß sie.

Eine Stimme erklang durch den Saal:

„Auf Wiedersehen!" schrie irgendeiner, der wie ich später erfuhr Cohlen selbst war.

Dann ertönte der letzte Schuß. Er war dumpfer als all die anderen Schüsse.

Danach war es still.

Ich weiß nicht wie lange ich noch dort lag. Wahrscheinlich sehr lange denn ich hielt meine Tote Freundin im Arm...

Citizen Z

Es gibt so viele Sachen im Leben die man nicht glauben, und genau so viele Sachen, welche man sich nicht vorstellen kann. Aber soll dies heißen, daß es diese denn Sachen nicht gibt? Nein, sicherlich nicht!

Ich denke da zum Beispiel an meine Ehefrau Tanja. Als ich sie kennenlernte war sie mit einem meiner besten Freunde zusammen und ich konnte sehr oft miterleben wie er sie für dumm verkaufte. Natürlich fragte ich mich was ihr bloß an ihm gefiel, denn ich fand, daß sie ein verdammt hübsches Mädchen wäre. Doch ich hätte niemals daran geglaubt, daß wir einmal zusammen kämen, nicht einmal in meinen tiefsten Träumen.

Doch nachdem es endgültig aus zwischen ihr und meinem Freund war rief sie mir manchmal an und ich fing an auch sie anzurufen, doch bloß aus Neugierde, weil es mich interessierte wie es ihr wohl ginge. Schließlich begannen wir zusammen auszugehen, gingen zusammen ins Kino und wurden plötzlich ein Liebespaar. Und wir heirateten. Eine Sache die ich mir nie hätte vorstellen können war doch Wirklichkeit geworden.

Ich bereute es nie, denn ich kann ihnen sagen, daß ich sie sehr liebe, und ich denke sie liebt mich auch.

Diese kleine Geschichte sollte Ihnen eigentlich nur zeigen, daß es Sachen gibt an die man nicht glaubt und die man sich nicht vorstellen kann

Und Citizen Z war genau eine solche Sache.

Kurz vor meiner Hochzeit trat ich der Polizeischule bei und nun bin ich ein Polizist, ein richtige Bulle, und seit geraumer Zeit arbeite ich bei der Mordkommission. Ich erinnere mich manchmal an die ersten Leichen welche ich sah, und ich fand es damals so abscheulich, daß ich mich beinahe erbrochen hätte. Mittlerweile sah ich schon viele Leichen und ich empfinde nicht mehr gerade so viel das Gefühl der Abscheu, doch ich finde es immer noch furchtbar. Einmal, da gab es einen jungen Mann der gleich vier Menschen bestialisch hinrichtete, zum Beispiel hat er einen von ihnen mit einen Bügeleisen verbrannt. Wir fanden diesen jungen Mörder mit aufgeschnittenen Pulsadern und einer Überdosis von Medikamenten in einem Wald.

Viele dieser Leichen waren schlimm, doch das Schlimmste was ich jemals erlebte war Citizen Z.

An irgendeinem Septembermorgen riß mein Piepser mich aus dem Schlaf. Es war einer dieser Septembermorgen die einen schon verdammt viel an den Herbst erinnern und ich weiß noch, daß es eine ganze Woche lang geregnet hatte.

Nachdem ich geschnallt hatte, daß es mein Piepser wäre der mich aus dem Schlaf riß, sprang ich sofort aus meinem Bett und rief meine Dienststelle an. Tanja lag nur neben mir und drehte sich zur Seite. Am Telefon unterrichtete man mich, daß es einen Mord gegeben hätte und daß ich sofort zum Tatort kommen sollte. Ich notierte mir die Adresse auf einen abgerissenen Zettel und zog mich hastig an. Ich trank nur einen kleinen Schluck meiner Tasse Kaffe und begab mich dann zu der besagten Stelle wo es den Mord gegeben haben soll. Irgendeine Nervosität stieg in mir auf und ich hoffte innerlich, daß sie die Leiche schon entfernt hätten wenn ich ankäme.

Doch es war nicht so.

Zwar war die Leiche schon zugedeckt, doch irgendwie schien der Geruch des Todes noch in der Luft zu hängen. Eine Art Unwohl stieg in mir auf.

Ich war in die 34. Straße gekommen, ein absolutes Armenviertel voller Asozialen, Drogendealern und Käufern sowie extrem billigen Nutten. Ich war schon immer der Überzeugung es wäre besser gewesen diese Straßen dicht zu machen und sämtliche Häuser niederzubrennen.

Ich starrte auf die zugedeckte Leiche die da auf dem Fußboden lag. Das Zimmer war relativ schäbig eingerichtet, die meisten Möbel sahen genau so aus als ob sie gerade vom Sperrmüll kommen würden. Auf einem schrecklich grün angestrichenem Tisch stand ein Aschenbecher welcher hoffnungslos überfüllt war.

„Ihre Freundin hat sie gefunden, sie hatte einen Schlüssel und wollte die Tote abholen, allerdings kam sie etwas zu spät. Der Name der Toten war Sandra Endel, eine Nutte, 23 Jahre alt und schon mehrmals wegen Drogendelikten aufgefallen.", sprach Kommissar Berrel zu mir.

Ich schaute zu Berrel hinüber, er war ein dicker Mann und sein Gesicht erinnerte mich an das Gesicht einer Spitzmaus. Vielleicht kam das durch seine abstehenden Ohren. Aber er war ein Koloß von einem Mann, hatte fast zwei Meter Größe.

„Sehen Sie sich das mal an!" rief Berrel mir zu wobei er sich über die Leiche beugte und seine Hand den Zipfel der Decke faßte. Er legte den Kopf der Toten frei.

Ihr Gesicht war grün und blau geschlagen worden, und man hatte ihr ein seltsames rotes Zeichen auf die Stirn gemalt, einen roten fünfzackigen Stern, vermutlich mit ihrem eigenem Blut.

Sie war daran gestorben, daß der Mörder ihr das Herz herausgeschnitten hatte, doch das Organ war nirgends zu finden.

Ich beugte mich leicht nach vorne und schaute der Toten näher ins Gesicht.

„Was ist das denn für ein Zeichen? Ein Judenstern?" wollte ich von Berrel wissen.

Doch noch bevor mir Berrel eine Antwort geben konnte hörte ich eine andere mir nur all zu wohl bekannte Stimme im Zimmer:

„Ein Judenstern hat sechs Zacken, dieser hier aber nur fünf. Es ist ein Pentagramm!"

Ich schaute in die Richtung aus der die Stimme erklungen war und konnte Sam da stehen sehen. Und natürlich grinste er mich an!

Sam war in meinen Augen kein Mensch. Er schien keinerlei Gefühle zu haben, schien weder den Tod noch Teufel zu fürchten, geschweige davon etwas zu respektieren, und es schien einfach nichts auf der Welt zu geben was er liebte. Er brachte es fertig bei Leichen die regelrecht zerschmettert worden waren seelenruhig sein Butterbrot zu essen und sich über die Toten lustig zu machen. Sein Wortschatz verfügte über einen unendlich großen Bereich an den schlimmsten Beschimpfungen welche man sich auch nur vorstellen konnte.

Einmal wurde eine Leiche kurz nach Weihnachten gefunden, Sam beugte sich zu dem Toten herunter und flüsterte in dessen Ohr, allerdings laut genug damit es sämtliche Umherstehenden hören konnten:

„Du Trottel hättest Weihnachten bei deiner Familie verbringen sollen, dann würdest du noch leben!" Dann erhob er sich und grinste uns alle an.

Doch Sam war klug, verdammt klug. Man konnte sehen, daß sich hinter seinen hellblauen Augen ein wacher Geist befand, den man nicht so leicht in die Irre führen konnte. Und er besaß eine unvorstellbare Energie, er schaffte es nächtelang nicht zu schlafen und trotzdem immer noch hellwach zu sein.

„Was ist ein Pentagramm?" wollte Berrel von Sam wissen.

„Ein altes mystisches Zeichen, falls ich mich nicht irre war es ein früheres Zeichen von Alchimisten, doch dieses Pentagramm auf der Stirn dieser Hure sieht anders aus. Es ist umgekehrt, es steht auf dem Kopf. Das ist ein Zeichen von Satansanhängern."

„Also ist es möglich, daß der Mörder Anhänger einer Sekte ist!" fiel ich ins Wort ein.

„Ist schon möglich, und vielleicht war das Flittchen auch in irgendeiner Sekte, vielleicht wollte sie auch aus dem Verein austreten. Doch eventuell kann uns ihre Freundin die sie fand ja mehr erzählen."

Sam trat einen Schritt näher, Berrel und ich erhoben uns.

„Wurde die Nutte den noch einmal gefickt bevor der Kerl sie kaltmachte?" fragte Sam grinsend Berrel.

„Das soll der Gerichtsmediziner herausfinden. Und wann lernen Sie endlich mal wie ein zivilisierter Mensch zu reden?"

„Wo ist denn nun die Freundin der Nu.. Entschuldigung, der Verstorbenen denn jetzt?" Aus Sams Mund klangen die Worte wie blanker Hohn.

„Auf dem Polizeirevier."

Ich schaute mich noch ein klein wenig in Sandras Zimmer zusammen mit Berrel um, doch wir konnten mit Ausnahme von einer kleinen Menge Haschisch nichts besonderes entdecken.

Sam und ich sollten die Freundin der Toten verhören und so hoffentlich eine Spur zu dem Mörder finden, denn bis zu diesem Zeitpunkt hatten wir gar nichts. Ein Raubmord schien es ja nicht gewesen zu sein, und sicherlich war es kein Mord im Affekt, denn sonst hätte der Kerl ja sicherlich nicht das Herz des Mädchen herausgeschnitten und danach noch ein Pentagramm auf ihre Stirn gezeichnet. Es sah also eher nach einem Ritualmord aus, und nun blieb eigentlich nur noch zu hoffen, daß es sich um den einzelnen Mord eines Verrückten handelte und nicht um einen neuen Serienmörder.

Sam legte sich sofort ins Zeug.

„Wie heißen Sie?"

„Rosa Flora!"

„Und was machen Sie beruflich?"

Rosa wischte sie mit einem Taschenbuch die Tränen aus den Augen und benutzte danach das Tuch um sich die Nase zu putzen. Dann zerdrückte sie das Tuch in ihrer Hand. Sie sah relativ hübsch aus, hatte 24 Jahre, doch sie wirkte einige Jahre älter. Ihre Haare waren rot gefärbt. Sie trug hohe schwarze Stiefel, einen Minirock, der Bauchnabel war frei und man konnte sehen, daß sie ein Piercing im Nabel hatte. Natürlich waren ihre Augen rot geweint, denn schließlich kam es ja nicht alle Tage vor, daß man seine Freundin tot auffinden sollte.

„Ich fragte Sie was Sie beruflich machen!" wiederholte sich Sam.

„Ich bin Freischaffend!"

„Sie wollen wohl sagen, daß Sie einen Job haben wo Sie ziemlich oft auf dem Rücken liegen und die Decke anstarren? Ist es so?"

Sie sah ihn voller Abscheu an doch sie blieb stumm.

„Wann wollten Sie Ihre Freundin Sandra abholen?"

„Gegen sechs Uhr!"

„Und was wollten Sie beide denn so früh machen? Ich denke um diese Zeit sind nicht so besonders viele Kunden unterwegs oder hatten Sie etwa Frühschicht?"

Ich ekelte mich davor so zu hören wie er sich über das Mädchen lustig machte.

„Wir wollten einen Ausflug zusammen machen, in einen Vergnügungspark!"

„Aha, Sie hatten also heute frei. Ist Ihnen in den letzten Tagen irgendeine seltsame Person aufgefallen, vielleicht ein Kunde der sich sehr seltsam benahm? Oder einer der Ihre Freundin beobachtet hatte?"

„Nicht das ich wüßte!"

„Sind Sie sicher?"

„Nun ich denke schon!"

Sie putzte sich erneut ihre Nase.

„Hat Sandra irgend etwas besonderes zu ihnen gesagt? Hatten Sie vielleicht einen perversen Freier? Oder wie ist es mit Ihrem Chef?"

„Wir haben keinen Chef!"

„Wie, Sie haben keinen Zuhälter?"

„Nein, haben wir nicht!"

„Sind Sie sicher?"

„Natürlich bin ich mir sicher!"

„Und Sie haben auch keinen Anwärter für diesen Posten?"

„Nein, auch das haben wir nicht!"

„Wann sahen Sie Sandra das letzte Mal?"

„Es war gestern Abend gegen zehn Uhr, wir standen an der Straße und warteten. Ein Auto blieb stehen und nahm mich mit Als ich etwas später zurück kam, es war so etwa eine halbe Stunde später war Sandra auch weg. Ich dachte mir, daß Sie nach Hause gegangen wäre, denn es war ziemlich kalt gestern Abend."

„Ja, zumal wenn man in leichter Kleidung unterwegs ist!" grinste Sam.

„War Sandra in irgendeiner Sekte oder religiösen Gemeinde oder so etwas?"

„Nein, nicht das ich wüßte, sie glaubte nicht an Gott!"

„Und Sie Rosa? Was ist mit Ihnen?"

„Nein, bin ich nicht. Ich glaube auch nicht an Gott!"

Sam beugte sich nach vorne und sah ihr in die Augen. Man konnte es Rosa absehen, daß es ihr unwohl war so von ihm beobachtet zu werden.

„Doch dann glauben Sie doch sicherlich an den Teufel?"

„Nein," ihre Stimme klang weich und weinerlich. „auch das tue ich nicht!"

Sam erhob sich wieder und verließ den Raum. Ich folgte ihm.

„Was denken Sie Sam?"

„Ich denke das Sie eine verdammte Spaghettifresserin ist. Aber ich glaube sie sagt die Wahrheit."

Wir nahmen Rosa noch mal kurz ins Kreuzverhör, doch vergeblich, es kam nichts dabei heraus. Also irgendwann zwischen zehn und halb elf hatte Sandra vermutlich ihren Mörder getroffen. Rosa erzählte uns das sie manchmal gegen Aufschlag die Freier mit nach Hause nahmen. Vermutlich war das auch bei Sandra der Fall. Bloß nahm sie diesmal keinen normalen Kunden mit nach Hause.

Wissen Sie eigentlich, daß wenn das Opfer weiblich ist, der Mörder fast immer ein Mann ist?

Diesmal war die Leiche nicht zugedeckt als ich ankam, und außerdem war das Opfer keine Prostituierte, sondern eine alleinstehende, geschiedene Frau Mitte Dreißig. Auch Sie trug dieses Pentagramm auf der Stirn, doch der Mörder hatte ihr nicht nur das Herz, sondern fast alle Organe aus dem Brustkorb genommen. Und an der Wand stand in roten Buchstaben geschrieben: ‚Ordo Tempi Orientis'.

„Wissen Sie was das bedeuten soll?"

„Tue was du willst, das sei das Gesetz! Auch so ein Sektenspruch!" antwortete mir Sam.

„Warum glauben Sie, daß er ausgerechnet Frauen tötet?"

„Ich weiß es nicht. Jedenfalls sind es keine Sexualdelikte. Vielleicht haßt er sie. Vermutlich ist er aber nur feige und sucht sich Opfer die schwächer sind als er!"

„Der Täter kam durch die Kellertür ins Haus." Rief uns Berrel zu. „Er schlug dort eine kleine Scheibe ein und öffnete dann mit der Hand das Schloß!"

„Irgendwelche Spuren?"

„Diesmal fanden wir einige Fußspuren im Garten. Unsere Experten sind gerade dabei die Abdrücke zu untersuchen. Wenn wir Glück haben werden wir vielleicht auch noch einige Fingerabdrücke finden."

Doch darin sollten wir kein Glück haben.

Es waren zwei Wochen zwischen den beiden Morden vergangen und es waren auch zwei Wochen voller Fragen gewesen. Ich fühlte mich glücklich mit Tanja, doch ich erkannte auch, daß ich schreckliche Angst davor hatte sie zu verlieren. Ich dachte an die Leichen und ich mußte einsehen wie schnell es doch gehen kann einen Menschen zu verlieren. Wer garantierte mir eigentlich, daß dieser Verrückte nicht auch sie tötete? Niemand! Oder wer konnte mir schon garantieren das sie mich nicht eines Tages verlassen würde? Auch niemand!

Zuerst beschloß ich einfach ein wenig in der Gegend umher zu fahren, doch dann kam mir die Idee eine Kneipe aufzusuchen und mich mit einem kleinem Drink zu beruhigen. Es regnete leicht und ich sah die Scheibenwischer über meine Frontscheibe gleiten. Jedesmal gaben sie dabei ein leises Quietschen von sich.

Schließlich sah ich ein Café, hielt nach einem freien Platz Ausschau und hielt an. Ich war noch nie vorher in dieser Kneipe gewesen und fand das auch gut, denn ich wollte ungestört sein.

Ich zog die Tür auf und trat ein.

Es waren nicht viele Gäste dort und es war eine relativ kleine Kneipe. Ich schaute mich kurz um und erblickte einen freien Tisch und beschloß mich dahin zu setzen.

Eine Kellnerin kam zu meinem Tisch, sie war noch recht jung und sie hatte wunderschöne lange braune Haare. Eigentlich war sie in großem ganzen eine wunderschöne Frau. Der Ausschnitt in ihrer Bluse zeigte mehr Haut als er verbarg.

Ich bestellte mir ein Bier.

Es dauerte nur sehr kurz, da steuerte sie erneut meinen Tisch an, doch diesmal mit dem von mir gewünschten Getränk.

Ich trank einen Schluck und schaute auf die Tischplatte.

„Na wenn das keine Überraschung ist!" hörte ich eine mir bekannte Stimme hinter meinem Rücken. Ich dreht mich um obschon ich bereits im Voraus wußte wen ich da erblicken sollte.

Es war Sam.

„Ich nehme doch an ich darf mich zu Ihnen setzen!"

Er hatte die Worte kaum zu Ende gesprochen da zog er auch schon einen Stuhl vom Tisch weg und setze sich auf diesen.

„Was trieb Sie denn hierhin?"

„Zufall, ich suchte eine ruhige Kneipe um nachzudenken!"

„Um über Citizen Z nachzudenken?"

„Wen?" fragte ich ihn.

„Citizen Z, ich nenne diesen Kerl der all diese Morde begangen hat so, nach einem Film den ich einmal sah."

Ich erinnere mich daran, daß ich Sam damals nicht sehr besonders mochte und seine Gesellschaft an meinem Tisch mich mehr störte als mir gefiel. Sein Herz aus Stein störte mich.

Er bestellte sich auch ein Bier bei der jungen Bedienerin.

„Haben Sie eigentlich Kinder?" wollte er plötzlich von mir wissen.

„Nein, habe ich nicht!"

„Aber Sie sind doch verheiratet!"

„Ja das bin ich! Und Sie Sam?"

Die Kellnerin stellte das Bier vor ihm ab. Sam trank einen Schluck und fing an zu grinsen.

„Nein, das bin ich nicht und das will ich wohl auch nie werden. Ich kann einfach nicht mit anderen Menschen zusammen leben, habe das noch nie gekonnt, ich liebe es einfach viel zu sehr alleine zusein. Und außerdem gibt es viel zu viele schöne Frauen auf der Welt. Ich versuchte einmal mit einem Mädchen zusammen zu leben, ich war noch sehr jung damals, ich glaube 23 wenn ich mich richtig erinnere. Ich mußte sie schon schnell aus meiner Wohnung hinauswerfen. Diese alte Nutte!"

Es grinste mich an, ich empfand es als häßliches Grinsen.

„Wie lange waren Sie denn vorher mit ihr zusammen?"

„Etwas mehr als sechs Jahre. Das ist nun neun Jahre her und in den neun Jahren lese ich fast täglich die Zeitung und schaue mir die Todesanzeigen an weil ich hoffe das sie drin steht und das sie verreckt ist Doch das ist leider noch immer nicht geschehen.

„Warum sind Sie eigentlich zur Polizei gekommen?" wollte ich von dem Mann wissen der täglich vergeblich die Todesanzeige einer seiner Ex-Freundinnen suchte und von dem ich wußte, daß er sich nicht besonders um das Wohle seiner Mitmenschen sorgte.

„Weil ich hoffe mal jemanden erschießen zu können." Ich hörte es in seiner Stimme, daß er es Ernst meinte.

48

„Doch kommen wir mal zu Citizen Z, ich frage mich wirklich was diesen Kerl zum töten antreibt! Und was diese Zeichen bedeuten sollen!" fuhr er fort.

„Woher kennen Sie diese Zeichen und woher wissen Sie was dieser Spruch bedeutet?"

„Weil ich mit einem solchen Kram groß geworden bin. Meine Mutter war verrückt nach diesem Sektenschwachsinn, und war in jeder Menge religiöser Gemeinschaften. Als ich noch klein war da hat sie mich dahin mitgeschleppt. Ich haßte es, und ich habe sie auch gehaßt. Als ich meine 18 Jahre bekam bin ich von zu Hause abgehauen. Und ich bereute es nicht eine einzige Sekunde."

Ich lehnte mich zurück und schaute kurz zu der schönen jungen Kellnerin. Ich fragte mich warum Sam wohl die Zeitung laß und die Todesanzeige seiner Ex-Geliebten suchte. Besaß er vielleicht eine andere Hälfte und hatte sie diese gesehen? Oder hatte sie ihn etwa verlassen und er sie geliebt? Aber vielleicht war er ja wirklich nur so grausam.

Sam zündete sich eine Zigarette an und atmete den Rauch ein.

„Ich hoffe nur das wir bald diesen Hurensohn von Citizen Z bald schnappen. Ich werde ihn so verhauen das er seiner Mutter seinen Paß zeigen muß damit sie ihn wieder erkennt."

Ich blickte noch mal zur Kellnerin, doch diesmal bemerkte Sam es.

„Sie ist nicht besonders, nahm sie einmal mit nach Hause, ich war stockbetrunken an dem Abend. Wenn man bedenkt, daß sie verheiratet ist..."

Ich richtete meinen Blick erneut auf Sam. „Nehmen Sie öfters verheiratete Frauen mit nach Hause?"

„Manchmal tue ich es, ja! Das ist auch ein Grund warum ich niemals heiraten werde, denn ich weiß ja wie diese Weiber sind. Du gehst kurz zur Arbeit und dann steht schon irgendein anderer vor der Tür und fickt deine Frau von allen Seiten."

Ich dachte an Tanja und übel stieg in mir auf. Betrügte sie mich etwa auch? Ich konnte es mir nicht vorstellen, doch welcher Ehemann kann so etwas schon?

Sam zog erneut an seiner Zigarette.

„Wir wissen nicht besonders viel über Citizen Z, nur das er ein Messer, vermutlich ein Schlachtermesser benutzt und sehr wahrscheinlich männlich ist. Doch warum tötet er? Kannte er vielleicht seine Opfer? Hat er sie beobachtet, oder wählte er sie zufällig aus? Was geht in ihm vor? Ich sah noch nie solche Morde. Nicht mal die Morde von Jim Daniel waren so schrecklich!"

„Ich schloß meine Augen und erinnerte mich wieder einmal an Daniels. Er hatte vier Menschen getötet, alles stadtbekannte Halunken, anscheinend wie er behauptete um den Mord an seiner Freundin zu rächen. Wir fanden ihn mit aufgeschnittenen Pulsadern und einer Überdosis von Medikamenten in einem Wald. Neben ihm lag seine Geschichte, er hatte sie noch kurz vor seinem Selbstmordversuch niedergeschrieben. Ich laß alle Seiten durch und war mir sicher das er verrückt geworden war. Die Geschichte kam einem kompletten Geständnis gleich, doch er stritt seine Tat sowieso nicht ein einziges Mal ab.

„Vielleicht kommen Ihnen Daniels Morde nicht so grausam vor, weil sie eine ganz andere Perspektive hatten. Diese Opfer sind Frauen, Daniel tötete stadtbekannte Taugenichtse, und er tötete aus Rache." sprach ich zu Sam.

„Ja, Sie haben vermutlich Recht." Er drückte seine Zigarette im Aschenbecher aus. „Doch soll ich Ihnen etwas verraten? Ich hätte genau das gleiche getan wie er. Schließlich laß ich auch seine Geschichte, und er war wirklich sehr verliebt in dieses Mädchen, wie war ihr Name doch gleich? Marie denke ich!"

Ich fragte mich woher Sam das Wort Liebe überhaupt kannte.

Ich blieb noch eine Weile sitzen, trank ein zweites Bier und unterhielt mich noch etwas mit ihm. Dann verabschiedete ich mich und fuhr nach Hause zu meiner Frau.

Drei Tage später weckte das Klingeln meines Telefons mich auf. Ich schaute auf meine Armbanduhr und stellte fest das es mitten in der Nacht war und wußte bereits im Voraus, daß dieser Anruf etwas schlechtes bedeutete. Ich sollte Recht behalten. Man hatte wieder eine Frauenleiche gefunden.

Ich fuhr zu der Stelle die der Anrufer mir genannt hatte. Es war ein Haus am Stadtrand.

Es war wieder eine alleinstehende Frau, ich sah die Leiche und mußte feststellen das die Frau bestimmt einmal sehr hübsch gewesen war, man konnte noch immer eine gewisse Schönheit an ihr erkennen, selbst jetzt nachdem der Kerl ihr das Gesicht grün und blau geschlagen hatte.

„Ich frage mich wie der Kerl seine Opfer aussucht!" hörte ich Sam hinter mir sagen.

Ich drehte meinen Kopf zu ihm um. Hinter Sam konnte ich eine Zeichnung an der Wand sehen, es war ein umgedrehtes Kreuz, und es war zweifelsohne mit dem Blut der Toten gezeichnet worden. Der Boden war blutbefleckt, und man hatte auch ihr sämtliche Organe entfernt.

„Und ich frage mich was der Kerl mit den Organen der Menschen macht!"

„Vielleicht ißt er sie auf, oder er sammelt sie." hörte ich Sam spotten.

Aufgeregt kam Berrel ins Zimmer gestürzt. „Wir haben eine Zeugin!" rief er uns zu.

Eine Nachbarin hatte verdächtige Person um das Haus schleichen gesehen und konnte uns eine relativ gute Beschreibung liefern. Noch in der selben Nacht zeigten wir der Frau unsere Verbrecherfotos, doch der Kerl war nirgends abgebildet. Der mutmaßliche Täter war schätzungsweise Mitte 30 hatte eine Größe von ungefähr eins achtzig und blonde schulterlange Haare. Wir hatten also eine erste heiße Spur.

Am frühen Morgen ging ich zusammen mit Sam zu der Wohnung wo wir die letzte Leiche fanden und durchsuchten das ganze Haus. Im Wohnzimmer öffnete ich eine Schublade und fand eine Menge Briefe darin. Ich nahm sie in meine Hand und erkannte das es Antwortbriefe auf eine Chiffreanzeige waren. Ich laß den ersten Brief und sah mir den zweiten an. Plötzlich stand Sam neben mir.

Vielleicht war dies die Art und Weise wie Citizen Z seine Opfer fand. Nachmittags durchsuchten wir auch das Haus des zweiten Opfers. Wir hatten Glück, wir fanden einige Briefe in einem Buch versteckt. Also hatten beide Opfer eine Chiffreanzeige aufgegeben. Doch bei Sandra fanden wir nichts, doch das sollte nichts bedeuten, denn schließlich könnte sie ein Zufallsopfer gewesen sein.

Sam und ich verglichen die Briefe der beiden Opfer und wir fanden drei identische Adressen. Danach suchten wir im Polizeicomputer nach mehr Details der drei Personen. Doch keiner von ihnen war vorbestraft. Also beschlossen wir diese Drei aufzusuchen und zu schauen ob die Beschreibung welche die Person uns lieferte auf einen der Leute paßte.

Schließlich sollten wir den Kerl finden. Wir beschatteten sein Haus und die Beschreibung unserer Zeugin war wirklich zutreffend. Nun war natürlich das Problem einen Haftbefehl zu erhalten. Vorerst ließen wir also nur das Haus beobachten.

Ich ging mit Sam zu einem Snack Namens Mr. Rommel und dort aßen wir einen Hamburger.

„Glauben Sie das wir auf dem richtigen Weg sind?"

Sam putzte sich mit einer Serviette den Mund ab bevor er mir eine Antwort gab.

„Ich denke schon. Er wird wieder zuschlagen wollen, doch diesmal werden wir es verhindern und ihn in flagranti erwischen. Mittlerweile trägt Citizen Z ja einen Namen, Jack Revel. Ich denke es wäre dumm den Kerl jetzt zu verhaften, weil wir doch praktisch keinerlei Beweise hatten, und falls er einen gewitzten Anwalt hat wird der die Zeugenaussage verwerfen lassen. Doch wir werden ihn erwischen. Ich hoffe nur das er dann versuchen wird zu fliehen!"

„Warum denn das?"

„Dann kann ich ihn wenigstens erschießen, von hinten in den Kopf!"

Sam lachte und biß erneut in seinen Hamburger.

Wir ließen das Haus zwei Wochen lang rund um die Uhr beobachten und eines Nachts bekam ich einen Anruf das Citizen Z das Haus verlassen hätte. Die Polizisten die ihn beschatteten verfolgten ihn. Sämtliche verfügbaren Beamten wurden informiert und zum Dienste gerufen. Ich stürmte in meinen Wagen und raste in die Richtung in die auch Citizen Z unterwegs war. Die zwei welche den Kerl verfolgten teilten mir schließlich über Funk genau mit wo er gerade war. Ich hoffte nur, daß er wirklich zum Morden unterwegs war und nicht nur ein Päckchen Zigaretten oder so etwas kaufen wollte.

Doch wir hatten Glück.

Sam, drei weitere Beamten und ich stürmten das Haus und retteten damit wahrscheinlich das Leben der jungen Frau. Citizen Z versuchte tatsächlich zu fliehen, doch anstatt ihn zu erschießen stürzte Sam sich auf ihn und wurde von ihm niedergestochen.

Ich sah alles vor mir, zog meine Pistole und schoß auf Jack. Als die Kugel in seine Brust einschlug fiel er zu Boden, zwei der Polizisten liefen zu ihm und legten ihm die Handschellen an. Ich lief zu Sam. Er lag auf dem Boden und hatte seine linke Hand auf seine Bauchwunde gedrückt, doch das Blut quoll weiterhin heraus, seine Hand war bereits rot vom Blut. Ich bückte mich zu ihm herunter.

„Ich habe sie geliebt!" flüsterte er mit einer schwachen Stimme.

„Wie?"

„Ich habe sie so sehr geliebt. Doch ich habe es ihr nie gezeigt, nicht ein einziges Mal in all denen Jahren." Er hustete und ich fragte mich von wem er wohl sprach. Es fiel mir auf, daß er Blut hustete.

„Jetzt wird sie meine Anzeige lesen, und ich nicht ihre. Was sie wohl denken wird?"

Ich hörte ihn ein weiteres mal husten.

Dann starb er.

Genau wie mein Schuß auch Citizen Z getötet hatte.

Drei Tage später war ich auf Sams Begräbnis, es waren nicht besonders viele Leute anwesend, es waren fast alles Leute welche mit ihm zusammen gearbeitet hatten.

Ich erinnerte mich an Sams letzte Worte. Also war er doch nicht so hart und herzlos wie er immer getan hatte. Wir hatten in Jacks Wohnung die Organe der Opfer gefunden, er hatte sie in einer metallenen Kiste aufbewahrt, warum weiß niemand. Der Geruch von Verwesung war schrecklich. Außerdem fanden wir allerlei okkultisches Zeug, massenhaft Bücher über Teufelsanbetung, allerlei Zeichen waren an die Wände gepinselt worden und wir fanden massenweise Kerzen.

Tanja hatte mich auf das Begräbnis begleitet.

„Wart ihr gute Freunde?"

„Nein, eigentlich nicht direkt. Ich denke er hatte nicht viele Freunde, er mochte die Menschen nicht besonders!"

Danach verging ein Monat ohne das irgend etwas besonderes geschehen wäre.

Dann hörte ich meinen Piepser.

Die Nummer die ich darauf erblickte war die Nummer des Polizeireviers und ich wußte das ich zurückrufen sollte. Das tat ich dann auch sofort.

Man hatte erneut eine Frauenleiche gefunden!

Ich raste regelrecht zum Tatort, wieder war eine alleinstehende Frau ermordet worden und wieder einmal war der Täter durch die Kellertür eingedrungen.

Ich betrachtete die Leiche. Man hatte ihr die Kehle durchgeschnitten und den Brustkorb geöffnet, doch alle Organe schienen noch da zu sein. Auf der Stirn des Opfers war wieder ein Pentagramm gezeichnet und die Wand war voller obskurer, mir fremder Zeichen. Unter anderem stand die Zahl 666 an der Wand.

„Sieht ganz so aus als wenn Jack einen Nachfolger gefunden hätte."

„Ja, sieht ganz so aus!" stimmte ich zu.

Wir fanden keine Spuren und diesmal, obschon wir das ganze Haus zweimal durchsuchten, fanden wir auch keine Briefe. Also hatte der Täter eine neue Art seine Opfer zu finden. Die Frage war nur welche.

In der Nacht fiel ich in einen unruhigen Schlaf. Ich träumte von Jack alias Citizen Z und davon wie ich ihn erschoß, ich sah ihn erneut vor mir auf den Boden fallen.

Dann hörte ich eine Stimme meinen Namen rufen.

Ich kannte die Stimme.

Es war Sam.

Ich wußte, daß ich noch schlafen würde als ich aus meinem Bett stieg. Ich wußte das es einfach ein Traum sein müsse, denn schließlich war Sam ja tot.

Ich verließ das Schlafzimmer, blickte mich nah Tanja um und sah sie dort schlafen. Dann hörte ich das jemand im Wohnzimmer war und so beschloß ich nach zu sehen.

Ich schritt leise ins Wohnzimmer, und dort sah ich ihn auf dem Sofa sitzen. Er hatte einen Drink in seiner Hand und diesen ohne Zweifel aus meiner Bar genommen.

Nun ja, eigentlich war es Sams Geist den ich im Wohnzimmer sah.

„Warum hast du mich gerufen?" fragte ich ihn und erst heute fällt mir auf, daß ich ihn damals duzte, zum ersten Mal in meinem Leben duzte ich ihn.

Darf man Tote eigentlich duzen?

Sam nahm einen Schluck.

„Ich bin wegen Citizen Z hier. Er ist wiedergekommen!"

„Aber er ist doch tot!" regte ich mich auf und fragte mich noch in gleicher Sekunde warum ich mich eigentlich aufregte, denn schließlich mußte doch alles nur ein Traum sein.

„Das bin ich doch auch. Und trotzdem bin ich hier! Er will Stephanie töten. Aus Rache. Dieser eine letzte Mord war einfach nur um zu zeigen das er wieder da ist."

„Aber er ist doch tot!" wiederholte ich mich.

„Er wird Stephanie töten wenn du es nicht für mich verhinderst. Er ist nicht tot, jedenfalls nicht wirklich, denn sein Geist, seine Seele irrt immer noch umher. Und weißt du warum? Weil das Letzte war, was er sich wünschte war mir weh zu tun, und das Einzige was mir weh tun könnte wäre wenn er Stephanie auch noch töten würde. Der letzte Wunsch eines Sterbenden erfüllt sich immer, verstehst du, immer.

„Wer ist Stephanie?"

„Das einzige Mädchen das ich liebte, nein, eigentlich das einzige was ich jemals liebte, ich liebte sie so sehr, doch ich habe es ihr nicht ein einziges Mal gezeigt."

„Und wie soll ich ihn denn stoppen? Ich kann einen Toten doch nicht noch einmal töten!"

„Doch, das kannst du! Schieße auf ihn!"

„Und wenn er sich noch einmal wünscht zurück zu kommen?"

„Der Wunsch wird ihm nicht erfüllt werden, denn er hatte schon seinen letzten Wunsch!"

„Aber du sagtest doch das der letzte Wunsch immer in Erfüllung geht. Und das heißt das er sie doch töten wird, irgendwann."

„Ja, aber ich denke man kann doch wenigstens versuchen ihn aufzuhalten."

„Ich werde es versuchen!"

„Wirklich?"

„Ja!"

„Danke, ich vertraue dir!" Er griff in seine Tasche, ich sah ihn schon oft in seine Tasche greifen, und ich wußte schon im Voraus was er daraus heraus ziehen würde. In dieser Tasche pflegte er immer seinen Notizblock und seinen Kugelschreiber zu tragen. Er zog den Block hervor, nahm seinen Kugelschreiber und schrieb etwas auf einen Notizzettel. Dann riß er das Blatt aus seinem Block und warf es mir über den Tisch.

„Danke, hier hast du ihre Adresse!"

Ich nahm den Zettel vom Tisch und hielte ihn in der Hand. Ich weiß noch das ich dachte, daß das Blatt sich verdammt real anfühlte für einen Traum.

Dann verschwand Sam von einer Sekunde zur anderen. Nur sein Glas blieb auf dem Tisch stehen. Ich starrte eine Sekunde lang auf das Glas und beschloß dann zurück in mein Bett zu gehen. Doch vorher legte ich den Zettel mit Stephanies Adresse noch in meinen Nachttisch.

Als ich morgens erwachte war Tanja schon aufgestanden, und ich erhob mich auch. Sie befand sich in der Küche und bereitete unser gemeinsames Frühstück vor. Ich schlich mich von hinten an sie und gab ihn einen Kuß in den Nacken.

Sie drehte sich zu mir um, legte ihre Arme um meinen Hals und gab mir einen Kuß auf meinen Mund.

Ich ging zu Kühlschrank, nahm die Milch heraus und stellte sie auf dem Tisch ab.

„Stehst du oft in der Nacht auf und machst dir einen Drink?"

„Wie?"

„Nun, ich fand heute morgen ein Glas auf dem Wohnzimmertisch. Also nehme ich an das du dir einen kleinen Drink in der Nacht gemacht hast!"

Ich bejahte und verschwieg mein nächtliches Erlebnis vor Tanja, denn schließlich wollte ich ja nicht, daß sie mich für verrückt hielt.

Ich ging zurück ins Schlafzimmer und öffnete die Schublade meines Nachttisches. Sehr vorsichtig zog ich die Schublade heraus, denn ich befürchtete das ich etwas drin finden würde. Und so war es dann auch! Drinnen lag Sams Zettel. Ich nahm das Blatt in die Hand und starrte es genau so an als wenn es verhext wäre.

Die Buchstaben waren mit schwarzer Tinte geschrieben, doch ich kannte die Handschrift nicht. Meine eigene war es jedenfalls nicht, es wurde mir bewußt das es möglich wäre das Sam den Zettel geschrieben hätte, falls...

falls...er nicht tot wäre....

...aber das war er doch...

... oder?

Der letzte Wunsch.... sagte er doch!

...der letzte Wunsch eines Sterbenden...

..wird immer...

...erfüllt...!

Ich steckte den Zettel in meine Hosentasche.

Tausende von Fragen stiegen in mir auf. War so etwas möglich? Nein, sicherlich nicht! Aber wer sagte das? Wer kann beweisen das Tote nicht wiederkommen können? Sind Tote tot?

Wird der letzte Wunsch eines Sterbenden immer erfüllt?

Doch sind Tote denn nicht tot?

Ist tot denn nicht für immer?

Doch was ist für immer?

Ewigkeit!

Was ist Ewig?

Länger als man sich vorstellen kann und dann noch ein Stückchen mehr?

Bis an das Ende aller Tage?

Und dann?

Niemand weiß es!

Ich fragte mich ob ich nicht einfach nur verrückt geworden war, oder ob mir meine Phantasie einfach nur einen Streich gespielt hatte.

Vielleicht war ich ja einfach nur überarbeitet, vielleicht brachten die vielen Morde mich auch durcheinander!

Doch ich wollte doch einfach nur mal auf den Geist der mir in der Nacht erschienen war, hören.

Am Nachmittag fuhr ich zu der Adresse die Sams Geist mir gegeben hatte. Ich hielt vor dem Haus und beobachtete das Gebäude von meinem Wagen auf. Es fiel mir auf, daß das Haus in der Nähe von dem Wohnort des letzten Opfers lag.

Nach dem ich eine halbe Stunde dort stand öffnete sich die Haustür und ich konnte eine Frau sehen. Sie war wirklich schön, sie hatte langes rotblondes Haar und ich schätzte sie ein kleines Stück größer als Sam. Sie trug einen blauen Pullover und sie schien auch recht gut gebaut zu sein. Ich fragte mich was wohl damals in Sam vorging ein solches Mädchen nicht an sich zu halten.

Ich stieg aus dem Wagen und ging zu dem Haus.

„Sind Sie Stephanie?"

Sie sah mich fragend an. „Ja, das bin ich!"

Ich stellte mich vor. „Nun, ich nehme an Sie kennen doch Sam!"

Ich konnte in ihrem Gesichtsausdruck sehen das sie nicht gerade begeistert war seinen Namen zu hören.

„Ja, ich kenne ihn. Was ist denn?"

„Er ist tot!" (oder nicht) „Er wurde bei der Festnahme eines Mörders tödlich von diesem verwundet. Er bat mich als er am sterben lag, Sie noch einmal zu grüßen."

„Kommen Sie doch bitte mit ins Haus!"

Ich folgte der Einladung, drinnen bot sie mir eine Tasse Kaffe an und ich stimmte zu. Als sie in der Küche war und den Kaffe zubereitete da konnte ich sie rufen hören:

„Sam liebte Kaffe, er hätte ihn am liebsten Literweise getrunken!"

Sie brachte uns zwei Tassen, ich saß auf ihrem Sofa und sie setzte sich mir gegenüber.

„War Sam ein guter Polizist?"

Ich schaute in ihre blauen Augen. Von nahe fand ich diese Frau noch schöner.

„Ja, das war er!"

„Das verwundert mich, denn ein guter Mensch war er nicht! Er kannte keinerlei Gefühle, ich war lange mit ihm zusammen, doch ich erfuhr eigentlich nie wie er wirklich war. Er war klug, verdammt klug, doch er hatte vor nichts Skrupel. Er konnte sich zum Beispiel kaputt lachen wenn er ein totes Tier sah. Er konnte so gemein sein."

Ich erinnerte mich an Sams letzte Worte. Hatte er wirklich sein ganzes Leben lang kein Herz oder war er doch weichmütig und hat uns allen die ganze Zeit lang etwas vorgespielt?"

„Warum glauben Sie denn das er so war? Ich meine so gefühllos!"

„Nun, ich denke das hatte mit seiner Erziehung zu tun. So wie ich weiß war sein Vater ein Trinker und seine Mutter in irgendwelchen Sekten. Es wundert mich, daß er zur Polizei gekommen ist, denn er war relativ schlimm vorbestraft, von Diebstahl bis Gewaltanwendung war einfach alles vertreten. Als ich ihn kennenlernte gefiel mir zuerst seine rauhe harte und brutale Art, doch es wurde mir mit der Zeit immer unerträglicher. Er warf mich aus seiner Wohnung. Später erfuhr ich dann das er mich andauernd betrogen hatte, all die Jahre. Doch ich denke er betrog noch jede Frau welche er besaß."

Meine Gedanken kamen zu der Kellnerin.

„Dann vor zwei Jahren sah ich Sam zum letzten Mal. Es war in einem Restaurant, ich war mit meinem Mann da, doch zu diesem Zeitpunkt war ich noch nicht verheiratet. Als er in das Restaurant hereinkam sah er uns kurz an, dann sagte er zum Kellner in einer solchen Lautstärke das sämtliche Gäste ihn hörten: ,Unverständlich was heute für Asoziale alles Essen gehen können!' Mein Mann wurde natürlich wütend und gerade das schien Sam zu gefallen. Er setzte sich auf einen Tisch in unserer Nähe und starrte dauernd zu uns hinüber. Schließlich streckte er uns die Zunge heraus, genau so wie ein kleines Kind. Er verließ das Restaurant dann auch wieder vor uns, und als mein Mann und ich dann später zu unserem Wagen gingen hatte man uns den hinteren Scheibenwischer verbogen. Es war natürlich nicht schwer zu erraten wer das gewesen sein könnte."

„War er wirklich so schlimm?"

„Noch viel schlimmer. Einmal hat er seinem Nachbarn in der Nacht ein Fenster eingeworfen, weshalb weiß ich eigentlich nicht mehr, ihm war einfach alles zuzutrauen."

Alles zuzutrauen?

Auch aus dem Tod wiederzukommen?

Ich unterhielt mich noch eine Weile mit Stephanie und verabschiedete mich dann. Ich hielt Sams letzte Worte für mich, denn es war mir schon klar, daß sie es mir sowieso nicht geglaubt hätte.

Im Laufe des Tages beschloß ich dann mich in der Nacht vor ihrem Haus auf die Lauer zu legen.

Es war in der Nacht gegen drei Uhr als ich eine Person um das Haus schleichen sah. Zuerst war ich mir nicht sicher ob dort wirklich jemand umherschlich oder ob meine Phantasie mir einen Streich gespielt hätte, doch ich beschloß mich umzusehen.

Ich nahm meine Pistole in die rechte Hand und verließ meinen Wagen.

Die Person verschwand hinter dem Haus.

Ich lief in die Richtung des Hauses, leicht nach vorne gebeugt. Schließlich sah ich einen Schatten an der Kellertür des Hauses sich zu schaffen machen. Ich erhob mich aus meiner Deckung und richtete meine Pistole auf den Kerl ... oder das Wesen?..., atmete tief durch!

„Stehenbleiben, Polizei!" rief ich in die Nacht hinein.

Die Gestalt schaute kurz in meine Richtung, drehte sich um und versuchte wegzulaufen.

Ich schoß, die Gestalt fiel zu Boden. Ich schlich mich dorthin, hielt die Pistole weiterhin auf den beweglosen Körper gerichtet.

Es war Citizen Z, ohne Zweifel.

Doch ich konnte sehen wie sich die Gestalt vor meinen Augen auflöste.

Also hatte ich Jack zweimal getötet.

Natürlich erschrak ich als ich das Bild dort sah.

Ich blieb ungefähr eine halbe Stunde in der Dunkelheit stehen, es blieb nicht das kleinste von Jack übrig, selbst der Blutfleck verschwand von dem nassen Boden.

Doch es schien wirklich niemand meinem Schuß gehört zu haben.

Vielleicht glaubten die Leute ein Wagen hätte eine Fehlzündung gehabt.

Ich schaute zur Kellertür.

Sams Worte stiegen wieder in meinem Kopf auf.

Es würde ihm weh tun sie sterben zu sehen, sagte er doch.

Ich fragte mich wie vielen Leuten Sam denn weh getan hatte, doch bestimmt auch vielen.

...er hat noch jede Frau betrogen...

Ich dachte wieder an die Kellnerin.

...ihm war alles zuzutrauen...

Ich schaute auf meinen Pistole, ich hatte sie die ganze Zeit in meiner Hand gehalten, dann fiel mein Blick wieder auf die Kellertür.

„Nun Sam, heute wird einer dir weh tun!" flüsterte ich in die Nacht hinein.

Dann ging ich zur Kellertür und brach diese auf.

Schließlich muß der letzte Wunsch eines Sterbenden doch immer erfüllt werden, dachte ich.

Paranoia

Es waren zwei Sachen an die ich dachte als ich in den Bus einstieg, das eine war meine Pistole, ich hatte sie mir in den Gürtel geschoben, und ich spürte sie an meinem Bauch, ich fragte mich wie der Busfahrer wohl aussah, wenn ich ihn erschießen würde, und die zweite Sache war Nadine.

Ich hoffte sie im Bus zu erblicken, doch ich wußte genau wie unwahrscheinlich diese Vorstellung war, schließlich besaß sie ja ein Auto, und selbst wenn sie einen Bus genommen hätte, dann wäre es wohl kaum dieser hier gewesen, denn seine Fahrtlinie war nicht mal in der Nähe von ihrem Wohnsitz.

Verstehen Sie mich bitte nicht falsch, ich denke nicht, daß Nadine der Grund für meine Tat war, denn schließlich glaube ich nicht, daß ich sie liebte , nein, obwohl ich fünf Jahre mit ihr zusammen war, so habe ich sie doch nie richtig geliebt. Aber sie fehlt mir, sie fehlte mir damals als ich in denn Bus stieg, und sie fehlt mir auch heute noch, denn sie war die einzige Person auf dieser Welt von welcher ich denke, daß sie mich doch einmal geliebt hat. Ich denke es mir, ob es stimmt, das weiß ich nicht.

Ich nahm hinten Platz. Es waren nicht viele Fahrgäste im Bus, vielleicht ein halbes Dutzend, doch ich liebte es hinten im Bus zu sitzen.

Ich schaute zum Fenster hinaus, und stellte mir vor wie es wohl wäre, wenn Nadine an mir vorbeifahren würde. Ich glaube ich hätte auf der Stelle meine Pistole gezogen und ein Blutbad angerichtet. Aber sie fuhr nicht vorbei, ich sah nur die Regentropfen gegen die Fensterscheibe schlagen, es hatte nun bereits zwei Wochen lang nur geregnet, das Wetter war wirklich deprimant. Ja, vielleicht war dies ein Grund, ich hatte die Nase so voll von dem verdammten Regen, und das könnte einer der Gründe gewesen sein, warum ich an diesem Tage mit einer geladenen Pistole in einem Bus fuhr.

Eine weitere Haltestelle kam, der Bus hielt an, Menschen stiegen ein und aus, doch es waren nur Gesichter welche ich eine Sekunde sah, aber in der gleichen Sekunde auch wieder vergaß. Es war nicht mehr weit bis zum Hauptbahnhof, und dort sollte ich dann aussteigen. Ich dachte daran, daß ich Nadine dort vielleicht sah, und ich lächelte bei dem Gedanken sie zu grüßen, sie zu fragen ob sie mich noch kannte um ihr dann eine Kugel in den Kopf zu schießen. Ja, diese Vorstellung ließ ein Lächeln in meinem Gesicht auftauchen.

Eine weitere Haltestelle, weitere Menschen kamen und gingen, die meisten von ihnen hatten einen Regenschirm bei sich, oder aber mindestens eine Kopfbedeckung.

„Wenn du so weiter trinkst, wirst du in zwei Jahren tot sein!" Ich weiß nicht warum ich an diesen Satz denken mußte, doch er erschien genau so unverhofft in meinem Kopf wie ich ihn nun hier niederschrieb. Es war Mike der das zu mir sagte, Mike war ein Arbeitskollege, ein netter Mensch mit welchem man sehr viel lachen konnte, doch ich wußte nicht ob er es ernst meinte, oder ob es ein Scherz gewesen war, jedenfalls hatte er nicht gelacht als er mir das sagte.

„Das ist mir ganz egal!" habe ich ihm damals geantwortet, und es war mir auch egal.

Nachdem Nadine mich verlassen hatte, trank ich wirklich verdammt viel, beinahe jeden Abend war ich unterwegs, übers Wochenende habe ich meist so viel getrunken, daß ich kotzen mußte, aber nun trinke ich nicht mehr so viel. Oder ich vertrage den Alkohol besser, etwas von diesen beiden Sachen ist es.

Mike war wirklich ein netter Mensch, ich weiß nicht ob ich ihn erschießen würde. Vielleicht! Vielleicht aber auch nicht.

Ich hatte einige Haltestellen vor mir hergeträumt, und nun waren wir am Hauptbahnhof angekommen, ich stand auf und sah aus dem Fenster, doch ich konnte Nadine nirgendwo erblicken. Doch schon ein kleines bißchen enttäuscht stieg ich aus, ging in die Richtung des Bahnhofes um mir wenigstens im trockenen eine Zigarette anzuzünden, und um dann meinen Weg fortzusetzen. Ich fühlte das ich langsam nervös wurde, es war ein seltsames Gefühl in meinem Magen, selbst der Druck der Pistole schien nachzulassen.

Es waren auch nicht viele Personen am Bahnhof, das war wohl auch eine Folge des Wetters. Es war kein Mädchen da, das ich hätte lieben können, keine welche die geeignete Freundin für mich gewesen wäre. Ich fühlte mich etwas einsam und alleine.

Ich zog hastig an meiner Zigarette, und das Gefühl in meinem Magen schien zu verschwinden. Vor einigen Jahren, es war etwa ein Jahr bevor ich Nadine kennenlernte war ich auch hier auf dem Bahnhof, ich hatte eine ganze Flasche Wodka getrunken, und ich war so besoffen, daß mich ein Krankenwagen dort abholen mußte. Doch ich kann ihnen sagen, daß an diesem Tage der Bahnhof nicht leer war, ich erinnere mich noch daran, daß eine ganze Menge Menschen herum standen und das Spektakel beobachteten. Wenn ich heute an diesen Tag zurück denke, so kann ihnen sagen, daß ich mich sehr für diese Tat schäme.

Es ist doch schon seltsam, ich war noch sehr oft danach an diesem Bahnhof, doch meist dachte ich nicht mehr daran, bis heute.

Ich faßte dies als ein Zeichen auf, und es ermutigte mich.

‚Heute kannst du das wieder gutmachen was du damals falsch gemacht hast!' dachte ich mir.

Ich fand das es Zeit war zu gehen, obwohl ich meine Zigarette noch nicht fertig geraucht hatte, und so trat ich wieder in den Regen hinaus. Ich trug eine warme Jacke doch es war mir dennoch kalt, die Straße war voller Pfützen, und mein Haar wurde in nur wenigen Sekunden naß. Ich ging mit recht großen Schritten, teils wegen des Regen, teils wegen der Kälte, und ich hatte etwas Angst, daß meine Pistole herausfallen könnte. Ich schob meine beiden Händen in meine Jackentaschen, und meine Finger berührten in jeder meiner Tasche einige vollgeladene Magazine, welche ich in Sekundenschnelle im Ernstfall in meine Pistole stecken würde.

Ich hatte das zu Hause geübt, und mittlerweile konnte ich wirklich sehr schnell ein leeres Magazin entfernen, und ein neues, vollgeladenes hineinstecken. Nun, das Wort zu Hause ist wohl nicht ganz richtig, denn schließlich bewohnte ich ein kleines Einzimmer Studio. Es war zwar noch nicht so lange her, daß Schluß zwischen mir und Nadine war, doch schon lange genug, daß ich es satt habe in einem leerem Bett zu schlafen, einfach keine Lust mehr hatte Morgens alleine auf zu wachen, während sie sich bestimmt köstlich mit einem anderem amüsiert. Dazu hatte ich meist auch noch diese Kopfschmerzen.

Ich hasse das Leben, und das Leben haßt mich ebenfalls.

Gott, warum haßt du mich? Was habe ich dir je getan?

Von weitem konnte ich nun schon mein Ziel sehen.

Ich hielt an, um mir erneut eine Zigarette anzuzünden, doch es war nicht so einfach, denn der Wind blies zu stark, ich mußte meine Jacke etwas öffnen und meinen Kopf verstecken, um so wenigstens ein kleines wenig Schutz vor der Luft zu finden.

Doch selbst so gelang es mir erst nach zwei Versuchen meine Kippe anzuzünden. Ich konnte sehen, daß mein Rauchstengel schon leicht naß geworden war. Ich machte meine Jacke wieder zu.

Hastig schritt ich weiter, doch schon nach wenigen Schritten hielt ich ein weiteres Mal an. Ich blies den Rauch aus meinen Lungen, und der Wind löste die Rauchwolke in Sekundenschnelle auf. Dann öffnete ich die Jacke erneut, griff unter meinen Pullover, und zog meine Pistole heraus die ich mir nun in die Jackentasche steckte. Ein weiteres Mal zog ich den Reißverschluß der Jacke hoch.

Meine Pistole war für einige Sekunden sichtbar, und was glauben Sie was wohl geschehen wäre wenn gerade eine Polizeistreife in der Nähe gewesen wäre und mich gesehen hätte? Nun, dann wäre es wohl zu einer kleinen Schießerei gekommen. Ich kann die Polizei einfach nicht ausstehen, doch mir fällt dazu eine kleine Geschichte ein die ich einst erlebte:

Ich befand mich mit Nadine auf einem Parkplatz in meinem Wagen, sie saß auf der Fahrerseite und ich auf dem Beifahrersitz. Sie war gefahren, sie fuhr manchmal auf meinem Auto, jedesmal wenn ich keine Lust dazu hatte. Es war eine alte Karre, und sie ist mittlerweile an Altersschwäche und einigen Beulen gestorben. Es regnete ziemlich heftig, und es war um Mitternacht, an einem Samstagabend. Wir unterhielten uns darüber wo wir hinfahren sollten, denn wie wußten es nicht so genau bei dem Regen. Plötzlich fuhren drei Polizeiautos an uns vorbei, sie sahen, daß wir im Auto saßen und umzingelten uns regelrecht. Blaulicht wurde sichtbar, wir sahen uns beide an und überlegten was wohl los wäre. Einer der Polizisten kam zum Auto, ein anderer stellte sich hinter den Wagen und hielt seine Hand in Griffnähe der Pistole. Ich fühlte mich recht unwohl, denn ich wußte, daß, wenn es hart auf hart gehen würde ich Nadine beschützen müßte. Der Bulle der zum Auto kam hatte einen Knüppel in der Hand, und er klopfte damit gegen meine Fensterscheibe.

Nadine ließ die Scheibe herunter.

„Finden wir zurecht!" fragte der Polizist in einem sehr unfreundlichem Ton.

„Wir unterhalten uns nur!" sprach Nadine.

Der Gesetzeshüter sah ins Auto hinein und blickte uns beide an. Ich denke nicht, daß er mich erkannte, es war zu lange her das mein Bild in Polizeiwachen hing.

Dann verschwanden sie wieder genau so schnell wie sie gekommen waren.

Nadine sah mich an, und ich sie ebenfalls.

Beide schüttelten wir den Kopf.

Es war nicht mehr weit, in einigen Minuten sollte die Show losgehen. Das Gebäude war schon recht nahe, und bald würde ich es erreichen. Meine Finger umschlossen fest meinen Pistolengriff in der Tasche, und das kalte Metall das ich an meiner Hand spürte gab mir Mut. Es waren nur noch wenige Schritte. Ich konnte vor meinen Augen die großen leuchtenden Buchstaben sehen:

'MR. Rommel' stand da in gelber Leuchtschrift.

Und drunter , 'Wir wünschen Ihnen einen guten Appetit!'

Meine Hand drückte sich so fest um den Griff der Pistole, daß ich meine Finger kaum noch spüren konnte. Ich hatte die Waffe in meiner rechten Tasche.

Nun war ich da, ich stand vor der Glastür und ich konnte sehen, daß nicht besonders viele Leute Gäste im Imbiß waren. Das miese Wetter stoppte eben den Willen der Menschen vor die Tür zu gehen.

Ich zog die linke Hand aus meiner Jackentasche, meine rechte hielt weiterhin meine Pistole. Langsam drückte ich die Glastür auf, wobei meine Augen auf ein kleines Schild an der Tür fielen: DRÜCKEN stand da in weißen Buchstaben. Meine Knie zitterten, aber ich fühlte mich sehr stark. Ich trat ein und sah mich um. Ich zählte acht Gäste ohne mich natürlich, und es war dieser verdammte Hurensohn von Rommel persönlich der die Gäste bediente. Ich haßte ihn, denn ich war relativ oft mit Nadine hier, und jedesmal starrte er sie sehr lüstern an. Dieser alte Bock.

Rommel erfuhr nie was ihn tötete. Ich weiß nicht mal ob er den Knall meiner Pistole hörte oder ob er etwas fühlte als meine Kugel seinen Schädel spaltete und sein Gehirn sich im Saal verbreitete. Ich denke in dieser Sekunde verging ihm seine Lust auf junge Mädchen.

Eigentlich hatte ich gedacht, daß die anderen schreien würden, doch sie blieben alle still. Sie sahen mich einfach nur an, es war ganz anders als es im Fernseher immer dargestellt wird. Ganz anders, keine Schreie, keiner der sich zu Boden warf, nur acht Menschen die mich alle mit offenem Mund anstarrten. Dies verwirrte mich leicht, denn ich wollte ja hierher kommen und alle Gäste abknallen, und nun?

Mein Blick fiel auf ein blondhaariges Mädchen welche wirklich hübsch war, und auch mein Alter hatte.

„Bleiben Sie alle ruhig, denn Sie sind nun..." ich mußte meine Stimme wieder zu fassen kriegen, sie klang viel heller als es sonst der Fall war, „...Geiseln."

Nun gab es einen Schrei, es war eine junge Mutter, und ich richtete meine Pistole auf sie. Sie sah richtig in den Lauf hinein, und ich schwöre ihnen, daß ich abdrücken wollte, doch aus irgendeinem Grund tat ich es nicht. Ich kann mir vorstellen, daß wenn ich geschossen hätte, die Kugel genau in ihr Auge eingetreten wäre.

Sie hörte auf mit schreien und brach in Tränen aus. Sie zog ihr Kind fest an sich, und ich hörte damit auf die Pistole auf sie zu richten.

„Sie gehen jetzt alle zu den Tischen da," ich zeigte mit der Waffe auf eine Ansammlung Tische die sich alle in einer Ecke befanden, „und versuchen Sie nicht den Helden zu spielen, wenn Sie Familie haben denken Sie bitte daran, und es wird keinem etwas passieren!"

Niemand bewegte sich.

Ich schoß eine Kugel in die Decke, ein weiteres mal gab es einen lauten Knall in Rommels Imbiß. Der Geruch von Schießpulver drang in meine Nase. Ich lächelte die Gäste an, denn ich wollte ihnen den Eindruck verleihen, daß ich verrückt wäre, und ich wollte ihnen etwas Angst machen.

„Ich dachte daran, daß Ihr noch heute zu den Tischen geht!" rief ich grinsend in den Saal hinein.

Nun bewegten sie sich. Die Blonde war eine der ersten die ging. Sie sah mit dem Kopf zu Boden, und ich fragte mich wirklich was sie wohl dachten. Sie war wirklich hübsch, und ich überlegte mir, daß sie einer der Menschen wäre, die ich lieben könnte. Ob sie wohl einen Freund hatte fragte ich mich in diesem Moment.

Dann waren noch zwei erwachsene Männer anwesend, welche sich wohl kannten, denn als ich eintrat saßen beide an einem Tisch zusammen, und auch nun nahmen sie nebeneinander Platz. Beide sahen mich haßerfüllt an. Ich merkte sofort, daß ich ein wachsames Auge auf die Beiden haben mußte. Die nächsten waren drei Frauen, die wohl das Alter meiner verhaßten Mutter hatten. Auch sie setzten sich widerwillig auf den Tisch. Eine der drei sah zu Boden, die andere starte den Tisch an, und ich merkte, daß sie zitterte. Ich glaube sie hatte auch geweint. Die dritte sah mich genau in die Augen, und nun war ich es der verlegen zu Boden schaute. Zu guter Letzt war es die junge Mutter und ihr Kind welche sich zu den anderen setzte. Das Makle Up der Mutter war durch Ihre Tränen über das ganze Gesicht verteilt, sie hatte ihr Kind in der Hand und nahm es auf den Schoß. Ich bemerkte, daß der Junge noch immer seinen Hamburger hielt und so hineinbiß als ob gar nichts los wäre. Er schaute mich einfach gleichgültig an. Sie saßen nun alle an einem Tisch, ich behielt sie im Blickwinkel, behielt meine Pistole auf sie gerichtet und griff mit meiner linken Hand nach hinten nach einem Stuhl. Ich zog den Stuhl vor mich drehte ihn den verkehrten Weg so, daß die Rückenlehne vor mir war und setzte mich drauf. Nun hatte ich meine Geiseln alle zusammen in einem Blickwinkel und konnte gleichzeitig die Tür im Auge behalten. Ich fand, daß ich klug war und mußte bei diesem Gedanke lächeln. Ich spürte keine Angst mehr, ich fühlte mich so als ob ich es schon tausendmal gemacht hätte, ja, beinahe so als ob ich täglich einige Menschen als Geiseln nahm.

Dann sah ich eine Person an der Tür. Ich sprang von dem Stuhl auf, und hielt meine Waffe in die Richtung der Tür. In meinen Augenwinkeln konnte ich sehen, daß alle Köpfe sich in Richtung Tür drehten, die Mutter ließ ihren Sohn vor dem Schoß, damit sie besser sehen konnte wer es war.

Ich schoß einfach. Die Kugel bohrte sich durch das Glas, aber die Scheibe zerbrach nicht sondern die Kugel trat nur durch und hinterließ ein Loch in der Scheibe, doch ich hatte die Person verfehlt. Als ich erkannte, daß er nicht umfiel schoß ich ein weiteres Mal. Ich konnte jemanden im Saal aufschreien hören, aber ich wußte nicht wer es war. Ein weiteres Loch bohrte sich durch die Scheibe, und ein zweites Mal verfehlt ich mein Ziel. Ich sah den Kerl weglaufen. Mein Blick blieb auf die Tür gerichtet, aber es war nichts mehr zu sehen was sich bewegte.

Ich blieb stehen und starrte die Tür weiter gespannt an, obwohl es mir schon klar war, daß der Kerl nicht ein weiteres Mal versuchen würde hinein zu kommen.

Es war der Schrei der Mutter der mich erschrak.

Sie hatte geschrieen, weil ihr Sohn auf dem Weg zu mir war. Er hielt noch immer seinen Hamburger in der Hand. Ich blickte auf die Mutter und sie hielt ihre Hand vor ihren Mund, aber sie weinte.

Weinen Mütter immer um ihre Kinder?

Ich weiß es nicht, denn meine hat es nie getan.

Ich denke, daß sie sich den Mund zuhielt, damit sie nichts tat was mich hätte provozieren können, sie saß da, steif wie eine Statue, und ich hörte sie wimmern.

Der kleine Mann war ungefähr einen Meter von mir entfernt.

Er hielt mir seinen Hamburger hin.

Er wollte ihn mir schenken.

Mir etwas schenken?

Ich sah ihn an, und ich fand, daß er nett aussah.

„Geh zurück zu deiner Mutter!" befahl ich ihm .

„Sie macht sich Sorgen um dich!"

Der Junge betrachtete mich mit großen Augen, und ich wußte, daß er meine Pistole bewunderte.

„Warum bist du ein böser Mann? " fragte mich der Kleine.

Seine Worte ließen mich zusammenzucken. War ich wirklich ein böser Mann? Ich denke nicht.

Ich hatte doch nichts schlimmes getan. Oder doch?

Ich ließ mich zurück auf den Stuhl sinken.

„Geh zurück zu deiner Mutter, und ich werde es dir sagen!"

Diesmal gehorchte der Kleine.

Ich wartete bis, daß seine Mutter in wieder in die Arme schloß, sie tat es, sie drückte ihn fest an sich, und sie küßte ihn auf den Kopf. Sie war wirklich froh darüber, daß er noch lebte.

Nun sahen sie mich alle an. Alle ihre Blicke waren auf mich gerichtet, ich fühlte mich so wie ein Lehrer vor seiner Schulklasse.

Ich nahm tief Luft, schaute zu dem Kleinen herüber, er lächelte mich an.

Dann sagte ich:

„Ich denke, das größte Problem von allen ist das ich mich nicht verstehe, nicht weiß ob ich sie geliebt habe oder noch liebe, nicht weiß ob sie mir fehlt oder nicht.

Vor 24 Stunden sah ich sie zum letzten Male, ich habe ihr einen Brief in die Hand gedrückt in dem stand, daß ich sie lieben und vermißte und ich sagte ihr wie sehr sie mir fehlen würde.

Sie konnte mir keine anständige Antwort geben, oder zumindest wollte sie es nicht.

Es ist alles wieder so gekommen wie es einst war.

Ich ließ ihr 50 Rosen schicken, rief ihr sehr oft an, aber es hatte alles einfach keinen Sinn, heute stehe ich wieder genau so da wie damals.

Damals, in der *verbotenen Zone.*

Ich war fünf Jahre mit ihr zusammen, und ich betrog sie sehr oft, mehr als einmal, mehr als zehnmal, und sogar mehr als hundertmal, und nicht nur indem ich Händchen mit anderen Mädchen hielt, oder sie nur küßte, sondern mit der einen oder anderen verbrachte ich doch schon einige flotte Nächte.

Einmal da hat sie bei mir zu Hause die halbe Nacht durch auf mich gewartet, während ich eine wunderbare Nacht mit einem wunderbarem Mädchen verbrachte, das ich aber eine Woche später, wie der Zufall es so wollte an einem Valentinstag hinauswarf.

Ich verriet Ihnen noch nicht ihren Namen?

Sie heißt Nadine. Das Mädchen das fünf Jahre lang an meiner Seite stand heißt Nadine.

Oder sollte ich sagen hieß Nadine. Ja, sie ist zwar nicht tot und sie heißt wohl auch noch immer so, aber sie steht nun nicht mehr an meiner Seite, und sie wird es auch nie wieder tun.

Es war schon einmal so, schon einmal habe ich geliebt und gelitten, geweint und einen Menschen vermißt.

Das war in der verbotenen Zone.

Ich nenne diesen Teil meines Lebens verbotene Zone, denn ich wollte einfach nicht mehr dran denken, ich wollte es vergessen, es aus meinem Hirn ausschließen, aber ich kann es einfach nicht, denn ich fühle mich genau so wie damals.

Einsam.

Verlassen.

Es war an einem Oktobertag. An irgendeinem Oktobertag 1992.

Da war ich also wieder. Man hatte mir die Handschellen abgenommen, meine Sachen zerwühlt, und die Polizei war wieder weggefahren. Ich kannte die Prozedur schon, man sollte mir ein Zimmer zeigen, dies würde dann mein Zimmer sein, und ich hoffte das es nicht das Gitterzimmer wäre.

Ich haßte das Gitterzimmer, es war der zweitschlimmste Ort in diesem verdammten Gebäude, und dies soll etwas heißen, denn in meiner Erinnerung ist es auch ein schreckliches Gebäude. Ich schritt in dem Hof, ich hatte eine schreckliche Lust eine Zigarette zu rauchen, ich besaß nur noch eine einzige, doch ich hatte nicht die Möglichkeit dies zu tun, da mir der Direktor mein Feuerzeug abgenommen hatte, bloß weil sich ein Bild mit einer nacktbusigen Frau drauf befand.

Plötzlich sah ich zwei Leute durch den Hof schlendern. Da sie auch mehr oder weniger in meinem Alter waren, war es stark anzunehmen das sie genau wie ich es tat, in dieser Jugendanstalt einsaßen.

Natürlich nennen sie es nicht Jugendanstalt oder Erziehungsheim, sondern soziales Erziehungsheim oder so irgendwie, ich weiße es nicht und es ist mir eigentlich auch egal.

Ich ging in die Richtung der Beiden, diese hatten es schon gemerkt, gingen zwar weiter und sahen verlegen zu Boden. An einem solchen Ort wäre es nichts ungewöhnliches gewesen, wenn ich dahin gekommen wäre und sofort Streit angefangen hätte, aber das war ja wirklich nicht meine Absicht.

Nun war ich angekommen, und ich wollte wissen ob einer von ihnen Feuer für mich hätte.

„Ja, wenn du die passende Zigarette hast . " gab mir einer der Beiden als Antwort und griff in die Tasche um mir sein Feuerzeug zu überreichen.

„Tut mir leid, aber das hier ist meine einzige." Ich nahm die Zigarette aus dem Päckchen, nahm sie zwischen meine Lippen und steckte das nun leer gewordene Päckchen wieder in meine Tasche zurück. Schließlich nahm ich das Feuerzeug und zündete sie mir an.

Damals rauchte ich eine andere Marke als ich es heute tue, aber trotzdem kann ich mir noch sehr gut vorstellen wie ich mich in diesem Moment fühlte, ich genoß es denn Rauch zu inhalieren, denn schließlich waren schon eine Menge Stunden und Aufregung seit meiner letzten Kippe vergangen.

„Du wurdest vorhin von der Polizei hierhergebracht. Sogar mit Handschellen."

„Ja, aber ich werde nicht lange hierbleiben!" gab ich ihm als Antwort. Normalerweise wurden die Kinder, wir waren alle Kinder zu diesem Zeitpunkt welche irgendeine Dummheit gemacht hatten, von Polizisten in Zivilautos gebracht, und wenn einer mit einem normalen Polizeiwagen kam und dazu noch Handschellen trug, dann war es meist ein ganz schlimmer Kerl.

„Ich bin David!" stellte sich einer vor und reichte mir die Hand.

Ich nahm sie und schüttelte sie.

„Raphael!" sprach der zweite. Auch er reichte mir die Hand.

„Christopher!" war mein Name. „Ich war schon einmal hier vor zwei Jahren!"

„Ach ja, und warum?" wollte einer der Beiden wissen.

„Mehrfacher Einbruch!" antwortete ich ihm.

Ich zog ein weiteres Male an meiner Zigarette. „Ich will hier raus, ich muß einfach hier raus, ich will hier abhauen."

Ich weiß nicht mehr warum ich es den Beiden sofort sagte das ich weglaufen wollte, doch es war meine Absicht abzuhauen, es war der einzige Grund weshalb ich den Untersuchungsrichter um eine Verlegung in dieses Heim gebeten hatte, denn im Gefängnis hätte ich keine Flucht unternehmen können. Ich war zwar nur eine Nacht dort, doch es genügte mir um festzustellen das an Flucht nicht zu denken war.

Ich sah David an, er hatte lange braune Haare bis an die Schultern, und alleine dies machte ihn mir schon sympathisch, denn ich hatte auch gerade vorher beschlossen mein Haar wachsen zu lassen. Raphaels Haar war an den Seiten rasiert, es war ebenfalls braun und oben auf seinem Kopf hatte er es sich blond gefärbt. Beide hatten mein Alter und wir hatten auch alle drei die gleiche Größe.

„Ich werde mit dir kommen!" sprach Raphael. „Wann soll es losgehen?"

„Noch heute Nacht!"

David sah uns beide an. „Macht was ihr wollt, ich bleibe hier!"

Unser Plan sah folgendermaßen aus: Raphael sollte sein Bettlaken an die Heizung binden, dies war eine klassische Methode um von dort um zu fliehen, zu meinem Fenster kommen, ich dann ebenfalls das gleiche tun und dann sollten wir von dort verschwinden.

Es war nicht besonders schwierig von diesem Heim aus zu fliehen, denn die Fenster waren nicht verschlossen, es gab keine Mauer oder Draht um das Gebäude, jeder konnte abhauen wann er wollte, und ich kann ihnen sagen, das dies auch jeden Moment geschah. Wir alle liefen von dort weg, in dem Glauben, daß wenn wir achtzehn Jahre alt sein würden uns nichts mehr geschehen konnte, doch so gut wie alle wurden geschnappt.

Mir wurde mein Zimmer gezeigt, es war ein Zimmer zur Straßenseite, Raphaels Zimmer lag einige Meter mehr herunter und es lag auf der Seite zum Hof. Ich war wirklich froh darüber, daß man mich nicht ins Gitterzimmer gesteckt hatte, denn von dort wäre eine Flucht undenkbar gewesen.

Ich war nur kurz in meinem neuem Schlafgemach, und da wußte ich schon, daß dies eine verdammt harte Nacht für mich werden würde, denn ich hatte viel erlebt in den letzten Stunden. Es fing damit an, daß ich Angèle wieder in meinen Armen hielt, eine Schlägerei hatte, jemanden mit einem Messer niederstach, kurze Zeit später verhaftet wurde, man mich bis spät in der Nacht verhörte, mich ins Gefängnis einlieferte, morgens früh zum Untersuchungsrichter führte, mich in ein Erziehungsheim steckte und ich zwei neue Freunde fand. Und zu allem Unglück sollte ich auch keine Zigaretten mehr haben.

Angèle. Bei ihr brauchte ich mich nie zu fragen ob ich sie liebte, denn ich tat es einfach. Trotz allem was sie mir antat liebte ich sie. Ich hätte alles für sie gegeben, sogar mein Leben. Ich war einfach verrückt nach ihr. Und dafür haßte ich mich.

Ich sah auf meine Uhr, und fand, daß es noch verdammt früh am Tage war. Ich sah kurz aus dem Fenster heraus, ich befand mich im zweiten Stockwerk, doch es wäre nicht unmöglich zu fliehen.

Im Heim gehen eine Menge solcher Geschichten umher, eine davon ist die eines Typs der auf die gleiche Art und Weise wie Raphael und ich flüchten wollte, er knotete die Bettlaken aneinander, öffnete das Fenster, nahm sein improvisiertes Seil in die Hand und sprang hinunter ohne aber jedoch die Bettlaken vorher an der Heizung festgebunden zu haben. Da er sich dann bei seinem Aufschlag einige Rippen brach, kroch er zurück zur Heimtür und klopfte gegen die Tür in der Hoffnung, daß man ihm half. Ob diese Geschichte wohl stimmte kann ich nicht sagen, aber etwas später traf ich einen Verrückten welcher behauptete dieser Kerl gewesen zu sein.

Ich fragte mich wie ich die Nacht durchstehen sollte, doch dann kam mir eine Idee. Ich verließ mein Zimmer wieder, schloß die Tür ab, und ging zu einem der Wärter. Eigentlich waren es keine Wärter mehr, bei meinem erstem Aufenthalt in dem Heim da waren nur Wärter angestellt gewesen, nun waren es aber Erzieher, doch für mich blieben sie Wärter.

„Entschuldigen Sie bitte, ich möchte Sie fragen," ich sprach mit einer Engelsstimme, „ob es möglich wäre ein Buch aus der Bücherei geborgt zu bekommen, denn ich bin es gewohnt abends zu lesen, und wenn ich es nicht tue, dann kann ich nicht einschlafen."

Der Wärter sah mich seltsam an, denn es kam nicht sehr oft vor, daß einer der Jugendlichen sich ein Buch aus der Bibliothek ausleihen wollte.

„Natürlich!" Seine Stimme klang erfreut, er schaute auf seine Uhr bevor er weiter sprach, „ nach dem Essen werden wir zu unserem Bücherraum gehen."

Dann ging ich zu Raphaels Zimmer, klopfte gegen die Tür, wartete auf eine Antwort, und trat dann ein als ich diese vernahm.

An jeder Sekunde dieses Tages dachte ich an Angèle.

Ich sah Raphael an.

„Die Sache läuft doch noch?"

„Natürlich!" gab er mir als Antwort, wobei er mit seinem Kopf nickte.

„Gut, ich habe nur zwei Probleme, das erste ist, daß ich nur eine Jacke und ein T-Shirt habe, am Tage reicht es, denn es ist noch nicht so kalt, doch in der Nacht werde ich wohl erfrieren." Es war an diesem Oktober nicht so kalt wie es nun ist, denn ich schreibe diese

Geschichte auch an einem Oktobertag, „zweitens, habe ich bloß Cowboystiefel an, und mit denen werde ich wohl ohne Zweifel eher die Fassade runter segeln, als heruntersteigen."

Raphael betrachtete meine Stiefel. Ich borge dir einige Sachen sagte er, er gab mir ein Paar Turnschuhe, und ein rotschwarz kariertes Holzfällerhemd. Ich fragte ihn auch noch nach einer Tasche, und steckte die Kleidungsstücke hinein. Wie der Zufall es so wollte, war es die genau die gleiche Tasche wie Nadine noch bei mir zu Hause liegen hat, und die wohl ohne Zweifel bald auf dem Müll landen wird.

„Was hast du eigentlich gemacht, daß du hier bist?" wollte ich von Raphael wissen.

Er schaute zu mir hinüber, lächelte mich an und fing an zu erzählen:

„Ich schlug das Haus meiner Eltern kurz und klein, mit einem Baseballschläger." Er fuhr weiter mit einigen Details, ich erinnere mich daran, daß er anscheinend unter anderem ein großes Aquarium in eine Million Stücke gehauen hat.

„Ach so! Und warum?"

„Meine Eltern ließen sich scheiden."

Das erstaunte mich. Seine Eltern ließen sich scheiden, und ihr Sohn schlug ein halbes Haus kurz und klein? Ich habe es wirklich nie verstanden warum er das getan hatte.

„Nun, eigentlich kam ich zuerst in ein Heim, von da bin ich aber paarmal weggelaufen. Dann steckten sie mich hierhin. Und was hast du gemacht?"

Zuerst wollte ich ihm keine Antwort geben, denn ich hatte es einfach satt zu erzählen, ich hatte es in den letzten Stunden bereits so oft erzählt, das ich selbst nicht mehr so genau wußte ob es real, oder nur ein Traum gewesen war.

Dann tat ich es trotzdem:

„Ich stach einen mit einem Messer nieder!"

Ein langgezogenes Oh ging durch den Saal.

„Warum?"

„Das ist eine sehr lange Geschichte." Ich nahm tief Luft und schaute zu Boden, „aber es hatte etwas mit einem Mädchen zu tun."

Ich erhob meinen Kopf zu Raphael und sah, daß er mich mit großen Augen anstarrte. Die meisten Kinder in diesem Heim waren da, weil sie noch schulpflichtig waren, und nicht zur Schule gegangen sind, andere sind von zu Hause oder aus Heimen weggelaufen, und wieder andere, dies ist aber die Minderheit, hatten Einbrüche verübt. Als ich vor zwei Jahren, mit vierzehn also das erste Mal im Heim war, da gehörte ich zur Gruppe der Einbrecher.

Aber solche wirklich schlimme Menschen, die mit Messern andere Menschen verletzen oder versuchen zu töten, solche Menschen sind sehr selten dort.

Raphael dachte ich wäre einer dieser schlimmen Menschen, aber ich denke nicht, daß ich es war. Schließlich hatte ich ja meinen Grund, sie hatten mich zu drei angegriffen und mein Ziel war es die eigene Haut zu schützen. Alle drei sagten natürlich bei der Polizei aus, ich hätte angefangen.

Ich verließ sein Zimmer und ging in meines hinüber, ich versteckte die Tasche unter meinem Bett, setzte mich auf einen Stuhl, und fing an mich nach Angèle zu sehnen.

Als wir Essen gingen setzte ich mich an einen Tisch zusammen mit Raphael und David. Ich sah mir die Anderen Jugendlich an, die meisten von ihnen kannte ich nicht, doch einen Bekannten konnte ich erblicken.

Er hieß Daniel, es war ein Italiener, ziemlich klein aber breitschultrig. Ich mußte lächeln als ich daran dachte, daß ich bei meinem erstem Aufenthalt so groß war wie er, nun war ich einen Kopf größer. Daniel war ein Spinner, ich kann mich nicht mehr daran erinnern ob er mir erzählte warum er dort war, doch selbst wann, dann habe ich es vergessen. Vor zwei Jahren ging ich in sein Zimmer und er war gerade dabei seine Sachen zusammen zu verstauen.

„Ich werde bald entlassen!" sagte er zu mir.

„Ja? Wann denn?"

„In den Sommerferien!"

„Aber die Sommerferien sind doch erst in einige Monaten! Warum packst du denn jetzt schon alles ein?"

Er gab mir keine Antwort.

Aber wie es schien wurde er wohl doch nicht entlassen.

Daniel schaute zu mir hinüber. Er sah mich an, ich war mir nicht sicher ob er mich erkannte, jedenfalls grüßte er mich nicht, er hätte es auch nicht getan wenn er mich erkannt hätte, denn wir hatten noch immer eine Rechnung offenstehen. Damals hatte er mich einmal geschlagen, doch diesmal würde ich ihm sein Gesicht zu Boden drücken, ihm am Hals fassen und ihn erst dann wieder loslassen wenn er sich entschuldigte.

Anscheinend sitzt Daniel heute im Gefängnis, und wie ich hörte für eine sehr lange Zeit. Man sagte mir er hätte plötzlich die geniale Idee

bekommen ältere Frauen zu überfallen, und natürlich wurde er erwischt.
Selbst dafür ist er noch zu dumm.
Nach dem Essen ging ich dann mit einem der Wärter ins Bücherzimmer, obwohl die Bezeichnung Bücherzimmer ein reiner Witz ist, denn die Auswahl ist wirklich nicht sehr groß. Ich habe in meiner Wohnung mehr als doppelt so viele Bücher stehen. Ich wurde jedoch fündig und wählte ein Buch mit dem Titel ‚Traumberuf Räuber‘.
„Das ist doch nicht wirklich dein Traumberuf?" spottete der Aufpasser.
„Nein, natürlich nicht!" lächelte ich zurück.
Doch ich denke zu diesem Zeitpunkt wäre es mein Traumberuf gewesen.
Das Buch sollte mir helfen die Zeit bis, daß Raphael auftauchen sollte vergehen zu lassen.

Nach dem Essen gingen wir Fußball spielen, das ist ein Spiel das ich nicht gerne spiele, doch ich spielte mit. Ich hatte schon Raphaels Hemd angezogen, denn es war ein Hemd welches ich mir immer vorher wünschte, aber nie bekam, und weil ich ja nicht mit den Stiefeln Fußball spielen konnte, hatte ich auch schon seine Turnschuhe angezogen.
Nach dem Spiel mußten wir unsere Zimmer aufsuchen, Raphael machte mir noch ein Zeichen, doch ich ließ mir nichts anmerken. Ich wollte um jeden Preis von dort abhauen, und es gab eigentlich nur einen wirklichen Grund dafür : Angèle.
Nachdem ich mich in meinem Zimmer befand, setzte ich mich auf das Bett. Ich steckte meine Stiefel in Raphaels Tasche und verstaute sie zurück unter meinem Bett.
Der Gedanke, daß ich morgens Angèle aufsuchen würde erheiterte mich, gab mir Mut und machte mich zufrieden.
Ich laß nicht viel von meinem Buch, denn es war wirklich langweilig.
Doch die Zeit verging rasch.
Als ich das erste Mal dort einsaß war ich auch geflohen, allerdings in der zweiten Nacht, und mit drei Bekannten die auch dort einsaßen.
Wir brachen einen Bagger auf und versuchten darin zu schlafen, aber wir konnten es nicht wegen der Kälte. Ich saß stundenlang dort, wir zitterten alle, und ich fand, daß dies die schrecklichste Nacht in

meinem Leben war. Ich weiß noch, daß ich dachte: ‚Diese Nacht wirst du nie vergessen!' und so war es auch.

Wir versuchten noch ein Auto zu stehlen, was uns aber nicht gelang.

Am anderem Morgen stellte ich mich bei der Polizei.

Doch diesmal würde ich es nicht tun.

Zwei der Drei die an jenem Abend mit mir flohen sitzen heute im Gefängnis.

Kurz bevor Raphael eintreffen sollte begann ich meine Bettlaken aneinander zu knoten.

Ich öffnete das Fenster und wartete.

Raphael kam nicht.

Ich band die Laken an der Heizung fest und wartete weiter.

Aber er kam nicht.

Ich überlegte was ich tuen sollte. Schlafen gehen und ihn morgen zur Rede stellen? Aber dann würde es einen Tag länger dauern bis ich Angèle wiedersah, und diese Vorstellung gefiel mir wirklich nicht.

Ich warf die Laken aus meinem Fenster und begann hinunter zu steigen. Autos fuhren unter mir sie sahen was los war und einige von ihnen hupten, aber keiner hielt an.

Ich spürte den Fensterrand von dem Fenster unter mir, und es war eine geeignete Kletterhilfe. Das Fenster von dem anderen stand auf, ich hielt kurz an und hörte eine Person darin schnarchen. Das ließ mich lächeln.

Dann stieg ich weiter ab, und war froh als meine Füße den Boden berührten.

Ich wußte nicht ob ich nach links oder nach rechts gehen sollte, entschied mich aber für den Weg nach rechts. Ich fing an zu laufen.

Ich wußte nicht wohin, ich lief einfach, und verlief mich.

In einem kleinem Dorf sah ich ein Blaulicht, ich versteckte mich, ich weiß nicht ob die Polizei da war, doch ich denke nicht.

Ich lief weiter, und die ganze Zeit hatte ich nur einen Namen im Kopf: Angèle. Ich dachte daran, daß ich sie bald wiedersehen würde, und dieser Gedanke schenkte mir die Kraft weiter zulaufen. Ich blickte in den Himmel hinauf, es waren keine Wolken zu sehen, aber es schien doch etwas zu fehlen, ich konnte den Mond nicht erblicken. Ich suchte ihn mit meinen Augen aber er war einfach nicht da, und es sah genau so aus als ob er nie die Nacht erleuchtet hätte.

Es wurde mir zu gefährlich am Straßenrand weiter zu marschieren, denn falls die Polizei vorbeifahren würde, würde sie mich ohne Zweifel sofort fragen was ich mitten in der Nacht tun wolle, ich ging in einen Wald, aber dort war es viel zu dunkel, man konnte nicht einmal seine Hand vor dem Gesicht sehen. So ging ich notgedrungen doch wieder am Straßenrand weiter. Manchmal versteckte ich mich wenn ein Auto vorbeifuhr, manchmal aber auch nicht. Vor einem Haus sah ich ein Fahrrad stehen, es war ein sehr altes Rad. Ich stahl es, konnte aber nicht viel damit anfangen, denn schon nach einigen Kilometern waren beide Reifen platt. Zuerst der hintere, das störte mich nicht, ich fuhr einfach weiter, doch schon einige hundert Meter später gab auch der Vorderreifen den Geist auf. Ich warf das Rad einen Abhang in den Wald hinunter und ging wieder zu Fuß weiter. Ich war seltsamerweise nicht müde, und mir war auch nicht kalt. Ich ging und ging, kam an einem Weinberg vorbei, stahl mir ein paar Trauben, sie waren noch nicht reif und schmeckten ziemlich bitter. Später rechnete ich dann aus, daß ich etwa dreißig Kilometer in dieser Nacht gegangen war.

Schließlich kam ich an einem Bahnhof an. Ich schaute auf den Fahrplan und sah, daß ich nur zehn Minuten zu warten brauchte bis das der erste Zug in die Stadt fuhr. Das empfand ich als gut, doch es gab ein kleines Problem: Ich hatte weder Geld, noch einen gültigen Fahrschein. Auch meine Ausweispapiere hatte der Direktor mir nicht ausgehändigt. Ich suchte auf dem Boden und hoffte einen ungebrauchten Fahrschein zu finden, aber allerdings fand ich nur ein gebrauchtes Ticket. Ich hob es auf und steckte es in meine Jackentasche. Ich wußte, daß kein Kontrolleur darauf hereinfallen würde, doch versuchen konnte ich es ja. Ich beschloß so zu tun als ob ich schlief, denn ich konnte schon einige Male beobachtet, daß man schlafende Gäste nicht störte, und darauf verzichtet den Fahrschein zu sehen. Nicht alle Schaffner taten es, doch manche schon.

Erst als ich damals auf den Zug wartete wurde es mir etwas kalt. Doch ich brauchte nicht lange in der Kälte zu stehen, da kam der Zug schon angefahren. Mit etwas Angst stieg ich ein. Ich blieb in der Nähe der Tür damit ich im Ernstfall flüchten könnte, natürlich wäre ich nicht aus dem fahrendem Zug gesprungen, aber ich wäre auf einem Bahnhof einfach dem Kontrolleur vor der Nase weggelaufen. Auf meinem Platz angekommen legte ich meinen Kopf gegen die Fensterscheibe und stellte mich schlafend. Plötzlich wurde ich sehr müde und wäre wirklich beinahe eingeschlafen. Ich überlegte mir welche Ausrede ich dem Schaffner zählen könnte, ich dachte einfach das ich weinen würde und ihm erzählen, daß ich zur meine Arbeit fahren wollte und dazu wäre es mein erster Tag in dem Betrieb. Es könnte ja klappen. Als ich klein war, da hat mir mal einer gesagt, daß ich ein verdammt guter Schauspieler wäre und ich denke, daß er recht damit hatte.

Meine Augen waren geschlossen und ich kämpfte mit meiner Müdigkeit.

Dann kam der Schaffner. Er stieß mich mit seiner Hand leise gegen meine Schulter. Ich erhob meinen Kopf, sah mich verträumt im Abteil um, es war leer, und ich empfand das als gut.

„Hast du ein Ticket?" wollte er von mir wissen.

Ich ließ meine Stimme schwach und müde klingen und antwortete mit Ja, wobei ich in das Innere meiner Jackentasche griff. Es war eine grüne Bomberjacke, und ich trug sie andauernd. Eigentlich hätte ich lieber eine schwarze gehabt, die Jacken waren damals wirklich modern, aber ich hatte kein Glück und so gab ich mich mit eben mit der grünen Jacke zufrieden.

„Ist schon gut!" flüsterte der Schaffner mir zu und ging weiter.

Zufrieden und grinsend ließ ich meinen Kopf zurück an die Fensterscheibe fallen. Ich fühlte mich gut. Zwar etwas müde aber gut.

Am Hauptbahnhof stieg ich aus. Ich hatte nun noch einen Zug zunehmen, und hoffte darauf, daß meine List ein weiteres mal klappen würde. Am Bahnhof begegnete ich einer Freundin. Ich unterhielt mich mit ihr, und hoffte, daß sie mir Geld leihen würde, ich bat sie zwar nicht darum sondern sie eher indirekt darauf angesprochen. Sie tat es nicht.

Meine zweite Schwarzfahrt war sogar noch leichter als die erste. Diesmal weckte der Schaffner mich gar nicht auf sondern sah nur kurz zu mir hinunter und ging dann einfach weiter.

Ich stieg aus und ging etwas in der Stadt spazieren. Ich wußte das manche Bäcker morgens in aller Frühe mit Brötchen und so beliefert werden, und da ich etwas Hunger hatte bediente ich mich bei einem. Ich nahm nur zwei Croissants, denn ich hatte keine Lust auch noch vor einem wütendem Bäcker davon zu rennen. Den einen aß ich sofort, den anderen steckte ich mir in die Tasche.

Gegen sieben Uhr befand ich mich am Bahnhof und wartete auf die Leute die ich kannte und die nun zur Schule fuhren. Auch Angèle wäre dabei, und ich freute mich sie zu sehen. Ich wußte, daß man meine Flucht aus dem Heim gleich bemerken würde, falls es nicht schon geschehen wäre, und das beunruhigte mich etwas.

Dann sah ich Angèle. Sie schaute mich erstaunt an als sie mich erblickte, und ich fragte mich ob sie es schon wußte. Ich nahm sie in meinen Arm und küßte sie, eigentlich empfand ich diesen Kuß schon als eine schöne Belohnung für meine lange Nacht.

Sie wußte es schon. Ich weiß nicht mehr wie, aber sie wußte es.

Ich hielt sie die ganze Zeit in meinen Armen, bis wir uns verabschiedeten da sie ja in die Schule mußte. Wir machten einen Termin für am Nachmittag aus.

Am Bahnhof traf ich noch einige Bekannte, es gelang mir diesmal etwas Geld zu borgen, zwar nicht viel aber genug um mir den Bus bezahlen zu können. Mit einem sehr guten Freund unterhielt ich mich kurz und ich erzählte ihm wie man Morgens kostenlos ein kleines Frühstück erhalten kann. Dann zeigte ich ihm meinen Croissant.

„Nun, ich denke du brauchst dich nicht zu wundern, daß dir immer die ganze Welt hinterher läuft!" sagte er lachend zu mir.

Ich lachte zurück.

Mit dem Bus fuhr ich zu einem Freund. Allerdings mußte ich feststellen, daß dieser nicht zu Hause war. Ich wußte wie man in seinen Keller kommen konnte, und so ging ich dahin. Ich legte mich auf den Boden und ich schlief plötzlich ein. Ich hatte mich mit Angèle bei diesem Freund verabredet, wir waren manchmal zusammen da.

Als ich wieder erwachte war ich erstaunt darüber, daß ich eingeschlafen war, doch zu meinem Erstaunen hatte ich keine Rückenschmerzen oder so. Es dauerte einige Sekunden bis ich wieder wußte warum ich bei meinem Freund im Keller schlief. Dann sah ich auf meine Armbanduhr, und zu meinem Entsetzen merkte ich, daß ich schon längst auf Angèle warten sollte.

Ich ging aus dem Keller hinaus und wollte zurück zur Haustür. Da sah ich die Beiden dort stehen

„Da ist er ja!" sagte mein Freund Nedel.

Angèle kam zu mir und sie gab mir einen Kuß.

Wir gingen zu Nedel hinauf. Nun, Angèle hatte ihm ja schon erzählt was los war, und das fand ich gut, denn ich hatte keine Lust es noch einmal zu erzählen.

Wir nahmen in Nedels Zimmer Platz. Er war einer meiner besten Freunde und ich vertraute ihm sehr. Vor kurzem rief ich ihn an, wir beschlossen uns mal zu treffen und etwas zusammen trinken zu gehen. Wissen Sie was wirklich witzig ist? Er arbeitet mittlerweile als Gefängniswärter. Ja, das Leben ist manchmal sehr witzig und voller Ironie."

Ich lächelte die Leute an den Tischen an, aber keiner erwiderte mein Lächeln. Sie schauten zu mir herüber und ich konnte erkennen, mit Ausnahme des Jungen, daß sie etwas Angst hatten.

Ich sagte:

„Ich saß damals mit Angèle auf Nedels Bett und sie lag neben mir.

„Warum hast du ihn niedergestochen?" wollte Nedel von mir wissen.

„Sie waren zu drei und ich war alleine. Und sie wollten mich verprügeln. Was hätte ich tun sollen? Mich zerschlagen lassen? Und auf dem Polizeirevier waren es drei Aussagen gegen eine das ich angefangen hätte und sie hätten sich nur mit mir unterhalten wollen. Er ist ja nicht gestorben, und er wird es wohl auch kaum tun. Oder zumindest nicht an der kleinen Wunde."

„Also wurdest du vorgestern Abend verhaftet?"

„Ja, vorgestern Abend. Ich verbrachte die halbe Nacht auf dem Polizeirevier und dann wurde ich ins Gefängnis gebracht, Untersuchungshaft. Gestern morgen wurde ich dem Untersuchungsrichter vorgeführt, ich wollte dem klarmachen wie die Sache gewesen war, und weißt du was seine Antwort war? Er sagte einfach zu mir, sie haben noch Bewährung bis achtzehn Jahre gehabt, also müssen wir sie hier behalten. Ich versuchte ihm klarzumachen, daß das doch eine andere Sache war, daß ich mir zwei Jahre lang Mühe gab es ungeschehen zu machen, aber es half alles nichts.

„Und was wirst du nun tun?" wollte Nedel von mir wissen.

„Ich weiß es nicht!"

„Hierbleiben kannst du jedenfalls nicht! Aber warum gehst du nicht zu den Schneidern? Die kennen doch Gott und die Welt und auch eine ganze Menge verrückter Leute."

Ja, das war eine gute Idee, denn normalerweise wenn es etwas zu erleben gab, dann waren die beiden Brüder immer mit dabei, und schließlich waren wir ja doch recht gute Freunde.

Etwas später ging ich in Begleitung von Angèle zu den Schneidern, sie wohnten nicht weit weg von Nedel. Angèle und ich waren wirklich vorsichtig, denn spätestens jetzt würde jeder Polizist wissen, daß ich weggelaufen bin. Und Unbekannt war ich an diesem Ort ja nicht gerade.

Die Beiden Brüder, Jeff war der jüngere, Patrick der ältere wußten Rat. Sie kannten einen der eine Wohnung hatte, und diese Wohnung stand zur Zeit leer. Wir beschlossen zu warten bis es dunkel wäre um dann in diese Wohnung zu gehen, was wir dann auch taten. Angèle kam noch mit, und dann verließ sie mich da sie nach Hause mußte.

Die Wohnung war ein einziges Chaos, überall lag Unrat, leere Flaschen mit alkoholischen Getränken lagen am Boden, in der Küche standen zwei Müllsäcke welche fürchterlich stanken und ungefähr eine Million kleiner Fliegen lebten dort. Ich habe die Küche nur zweimal betreten. Jedenfalls brauchte ich mich nicht zu fürchten, daß ich erhungern würde, denn überall fand man Packungen mit Keksen und Bonbons. Und ein Fernseher gab es auch.

Angèle sollte am nächsten Tag zur Wohnung kommen, was sie dann auch tat.

Mit dem Einschlafen hatte ich in dieser Nacht wirklich keine Probleme, plötzlich war ich so müde, daß ich kaum noch meine Augen aufhalten konnte und schon einige Sekunden später schlief ich ein. Wirklich, von einer Minute zur anderen war alles so weit weg. Ich war noch nie in meinem Leben so müde wie an diesem Abend."

Ich schaute zur Glastür hinaus. Die Polizei war angekommen. Sicherlich hatte der Typ der das Glück hatte, daß ich kein guter Schütze bin, sie gerufen. Es waren drei Wagen die mit Sirengeheul und Blaulicht sich auf dem Parkplatz befanden und jede Menge Polizisten welche sich bemühten alles abzusperren. Die nasse Straße schien blau zu leuchten. Es regnete nicht mehr so heftig wie vorher.

Auch meine Gäste hatten die Polizisten gesehen.

„Nun, jetzt fängt der Spaß also erst richtig an!" rief ich ihnen zu.

Meine Stimme erschreckte sie. Ich fragte mich warum.

Der Kleine hatte sich fest an seine Mutter gedrückt, seinen Hamburger hatte er mittlerweile aufgegessen.

Ich zeigte mit meiner Pistole auf einen der beiden Freunde.

„Sie gehen uns jetzt neun Colas hinter die Theke holen. Für jeden hier im Saal eine Büchse."

Zuerst sah der Kerl mich fragend an, und erst einige Sekunden später tat er was ich ihm befohlen hatte.

„Und falls Sie auf irgendwelche dummen Gedanken kommen sollten, dann bin ich leider gezwungen eine nachträgliche Abtreibung mit Ihrem Freund zu machen."

Ich lächelte, denn ich fand meine Worte doch recht witzig.

Der Typ kam nicht auf dumme Gedanken, oder falls doch dann war er klug genug sie nicht zu versuchen. Ich befahl ihm meine Büchse zwei Meter entfernt vor mir auf den Boden zu stellen, und dann zu den Tischen zurück zu gehen. Er tat es. Nachdem er sich an seinen Platz zurück gesetzt hatte holte ich meine Cola vom Boden ab. Ich ging zurück zu meinem Stuhl und veränderte meinen Winkel zur Tür, damit ich nicht gerade allzuviel im Schußfeld der Polizisten saß, aber dennoch die Tür im Auge behalten konnte.

Es gab ein Zischen als ich meine Büchse öffnete.

Ich bemerkte, daß noch keiner der Gäste seine Büchse auch nur angerührt hatte.

„Sie dürfen aber etwas trinken!"

Zwei oder drei von Ihnen taten es dann auch, und der Junge verlangte von seiner Mutter die Cola. Einige Zischen waren im Raum hörbar.

„Wie ging es weiter?"

Erstaunt sah ich zu den Tischen herüber, und es dauerte einen Moment bis, daß ich erkannte wer mir die Frage gestellt hatte. Es war die Frau die mich so in die Augen gestarrt hatte.

Ich war verwundet darüber, daß meine Geschichte sie interessierte.

Ich sagte:

„ Abends empfand ich es ziemlich langweilig alleine in der Wohnung. Ich versuchte interessante Sendungen im Fernseher zu finden doch es gelang mir nicht. Ich sehnte mich immer und andauernd nach Angèle, selbstverständlich besuchte sie mich am Tage und es war immer schön weil wir zusammen schliefen, die Schneidern besuchten mich auch noch ziemlich oft, brachten mir Essen und Trinken mit. Ich ging fast nicht vor die Tür, denn ich hatte wirklich Angst davor geschnappt zu werden.

Ich blieb fast eine Woche lang in der Wohnung, und dann an einem Nachmittag kam der Besitzer. Selbstverständlich war er nicht gerade begeistert davon mich in seiner Wohnung vorzufinden. Zu meinem Glück kamen auch gerade die Schneidern und redeten mit ihm. Doch in der Wohnung konnte ich nicht mehr bleiben.

Mit Hilfe der Schneidern besuchte ich einige Freunde, doch keiner konnte oder wollte mir Unterschlupf gewähren. Ich verbrachte einen Vormittag mit Angèle auf dem Dachboden eines Bekannten, und ich schlief auch dort mit ihr. Als wir fertig waren, ich weiß diese Ausdrucksweise ist nicht gerade richtig, schenkte sie mir einen Ring welchen sie oft an ihrem Finger trug, und welcher mir doch recht gut gefiel. Es war ein goldener Ring in der Form eines Totenkopfes der einen Zylinder trug.

Ich steckte den Ring an meinen Finger.

Abends konnte ich dann bei den Schneidern übernachten. Ihre Mutter wußte darüber Bescheid was mit mir los war und gewährte mir Unterschlupf. Ihre Mutter war immer freundlich mit mir, einmal als ich versuchte meinem Leben ein Ende zu setzen, da ging ich zu den Schneidern und unterwegs aß ich eine ganze Packung irgendwelcher Pillen welche ich zu Hause aus dem Medizinschrank gestohlen hatte. Ich will es Ihnen nicht verschweigen, Angèle war der Grund für meinen damaligen Selbstmordversuch der mir leider nicht gelingen sollte. Ich brach bei den Schneidern zusammen, ein Krankenwagen wurde gerufen und ich in ein Hospital gebracht. Wie sich herausstellen sollte waren die Pillen nicht so schlimm, der Totenkopf der auf der Packung abgedruckt war, war mehr dazu gedacht die Leute abzuschrecken. Im Hospital wurde ich am anderen Morgen einem Psychiater vorgeführt und ich versuchte ihm zu erzählen warum ich das getan hatte. Ich denke er hat mich nicht verstanden. Er konnte mich ja auch nicht verstehen, denn er wußte ja nicht wie sehr ich Angèle liebte. Ich kam wieder mit Angèle zusammen. Sie hatte damals wegen einem anderem Schluß mit mir gemacht, und es war auch dieser Typ dem sie den Laufpaß gab um mich zurück zu nehmen. Es war auch dieser Kerl der versuchte mich anzugreifen und ich damit stoppte indem ich in mit einem Messer niederstach. Ich haßte ihn, zuerst weil er mir Angèle weggenommen hatte, und nun weil ich wegen ihm in einer solchen Klemme saß. Hätte dieser Kerl damals bei der Polizei die Wahrheit gesagt, daß sie zu dritt und ich alleine war, ich denke dann hätte die ganze Sache ganz anders ausgesehen.

Ich schlief bei den beiden Brüdern im Zimmer, Patrick nannte sich selbst einen Rechtsradikalen, er hatte sich den Schädel rasiert und in seinem Zimmer baumelten metallene Hakenkreuze welcher er sich in der Schule gebastelt hatte.

Angèle kam mich einige Male besuchen, doch ich wußte das weder Jeff, Patrick oder ihre Mutter froh darüber waren, denn alle drei mochten sie Angèle nicht so besonders. Alle drei haben mir so oft gesagt, daß ich sie vergessen sollte, ich kann ihnen sagen, daß ich es auch sehr oft versucht habe, aber es wollte mir einfach nicht gelingen. Ich liebte sie viel zu sehr.

Eines Nachmittags, ich saß im Zimmer der beiden Brüdern und spielte auf einem Fernsehcomputer, hörte ich es an der Tür klingen. Ich wußte sofort, daß das Klingeln etwas mit mir zu tun hatte, ich fühlte es einfach. Und so war es dann auch.

Draußen stand ein Polizist in Zivil, ich lief nicht weg sondern ich ging mit ihm.

Zuerst brachte er mich ins Polizeirevier, man knipste einige Bilder von mir, und der Bulle der mich vor zwei Jahren verhaftet hatte fand das mein Haar lang geworden wäre. Ein anderer fragte mich wie es denn soweit gekommen wäre, schließlich wäre ich ja nun zwei Jahre lang ruhig gewesen, und wieder ein anderer wollte von mir wissen ob ich den nun wieder weglaufen würde.

Ich antwortete ihm mit einem Nein, obwohl ich wußte das ich es doch täte.

Dann brachte man mich zurück in das Erziehungsheim.

Erinnern Sie sich daran, daß ich Ihnen erzählte, daß das Gitterzimmer der zweitschlimmste Ort in diesem Gebäude ist? Nun, es gibt noch einige Räume welche viel schlimmer sind, es sind die Zellen die sich am anderen Ende des Gebäudes befinden, alleine und abgelegen. Die Zellen dienten dazu die Jugendliche die weggelaufen waren zu bestrafen, und ich kann Ihnen sagen, daß sie ihre Aufgabe ganz gut erfüllen. Aber sie schreckten nicht ab, denn keiner der von dort weg-läuft denkt daran in die Zelle zu müssen wenn man ihn schnappt, sondern sie denken alle das man sie nicht schnappen würde. Das versuchte ich einmal klar zu stellen, aber keiner hat es je verstanden.

Ich will ihnen versuchen die Zellen zu beschreiben, wenn ich mich richtig erinnere gibt es fünf. Die Tür ist ganz aus Metall mit einem winzigem Fenster drin, dann gibt es noch eine Matratze und einen Eimer in dem man seine Notdurft erledigen muß. Eine große Fensterscheibe aus weißem undurchsichtigem Glas läßt etwas Licht in die Zelle hinein. Man sitzt dort bloß mit Unterhose und Hemdchen bekleidet und wartet darauf, daß die Zeit vergeht. Viele die dort saßen haben sich in ihrer Verzweiflung versucht ihr Leben zu nehmen, einer schlug sich anscheinend solange mit dem Kopf gegen die Wand bis er blutete.

Die Stunden sind verdammt lange in der Zelle, sie vergehen überhaupt nicht. Meistens sitzt man einfach auf dem Bett, starrt die Decke an und versucht zu schlafen, aber natürlich kann man das nicht so einfach.

Ich war drei Tage in der Zelle, und diese drei Tage waren verdammt lang. Als ich mit vierzehn das erste Mal weggelaufen war, mußte ich fünf Tage in dieser Zelle verbringen, und das obwohl ich mich freiwillig gestellt hatte. Am zweiten Tag entdeckte ich eine kleine Beule in der Decke. Ich stellte mich auf meine Matratze und schlug mit meiner Faust gegen die Beule. Der Gips gab nach, und ein großes Stück bröckelte ab. Zum Vorschein kam eine metallene Stange die wohl dazu diente die künstliche Decke zu halten. Ich knotete meine Decke zusammen und befestigte das eine Ende davon an der Stange. Ich überlegte ob die Stange mein Gewicht wohl aushielt, wenn ich mich an der Decke aufhängen würde.

Ich wollte es wirklich tun, ich wollte mir wirklich in diesem einsamen Raum das Leben nehmen und mich aufhängen, teils für mich damit einfach alles vorbei wäre, meine Qualen, mein Leiden, meine Schmerzen und teils für die anderen, die Jugendliche die nach mir hier herkommen würden, denn ich denke es wäre ein Riesenskandal geworden wenn es einem Jungen gelungen wäre sich in der Zelle das Leben zu nehmen, und es wäre mehr als wahrscheinlich gewesen das sie sogar abgeschafft worden wären.

Aber die Stange hielt mein Gewicht leider nicht aus, und ich kann ihnen sagen, daß es gar nicht so einfach ist mit einer Decke einen anständigen Knoten zu machen.

Die einzige Person die einem etwas Mut in der Zelle schenkt, ist ein Pfarrer der Abends die Jugendlichen besuchen kommt und ihnen eine Zigarette mit herein schmuggelt. Für fünf Minuten spürt man dann das man doch nicht so alleine ist, wie man es glaubt.

Ein Wärter kam mich besuchen und sah natürlich das Loch in der Decke. Ich erzählte ihm es wäre schon vorher da gewesen, und aus irgendeinem Grund glaubte er mir, aber ich wurde in eine andere Zelle verlegt.

Am dritten Tag nahm einer der Wärter das Risiko auf sich mich in das Gitterzimmer zu verlegen, und flehte mich an keinen Quatsch da zu machen. Ich versprach ihm, daß ich ruhig wäre und das war ich dann auch. Es war mir klar, daß niemand etwas davon wußte, daß ich ins Gitterzimmer kommen sollte, er hatte das Risiko auf sich genommen mir einen etwas angenehmeren Raum anzubieten, und dafür war ich ihm sehr dankbar.

Das Gitterzimmer ist eigentlich ein normales Zimmer, es hat bloß Gitterstäbe vor dem Fenster, und keine Türklinke auf der Innenseite der Tür. Man konnte wohl kaum aus diesem Zimmer fliehen.

Nun, es war nicht gerade viel besser als in der Zelle, aber doch ein kleines wenig. Plötzlich hörte ich Lärm und Gebrüll in dem Zimmer neben mir, ein anderer Jugendlicher wurde in das Gitterzimmer neben dem meinen gebracht, und er schien nicht gerade freiwillig mitzukommen. Es war Raphael, er war durch ein Fenster zu den Zellen geklettert, um mir eine Zigarette zu bringen, allerdings war das einzige was er vorfand eine leere Zelle. Er wurde erwischt und kam so in das Zimmer neben mir.

Er öffnete sein Fenster, meines stand schon auf, denn schließlich hatte ich drei Tage lang keine frische Luft mehr bekommen.

„Warum bist du in der Nacht nicht bei mein Fenster gekommen?" wollte ich von ihm wissen.

„Ich dachte du würdest nicht ohne mich gehen und warten. Man hatte mich dabei erwischt als ich die Laken zusammenbinden wollte."

Ich wußte nicht ob ich ihm diese Ausrede glauben sollte, oder ob es gar keine Ausrede war.

„Kommst du denn diesmal mit?"

„Was du willst schon wieder weglaufen, du bist doch gerade knaps aus der Zelle raus."

„Ich fragte dich etwas!"

„Ja, diesmal werde ich mitkommen."

„Gut!" flüsterte ich ihm zu. „Ich habe nämlich schon einen Plan!"
„

Draußen war nun eine Menge los. Alle Polizisten liefen hastig mit gedeckten Köpfen umher, und auch einige Schaulustige hatten sich eingefunden. Ich suchte den Parkplatz nach einem Fernsehwagen ab, doch zur meiner Enttäuschung fand ich keinen. Ich wollte, daß, wenn ich Nadine nicht erwischen sollte, sie doch wenigstens vor meiner Tat erfahren würde.

Die acht Gäste sahen mich an, und ich dachte, daß sie sich bestimmt fragten, was ich als nächstes vorhätte. Nun, ich wußte es auch nicht so recht.

Ich sagte:

„Plötzlich kamen einige der anderen Jugendlichen zu unseren Fenstern. Die Fenster der beiden Gitterzimmer lagen auf der anderen Seite des Hofes, und es war verboten in diesen Teil des Hofes zu gehen. Aber das störte die wenigsten von uns. Sie kamen, es waren nicht viele, sondern nur zwei oder drei, und riefen Raphael zu, daß er wirklich sehr dumm wäre.

Einer von ihnen war ein Schwarzer, leider habe ich seinen Namen vergessen, doch er war ein recht netter Kerl. Er sah zu meinem Fenster hoch, er hatte eine selbstgedrehte Zigarette in seiner Hand.

„Willst du sie?" fragte er mich wobei er seine Zigarette hoch hielt.

„Ja, warum nicht!" rief ich zu ihm hinunter, denn ich hatte meine Zigaretten immer noch nicht zurück erhalten.

Er warf mir die Kippe hoch, ich fing sie auf, nun genauer gesagt ließ ich sie zuerst auf dem Fensterbrett landen und dann hob ich sie auf, denn ich hatte wirklich keine Lust mir die Finger an einer brennenden Zigarette zu verbrennen.
„

Es war das Klingeln des Telefons das mich bei meiner Unterhaltung unterbrach. Es klingelte durch den ganzen Saal, und es stand in der Nähe von dem Ort wo Mr. Rommel vorher noch gestanden hatte. Ich erhob mich von meinem Stuhl, ging rückwärts zu dem Telefon, denn ich hatte keine Lust dazu, daß mir einer von hinten in den Rücken sprang und mich zu Boden warf. Als ich noch in der Grundschule war besaß ich nie Freunde, meine ganze Klasse hatte sich immer einen Riesenspaß daraus gemacht mich in den Pausen zu necken und zu schlagen. Einmal, in der großen Pause im Schulhof, da waren sie alle hinter mir her. In meiner Verzweiflung erhob ich einen großen Stein vom Boden. Ich hielt ihn in meiner rechten Hand, und rief den anderen zu:
„Der Erste von euch der einen Schritt näher kommen wird, wird einen neuen Schädel brauchen!"
Und es hat gewirkt, sie hielten alle an, sie standen da in einer Reihe, und keiner von den Säcken hatte den Mut auch nur einen Schritt näher zu kommen. Ich sah sie an, und fragte mich wie es wohl weiterginge, wenn es sein müßte würde ich die ganze Pause durch mit meinem Stein in der Hand hier stehen bleiben.
Bevor ich wußte was los wäre, da war es schon geschehen. Ich hätte es daran merken müssen, daß einige von ihnen hinter meinen Rücken sahen. Doch dann war es zu spät. Ich fühlte ein Knie in meinem Rücken und fiel vorne über zu Boden. Schmerzen stiegen in mir auf. Brüllend vor lachen fiel die Meute über mich her.
Nun, ich wollte das eben nicht noch einmal erleben, und darum bin ich rückwärts mit erhobener Pistole zu dem Telefon gegangen.
Es klebte Blut auf der Theke, verklumptes Blut. Vermutlich war es Blut mit etwas Gehirngewebe drin.
Ich ließ meine linke Hand auf den Hörer niedersinken, mit meiner Rechten hielt ich meine Pistole im Griff und richtete sie auf meine Freunde.
„Rommels Snack hier! Was kann ich für Sie tun?"
„Guten Tag, hier spricht Seiler, ich bin der Chef der Polizei hier."
„Guten Tag Herr Seiler."

Er versuchte sehr streng zu klingen, er hatte eine tiefe Stimme, und ich nahm an, daß er wohl Übergewichtig war.

„Was wollen Sie? Wir kennen Ihre Identität, wir wissen ganz genau wer Sie sind. Kommen Sie einfach heraus, und machen Sie alles nicht noch schlimmer!"

Ich ließ für eine Sekunde den Blick von meinen Geiseln, und starrte den Telefonhörer an.

Dann drückt ich ihn wieder an mein Ohr.

„Nicht noch schlimmer machen? Du alter, fetter Wichser, was soll ich denn noch schlimmer machen? Mach du es nicht noch schlimmer! Entschuldige dich für deine Worte du altes Schwein!" schrie ich ihn an.

Es kam keine Antwort.

„Entweder du entschuldigst dich sofort oder ..."

Ich brauchte den Satz nicht zu Ende zu sprechen, denn er konnte sich denken was ich vorhätte.

„Es tut mir leid, Christopher." schnaufte er in den Hörer. Es klang nicht sehr überzeugend.

„Aber," fuhr er fort, „geben Sie doch einfach auf. Wir können Ihnen helfen. Was wollen Sie damit bezwecken? Sie werden jedenfalls nicht damit durchkommen! Wir können das Haus stürmen, wir haben Tränengas, und unsere Polizei hat eine Spezialtruppe!"

„Wenn Sie Tränengas einsetzen, dann richte ich hier ein Blutbad an. Ich werde so viele wie auch nur möglich abknallen."

Die anderen Acht sahen mich erschrocken an, und ich zwinkerte ihnen zu, aber mein Zwinkern wurde nicht erwidert.

„Und noch etwas du fetter Sack, du hast mich gestört, und ich hasse es wenn man mich stört. Rufe später noch mal an, und ich werde dir sagen was ich will. Ist das klar? "

„Wann später?" wollte der fette Bulle von mir wissen.

„Irgendwann später!"

Dann legte ich auf.

Ich ging zu den Gästen zurück und setzte mich wieder auf meinen Stuhl.

„Nun, ihr kennt mich ja nun alle. Oder für die welche es nicht gehört haben, mein Name ist Christopher. Und wie heißt ihr?"

„David!" rief eine helle Stimme.

Es war der Kleine.

Seine Mutter wurde bleich, als sie sah das ihr Sohn seinen Namen geschrieen hatte.

„Hallo David!" gab ich als Antwort.

„Und deine Mutter, wie heißt die?"

„Sandra. Mein Name ist Sandra." antwortete sie widerwillig.

„Und wie heißt der Rest."

Johann hieß der Typ der uns die Colas geholt hatte, sein Freund hieß Stephan. Die erste der drei Frauen hieß Tanja, eine Manon, und die letzte, die mich so in die Augen gesehen hatte hieß, Claudine.

Claudine, ich hatte mal eine Freundin die so hieß. Nicht lange, doch sie war da. Und sie war eine völlig bekloppte.

Dann wollte ich noch den Namen der Blonden wissen.

Sie sah mir richtig in die Augen, und ich erkannte, daß sie mich anlächeln wollte, und ich denke, daß dies der Grund dafür war, daß sie zu Boden sah, als sie mir ihren Namen verriet.

Danielle hieß sie.

Ich erkannte, daß ich Danielle lieben könnte.

„Nun, da wir uns ja nun alle kenne macht alles etwas leichter für mich."

Ich sagte :

„Es war an einem Montag an dem sie mich schnappten, ich war drei Tage in dieser verdammten Zelle, dann noch einen Tag ins Gitterzimmer und aus diesem kam ich an einem Donnerstag heraus. Raphael durfte das Gitterzimmer zwar am Tage verlassen, mußte aber in der Nacht darin schlafen. Diesmal wollte er wirklich mitgehen, und natürlich wollte ich so schnell wie möglich wieder von diesem Orte verschwinden, um meine Angèle wiederzusehen. Es hinderte uns etwas, daß er im Gitterzimmer schlafen mußte, denn von dort konnte man nicht mehr so einfach weglaufen. Es gelang mir aber eine Metallsäge in einem Atelier zu stehlen, und Raphael schmuggelte sie ins Gitterzimmer. Wir versuchten kurz am Tag einmal die Gitterstäbe leicht anzusägen, doch es machte relativ viel Lärm. So beschlossen wir es in der Nacht noch einmal versuchen.

Nachts lehnte ich mich aus dem Fenster, unterhielt mich mit anderen Insassenden, die sich einen Spaß daraus machten aus ihren Fenstern zu klettern und über das Dach zu laufen. Viele amüsierten sich damit, der nächtliche Dachspaziergang war ein alter Brauch in diesem Ort, und ich denke, daß es ein Wunder ist, daß all die Jahre niemand von dem Dach herunterfiel. Jedenfalls hörte ich nie von einem solchem Fall.

Plötzlich konnte man Raphaels Säge hören. Das Kreischen war im ganzen Hof hörbar, jeder der sich in diesem Moment draußen befand konnte das Knirschen der Metallsäge hören.

„Raphael!" schrie ich hinunter, „hör auf! Du machst ja Lärm wie ein Esel!"

„Kann man mich hören?"

Alle lachten auf.

„Man hört dich durch den ganzen Hof!" rief einer.

Es war ein Wunder das keiner der Wärter ihn hörte, und es war auch ein Wunder, daß Raphael nicht verpfiffen wurde.

So mußte ich mir einen neuen Plan ausdenken.

Ich hatte schon etwas grobes im Kopf, eine Idee welche ich gar nicht so schlecht fand, und Raphael und mir eine Flucht ermöglichen sollte. Doch dafür müßte ich noch zwei Tage in dieser Hölle ohne Angèle aushalten. Dieser Gedanke war in jenem Moment fürchterlich.

Aber es würde der einfachste Weg sein.

Nach meiner ersten Flucht war es mir gelungen eine kleine Geldsumme in das Heim hineinzuschmuggeln. Es war nicht viel, gar nicht viel, es hätte eventuell für ein Essen hier im Snack gereicht, für mehr jedoch nicht. Doch es war Geld, und es war, wenn auch nur ein sehr kleiner Schritt nach vorne.

Der Freitagmorgen sah ich Raphael dann im Hof wieder. Jeden Morgen und nach jedem Mittagessen mußten wir uns in einer Reihe im Hof aufstellen, und wir wurden gezählt, um dann so festzustellen wie viele in der Nacht von uns abgehauen waren.

An diesem Freitagmorgen war jedoch niemand weggelaufen, und ich stellte mich in die Nähe von Raphael. Angèle fehlte mir so sehr.

Wir wurden gezählt, Witze wurden über uns gemacht, und dann konnten wir Frühstücken gehen. Raphael saß mit mir auf einem Tisch, David war auch nicht weit entfernt.

Später erzählte ich Raphael dann meinen Plan:

„Weißt du, ich überlegte mir, jeden Samstag gehen wir Schwimmen. Diesmal werden wir mitgehen, und dann im Schwimmbad abhauen. Wir sind dann bereits in der Stadt, und wir haben rund eine Stunde Vorsprung, vielleicht auch zwei, bis man überhaupt unsere Flucht bemerkt, und bis dann sind wir über alle Berge."

„Aber wir müssen doch unsere Schrankschlüssel beim Lehrer abgeben!" erwiderte Raphael.

„Ja, und dann? Wir werden unsere Klamotten in einen Schrank stecken, und denn Schrank nicht abschließen. Es ist ja nicht für lange."

„Aber man braucht den Schrankschlüssel wenn man aus dem Schwimmbad herauskommen will, man muß den Schlüssel wieder an der Kasse abgeben, und erst dann kann man das Schwimmbad verlassen."

„Man kann überall herauskommen. Man muß es nur wollen. Und sollte es wirklich nicht funktionieren, dann können wir immer noch ins Schwimmbad zurück, und so tun als ob nichts gewesen wäre. Bist du dabei Raphael? Wenn nicht dann tue ich es eben alleine."

„Ich bin dabei."

Am Freitagabend, kurz bevor ich Zubettgehen wollte, suchte ich mir die Sachen heraus, die ich unbedingt mitnehmen wollte. Es waren nur drei T-Shirts. Meine Stiefel mußte ich diesmal zurücklassen, und es tat mir etwas leid um sie. Doch ich tat es für Angèle, ich hätte alles für sie zurückgelassen.

Auch Samstagmorgens zählten sie uns in der Reihe nach, und wieder stellten sie zu ihrem erheitern fest, daß keiner weggelaufen war.

Das wird sich bald ändern, dachte ich.

Sehr bald sogar.

Der Gedanke ließ mich Lächeln.

Sofort nach dem Frühstück sollten wir ins Schwimmbad fahren. Ich aß ziemlich viel, denn ich wußte ja nicht wann ich wieder etwas zu Essen bekommen würde. Ich hatte die drei Shirts angezogen, und darüber trug ich Raphaels kariertes Hemd.

Es war so ein Kleinbus, mit dem wir ins Schwimmbad fuhren. Weder ich, noch Raphael ließen sich etwas von den Fluchtgedanken anmerken. Wir erhielten unsere Schlüssel, zogen unsere Sachen aus und die Badesachen an, und ließen unseren Schrank leicht aufstehen. Es kontrollierte keiner die Schränke nachdem wir die unsere Schlüssel abgeben hatten, denn bis zu diesem Zeitpunkt war noch nie einer aus dem Schwimmbad abgehauen, denn der Lehrer war ziemlich freundlich, und wir wußten alle, daß er eine Rüge vom Direktor erhalten würde. Aber das war mir ziemlich egal, denn noch länger konnte ich nicht ohne Angèle aushalten, am Tage war eine Flucht aus dem Heim viel zu gefährlich, und in der Nacht mußte Raphael dann im Gitterzimmer schlafen, also blieb uns nur diese eine Möglichkeit.

Zuerst gingen wir mit den anderen Duschen, dann ging es ab ins Wasser. Raphael und ich blieben stets zusammen. Nachdem wir uns ziemlich sicher fühlten, stiegen wir aus dem Wasser, gingen vorsichtig in die Duschen und von da an in die Umkleidekabine. Schnell trockneten wir uns ab, und noch schneller stiegen wir in unsere Klamotten. Dann wollten wir das Schwimmbad verlassen, doch wir mußten feststellen, daß man nicht ohne den Schrankschlüssel herauskommen konnte. Wir stiegen über eine Wand in der Umkleidekabine, kamen in eine anderen Kabinenraum, verließen diesen, fanden einen Flur in welchem man sich normalerweise als Badegast nicht aufhalten darf, liefen den Flur entlang und kamen an eine Tür.

„Dies ist ein Notausgang!" flüsterte ich Raphael zu, „normalerweise müßte sie aufgeschlossen sein!"

Raphael faßte mit seinen Händen den Griff der dazu diente die Tür im Notfall aufzuschließen, und die Tür ließ sich öffnen. Wir waren draußen, und ich wußte, daß wir es geschafft hatten.

Wir liefen weiter in Richtung Straße, um so den Hauptbahnhof zu erreichen und dann ganz aus der Umgebung hier zu verschwinden. Das bißchen Geld das ich hatte reichte um uns zwei Zugtickets zu kaufen, die wir jedoch nicht abstempelten. Wir kamen gerade zu dem rechten Zeitpunkt an, denn kurz darauf fuhr ein Zug ab.

Wir fuhren zu meiner Schule, und es war genau zu dem Zeitpunkt als die Schüler in Richtung Busse gingen um nach Hause zu fahren als wir dort ankamen. Ich hielt Ausschau nach Angèle, doch ich konnte sie nirgendwo erblicken. Aber ich fand einige Freunde, wir erhielten etwas Geld und man gab uns Bustickets. Dann stiegen wir in einen der Schülerbusse.

„Du kennst wirklich viele Leute!" sagte Raphael im Bus zu mir.

„Ja! Tue ich. Aber wirkliche Freunde habe ich nicht viele!"

„Wo fahren wir hin?"

Am liebsten wäre ich zu Angèle gefahren, doch dies war zu gefährlich, denn dort wohnten einige Leute die wirklich nicht meine Freunde waren. Also blieb mir nur die Möglichkeit irgendwo hinzugehen, wo sie uns erreichen konnte.

„Ich weiß wo wir hingehen!" antwortete ich Raphael.

Wir fuhren zu dem Ort wo ich wohnte. Ich kannte dort ein verlassenes Gebäude, wo wir uns einige Tage verstecken könnten. Unterwegs fragte mich Raphael nach einem Feuerzeug. Ich hatte zwei in meiner Tasche, und so schenkte ich ihm eins.

Raphael drehte an dem kleinen Hebel so daran, daß die Flamme die größtmögliche Größe erreicht, und dann steckte er sich das Feuerzeug in den Mund und inhalierte das Gas.

„Was machst du da?" fragte ich ihn.

„Man wird zu damit! Genau als wie wenn man Drogen nehmen würde!"

Ich hatte bis zu diesem Zeitpunkt noch nie so etwas gehört, und so sagte ich ihm das auch.

„Nun ja, das Feuerzeug reicht nicht ganz, man bekommt nur etwas den Geschmack davon in den Mund, wenn wir einmal die Möglichkeit haben uns eine Flasche Feuerzeuggas zu kaufen, dann werde ich es dir zeigen."

Wir kamen zu dem verlassenem Haus wo ich zuerst vorhatte zu Übernachten und stiegen ein. Es war voller Dreck und Schmutz, und ich erkannte, daß wir hier nicht bleiben konnten, ohne uns irgendeine verdammte Krankheit zu holen. Wir verließen das Haus wieder und gingen ins freie.

„Wo gehen wir jetzt hin?" wollte Raphael wissen.

„Keine Ahnung!" sagte ich genervt.

Wir gingen ein kleines Stück die Straße entlang, und es war Raphael der es sah.

„Sieh mal, ich glaube dieses Haus hier ist auch verlassen."

Es war ein Haus, welches eigentlich gar nicht verlassen aussah, ein Stuhl stand im Wohnzimmer, aber das Fenster zum Wohnzimmer war kaputtgeschlagen.

„Bist du sicher Raphael? Es sieht gar nicht verlassen aus!"

„Natürlich bin ich mir sicher! Komm!" Er zog mich am Ärmel.

Wir stiegen zum Fenster hinein, ich hatte ein ungutes Gefühl, denn ich sah schon wie irgendein Hausbesitzer dort auftauchen und uns mit dem Fuß in den Arsch treten würde, aber das Haus war wirklich verlassen. Es sah noch recht sauber aus, es war ein Gebäude in dem man Leben konnte. Uns gefiel es sofort.

Es gab nur ein kleines Problem, das Haus war genau gegenüber der Polizei. Doch dies störte uns nicht besonders.

Wie ich später erfuhr, war es ungefähr zu dem Zeitpunkt als Raphael und ich meine Schule erreichten als erst unsere Flucht aus dem Schwimmbad bemerkt wurde. Zuerst suchten sie noch das ganze Schwimmbad ab, denn sie konnten sich einfach nicht vorstellen wie wir es gemacht hätten um von dort abzuhauen.

Wir untersuchten das ganze Haus. In der Küche und im Keller fanden wir Gasflaschen, sehr zur Freude von Raphael, auf dem Dachboden fanden wir eine kleine elektrische Heizung, und zu unserem Vergnügen konnten wir auch noch feststellen, daß wir elektrischen Strom hatten. Nur das fließende Wasser fehlte.

Wir probierten die Heizung aus, und sie funktionierte. Das fanden wir phantastisch, denn die Nächte waren verdammt kalt. Wir richteten uns ein Zimmer ein mit all den Sachen welche wir fanden, es war das sauberste Zimmer im ganzen Haus, wir bastelten uns Decken und zum Schluß fanden wir es ziemlich bequem.

Dann ging Raphael in die Küche zur Gasflasche.

„Damit können wir kochen!" sagte er und nahm mein Feuerzeug.

„Bist du verrückt?" schrie ich ihn an, „willst du, daß wir beide in die Luft fliegen?"

Noch bevor ich meine Worte zu Ende sprach war er schon dabei den Gashahn aufzudrehen und fing das Gas das aus der Flasche strömte, an.

Ich sah schon vor mir wie die Flasche explodieren und uns beide ins Jenseits beförderte, doch sie explodierte nicht, sondern es kam nur eine Flamme zum Vorschein.

Dann drehte Raphael denn Gashahn wieder zu.

Er wartete einen Moment, beugte sich nach vorne, drehte den Gashahn auf und nahm ihn in den Mund und atmete das Gas ein.

Einige Sekunden später versuchte er wieder aufzustehen, und er wirkte wirklich leicht benommen. Aber es dauerte nicht lange an.

„Versuch es doch auch einmal!" forderte er mich auf.

Der Reiz war schon da, ich beugte mich ebenfalls nach vorne, doch ich spürte das ich etwas Angst hatte. Natürlich war der Reiz stärker als das Gefühl der Angst, so drehte ich genau wie er es vorhin tat den Gashahn auf, und nahm ihn in den Mund. Einige Sekunden später verwandelte sich alles vor meinen Augen in ein Schwarzweißbild, ich fiel nach hinten auf meinen Hosenboden, und für eine kleine Sekunde die mir aber wie eine Ewigkeit vorkam sah ich ein Schreckensbild das ich kannte, welches mich oft als kleines Kind verfolgt hatte, das ich aber vergessen hatte, und nun als es wieder in meinen Kopf kam, konnte ich mich erinnern. Ich hatte fürchterliche Angst als ich wieder zu mir kam, und ich fragte mich wie ich diese Vision jemals vergessen konnte.

"

„Was war Ihre schlimme Vision denn?" wollte Claudine von mir wissen.

Ich starrte meine acht Geiseln an und richtete meinen Blick auf Claudine.

„Ich kann es einfach nicht beschreiben, die Worte dazu fehlen mir einfach. Es hat etwas mit Licht zu tun, mit Helligkeit, Zeit, mit sehr viel Angst und Schmerzen. Es ist einst der grauenhaftesten Bildern die ich mir vorstellen kann."

Ich sah meine acht Freunde an, behielt jedoch auch weiterhin meine Pistole auf sie gerichtet.

Ich sagte:

„Als ich noch sehr klein war, da fand ich einmal auf dem Nachhauseweg von der Schule einen kleinen Vogel, er war wohl aus dem Nest gefallen, hatte aber schon Federn. Aus irgendeinem Grunde konnte er nicht fliegen.

Ich hob den Vogel auf und lief damit nach Hause. Ich hatte mich sofort in den Vogel verliebt, denn als ich noch klein war, da hatte ich nie Freunde, wie ich es schon vorher erwähnte, meine Klassenkameraden mieden mich, und wenn sie mal mit mir sprachen, dann nur um mich zu schlagen und mir weh zutun. Doch dieser Vogel war vom ersten Augenblick an mein Freund.

Daheim gab ich ihm Wasser zum trinken, ich spielte den ganzen Tag mit ihm, wollte ihm das Fliegen beibringen, wollte ihn zu einem gesunden Vogel machen und ihn fliegen lassen.

Am nächsten morgen stand ich sehr früh auf und meinen neuen Freund zu besuchen. Ich hatte die halbe Nacht durch an ihn gedacht, und wollte ihn noch mal begrüßen bevor ich in die Schule gehen müsse.

Doch er war tot.

Mein neuer Freund war tot.

Denn ganzen Weg zur Schule weinte ich nur, ich fühlte mich hundsmiserabel, doch alles half nichts. Und es war auch dieses Gefühl der Trauer, was mich meine schreckliche Vision vergessen ließ.

Manchmal träumte ich noch davon, doch meistens hatte ich morgens den Traum auch wieder vergessen.

Erst jetzt, in diesem verlassenem Haus und durch den Einfluß vom Gas fiel mir alles wieder ein.

Ich erblickte Raphael erneut am Gashahn, er konnte einfach nicht genug kriegen.

Doch die Gasflasche war schon so gut wie leer, und es dauerte nicht lange da konnte Raphaels Gier nicht mehr gestillt werden, denn das Gas war alles verbraucht.

Natürlich dauerte es nicht lange bis, daß Raphael an die Gasflasche im Keller dachte. Wir gingen gemeinsam hinunter, und ich hoffte, daß diese Flasche auch leer wäre, doch leider war sie es nicht. Die Flasche war an einem dünnen metallenem Rohr befestigt, und Raphael versuchte das Ventil abzudrehen. Doch es war zu verrostet, und es gelang ihm nicht. Da hob er kurzerhand die Flasche an, bewegte sie nach links und dann nach rechts, um sie von dem dünnen metallenem Rohr abzubrechen. Nach einigen Biegungen hatte er es geschafft, das Gas strömte aus vollen Zügen aus dem abgebrochenem Rohr heraus. Ich stieß ihn zur Seite, denn ich wollte die Flasche zudrehen, doch man konnte sie nicht mehr zuschließen. Ich hörte das Rauschen des Gases, und konnte das Gas auch schon riechen welches sich im Zimmer ausbreitete. Raphael nahm das Stück Rohr in den Mund und inhalierte das Zeug. Genau wie ich zuvor fiel er auch auf den Hosenboden, doch er stand sofort wieder lachend auf und saugte erneut weiter.

Meine Welt um mich herum begann sich zum zweitenmal schwarzweiß zu färben, und ich spürte, daß das Bild wieder kommen würde, ich hörte es erneut in meinem Kopf, ich wollte für eine Sekunde lang weglaufen, doch es hätte einfach keinen Sinn gehabt. Man kann sich nicht vor den Dingen verstecken die sich im Kopf befinden.

Ich trat eine kurze Zeit weg, nur einen Augenblick. Ich wußte, daß es Zeit war den Raum zu verlassen, ich schlenderte die Treppe hoch, wieder einmal schwarzweiß vor meinen Augen, und ich dachte an Angèle. Du mußt hier raus schoß es mir in den Kopf, du mußt hier raus, sonst siehst du Angèle nie wieder.

Zur zerbrochenen Fensterscheibe stieg ich ins freie, aber nur für eine Sekunde, denn schließlich war Raphael ja auch noch da. Also stieg ich hinab in den Keller, versuchte nicht zuviel von dem Gas einzuatmen, sah Raphael auf dem Boden sitzen, Spucke lief aus seinem Mund, aber er grinste. Er sah verdammt ekelig aus, und er wollte zuerst nicht mit mir hoch gehen, ich faßte ihn am Kragen und zog ihn einfach hoch.

„Es wird Zeit zu gehen!" brüllte ich ihn an.

Mit glasigen Augen betrachtete er mich fragend.

Ich stieß ihn in Richtung Tür. Zuerst weigerte er sich mit mir zu gehen. Also drückte ich ihn zur Tür heraus. Mehr schleppend als gehend fand er den Weg ins freie.

Wir blieben einige Minuten in der frischen Luft, und ich empfand es als wunderbares Gefühl die frische Luft in meine Lungen zu lassen.

Raphael begann zu lachen.

„Du hast mir das Leben gerettet!" sagte er.

„Und wenn schon."

Hatte ich das wirklich? Ich wußte nicht, und weiß es auch immer noch nicht ob das Gas tödlich für uns gewesen wäre, und falls doch, ob die Dosis ausgereicht hätte uns beide oder auch nur einen von uns zu töten.

Wir ließen die Flasche sich im Keller entleeren, und ich sorgte dafür, daß keiner von uns beiden auf die Idee kommen würde in nächster Zeit in den Keller zu gehen.

„Wir brauchen Geld!" stellte Raphael fest.

„Ich weiß wo wir Geld her kriegen können. Es gibt da einen Ort wo sich vermutlich eine kleine Geldsumme befindet. Wir werden einen kleinen Einbruch machen. Auch einige neue Kleider können wir gebrauchen."

Es gab da eine Wäscherei in welcher ich als Jugendlicher schon einmal eingebrochen war, ich war für meine Tat bestraft worden, und eigentlich wollte ich es nicht wieder tun, ich kann es Ihnen schwören, daß ich nach meiner Strafe ein anständiges Leben führen wollte, doch in meiner momentanen Situation gab es einfach keine andere Wahl für mich.

Das heißt, eine andere Wahl hätte es schon gegeben, ich hätte Angèle aufgeben und tolerieren müssen bis achtzehn Jahre in einem Heim verbringen zu müssen, dies für eine Tat, wo es nur darum ging mich selbst zu wehren und zu schützen.

Und dies wollte ich nicht, lieber wäre ich gestorben als Angèle aufzugeben.

So brachen wir abends in die Wäscherei ein, und genau wie ich es erwartet hatte, fanden wir eine kleine Geldsumme und etwas Klamotten.

Danach gingen wir in eine Kneipe und tranken dort ein Bier.

„Du tust mir doch bestimmt einen Gefallen!" sprach ich zu Raphael.

„Was denn?"

„Ich gebe dir eine Telefonnummer, du wirst anrufen und nach einer Angèle fragen. Ich kann es nicht selbst tun, weil ihr Vater meine Stimme kennt und er sie mir niemals an den Hörer geben wird. Du wirst ihr sagen, daß ich wieder da bin und demnächst auf sie warten werde."

„Also gut!"

Ich gab Raphael die Telefonnummer und er rief sie an. Aufgeregt sah ich ihm nach als er sie anrief, ich hoffte das es klappen würde, ich hatte fürchterliche Angst, daß er an meinen Tisch zurückkäme und mir berichten würde, daß sie nichts mehr mit mir zu tun haben wolle, daß sie einen neuen Freund gefunden hätte.

Aber es war nicht so.

„Ich habe es ihr ausgerichtet. Sie hat eine nette Stimme!"

„Ja, das hat sie!"

Wir tranken unser Bier aus, aßen eine Kleinigkeit und ich beschloß auch noch die Schneiders anzurufen.

Sonntags gingen Raphael und ich ein kleines bißchen in der Gegend spazieren, ich wußte das es riskant wäre, denn schließlich war ich kein Unbekannter hier in der Gegend, ich glaube jeder Polizist wußte wie mein Gesicht aussah. Ich traf einen Kerl den ich nur sehr oberflächlich kannte, es war so ein Typ welchen man begrüßt aber nicht mal so richtig seinen Namen weiß. Raphael begann mit ihm zu reden, erzählte ihm, daß wir aus dem Heim geflohen wären, und ob sie es glauben oder nicht, er zeigte ihm unser Versteck und führte ihm unser Zimmer herum, genau so wie man einem ein Tier vorführen würde.

Ich stand die ganze Zeit daneben und ich konnte es einfach nicht fassen, daß Raphael so dumm sein könnte, aber er war es wirklich, er hatte ein schreckliches Vertrauen in fremde Menschen, und das fand ich nicht gut. Gar nicht gut.

Nachdem der Andere gegangen war, stellte ich ihn deswegen zur Rede.

„Er wird es nicht weitersagen!" entgegnete Raphael mir.

„Ach ja, und wie willst du das wissen? Sag mir wie du es wissen willst? Du kennst ihn nicht, du hast ihn noch nie gesehen. Vielleicht verpfeift er uns ja nicht sofort bei der Polizei, aber vielleicht sagt er es einem Freund, der erzählt es dann einem anderen, und irgendwann weiß die ganze Welt wo wir uns aufhalten. Die Polizei braucht nur über die Straße da zu gehen, dann haben sie uns. Ist dir das klar?"

Ich erhielt keine Antwort, und so war die Sache für mich erledigt.

"

Wieder war es das Klingeln des Telephons das mich in meiner Rede unterbrach. Das ganze Schauspiel wiederholte sich, rückwärts ging ich zum Telephon und hob ab.

„Rommels Snack hier!"

„Also, Christopher, lassen Sie uns nun mal Nägel mit Köpfen machen, sagen Sie uns was Sie wollen, und ich werde versuchen, daß Sie es erhalten. Was soll es sein?"

„Zuerst rufen Sie mal einen Fernsehwagen, sagen den Reportern meinen Namen! Und geben Sie denen ein Foto von mir, sie haben doch sicherlich genug Bilder in Ihrer Akte über mich. Na gut, die Fotos sind schon etwas alt, aber ich denke man erkennt mich noch. Dann fordere ich für jeden der Geiseln hier zehn Millionen."

„Das ist verdammt viel!"

„Zehn Millionen, Sie rufen erst erneut wieder hier an, wenn Sie das Geld haben. Haben wir uns verstanden? "

„Ganz wie Sie es wollen!"

Ich legte auf.

Ich fürchtete, daß es nicht all zulange dauern würde, bis die Polizei auf die Idee käme das Haus zu stürmen, vielleicht noch einige Stunden, bis sie denken würden, daß ich müde wäre.

Ich ging zurück zu meinem Stuhl.

„Eigentlich mache ich mir nichts aus Geld."

Dann sagte ich :

„Die kleine Geldsumme aus unserem Einbruch in der Wäscherei war verdammt schnell verbraucht. Es lag wohl auch daran, daß wir nicht gerade zimperlich mit dem Geld umgingen, sondern es regelrecht mit beiden Händen ausgaben. Wir fingen damit an, in offenstehende Autos einzubrechen, ich begann Kontakt mit einigen Freunden aufzunehmen, und es kam einer, Carlo hieß er, der behauptete in Deutschland einige Rechtsradikale zu kennen, die uns bestimmt aufnahmen. Ich war nicht gerade begeistert von dieser Vorstellung, denn erstens war ich nicht gerade ein Freund von Rechtsradikalen, und zweitens wußte ich, wenn ich mich in der Bundesrepublik befand, daß ich Angèle nicht mehr sah. Raphael ließ sich allerdings sofort seinen Schädel rasieren.

Montags wartete ich auf Angèle am Bahnhof. Ich sah sie, und mein Herz machte einen regelrechten Freudensprung. Doch sie sah irgendwie blaß aus. Ich hielt sie in meinen Armen, drückte sie an mich, und für einige Momente vergaß ich diese verdammte Hölle die auf mir lastete.

Raphael brachte es auch sofort fertig einige Freundinnen von Angèle um sich schwärmen zu lassen.

Nachdem Angèle in die Schule mußte, ich gab ihr einen langen Kuß bevor ich sie gehen ließ, ging ich mit Raphael eine Tasse Kaffe trinken. Wir hatten zu diesem Zeitpunkt nur Tabak, und amüsierten uns unsere Zigaretten zu drehen. Ein Freund hatte uns Kiloweise Tabak gebracht, unter anderem Pfeifentabak, und ich kann Ihnen sagen, daß Pfeifentabak in einer Zigarette nicht sehr gut schmeckt.

Dann an einem Abend kam einer der Schneidern mit einer seiner Freundinnen, und sie brachten uns alkoholische Getränke mit, unter anderem einige Flaschen Wein. Wir tranken sie und waren recht schnell betrunken.

In diesen Jahren war es besonders schlimm, wenn ich betrunken war, meist fiel ich in enorme Depressionen, ich begann auf einmal zu weinen, und ich konnte einfach nicht mehr damit aufhören. Das war einer der Gründe warum ich nicht gerne trank, ich fühlte mich einfach miserabel. So war es auch an diesem Abend, ich fiel in meine Depressionen und fing an schrecklich zu weinen. Ich glaube in diesen verdammten letzten Jahren weinte ich nicht mehr so wie an diesem Abend.

Am nächsten Morgen lachte ich über mich selbst. Ich hatte keinerlei Kopfschmerzen, was mich doch etwas verwunderte. Aber mir wurde klar, daß ich nicht mehr lange so leben wollte.

„Wir werden uns nun richtig Geld besorgen!" beschloß ich mit Raphael.

Wir wollten richtig einbrechen, richtiges Geld machen, und uns um nichts mehr zu sorgen brauchen.

Wir machten einen Spaziergang und fanden schnell einige geeignete Objekte.

Zeitgleich begann Carlo unsere Flucht nach Deutschland zu planen, der Typ zu dem wir hin sollten hieß Andreas.

Andreas war ein Skinhead und man versprach uns, daß wir dort Hilfe fänden.

In der Nacht klingelte Raphael und mein Wecker, und wir erwachten, wir waren bereit ein Verbrechen zu begehen. Es sollte ein Schuhgeschäft sein, in das man ohne weiteres von hinten einbrechen konnte. Sämtliche Sachen die wir besaßen waren entweder gestohlen, oder wir hatten sie in unserem Zuhause gefunden. Wir besaßen einen langen Dolch wir stahlen ihn aus einem unverschlossenem Auto, und wie jeder Einbrecher auch eine Taschenlampe. Ich hatte genug in dem Heim gelernt, um genau zu wissen wie wir es tun sollten, und etwas Erfahrung hatte ich ja auch mitgebracht.

Wir standen vor einem kleinem Fenster hinten im Schuhgeschäft, und ich sagte zu Raphael, daß die einfachste Sache um das Fenster kaputtzumachen und so wenig Lärm wie möglich zu machen wäre, wenn er den Dolch nehmen würde und ihn in die Mitte des Fensters stechen würde. Er tat es, und es machte wirklich relativ wenig Lärm als das Fenster splitterte. Wir brachen vorsichtig die restlichen Glasscherben aus der Scheibe, solange bis das Loch groß genug war das wir beide durchkommen konnten. Raphael ging zuerst hinein, ich folgte ihm. Wir waren ohne weitere Schwierigkeiten ins Geschäft eingedrungen, und nun war die Frage wie wir die Kasse öffnen konnten. In unserem Gepäck befand sich auch ein Schraubenzieher, und ich fühlte mich stolz, daß ich wußte wie wir die Kasse aufkriegen konnten, wir schraubten einfach den Boden ab. Dies war einer der Kniffe die ich in diesem verdammten Heim gelernt hatte. Raphael war nervös, als wir die Kasse nach wenigen Minuten geöffnet hatten, nahm er hastig die Scheine heraus, erhob sich und flüsterte:

„Komm wir gehen! Die Polizei wird jeden Moment kommen!"

„Bleibe doch mal ruhig!"

Ich beugte mich nach vorne und entnahm die Münzen die er vergessen hatte und steckte sie in eine unserer Taschen.

„Komm wir gehen!" flehte er erneut. „Die Polizei kann jeden Moment kommen!"

Ich griff weiter nach den Münzen.

Als sich nur noch einige kleine Münzen in der Kasse befanden stand ich auf.

„Der Rest ist Trinkgeld!" sprach ich lachend zu Raphael.

„Gehen wir jetzt? Komm wir gehen!"

„Einen Moment noch, jetzt nehme ich mir noch ein paar Schuhe mit!"

Ich ging ins Lager und suchte mir Schuhe aus, Schuhe ich mir ein Leben lang gewünscht habe, aber nie bekam, weil sie einfach zu teuer waren. Und ich nahm mir ein Paar Cowboystiefel mit. Dann gingen wir zu Raphaels Freude.

Als wir wieder in unserer Bude angekommen waren, zählten wir unsere Beute. Es war ziemlich viel Geld für unser Alter, wir lachten und fühlten uns glücklich, mit einer kleinen Sorge:

Angèle fehlte mir.

Am nächsten Morgen gingen wir die Münzen in Scheine umwechseln, gingen zum Friseur und kauften uns neue Hosen. Nachmittags sah ich Angèle kurz am Bahnhof und ich fühlte mich für einige Sekunden glücklich und zufrieden.

Wenn man erst Mal mit diesem Leben begonnen hat, ist es sehr schwer wieder damit aufzuhören. Doch wenn man so tief im Sumpf drinsteckt wie wir es taten, dann ist es noch viel schwerer damit aufzuhören.

Wir konnten uns alles kaufen was wir wollten, und planten bereits unseren nächsten Einbruch. Diesmal sollte es ein Lebensmittelladen sein, wir hatten es vor allem auf die Kasse und natürlich auch auf die Zigaretten abgesehen.

Manchmal gingen wir am Tage im Ort spazieren, doch ich war verdammt vorsichtig, und Raphael folgte meinem Beispiel.

Wir waren rund eine Woche lang auf der Flucht, als unser Wecker ein weiteres Mal in der Nacht klingelte. Zuerst verspürte ich gar keine Lust aufzustehen, am liebsten hätte ich einfach gesagt ‚Laß es uns auf Morgen verschieben,' doch ich entschied mich dazu aufzustehen. Erst nachdem ich wach war erhob Raphael sich auch. Genau so widerwillig wie ich.

Doch als wir erst wach waren, da waren wir auch wach und beinahe nichts hätte uns aufhalten können.

„Ich habe ein gutes Gefühl!" meinte Raphael.

Und ich hatte es auch.

Wir gingen zum Laden, unser Plan sah folgendermaßen aus:

Zuerst die Scheibe einschlagen, das hieß eigentlich die Türscheibe, dann sich rund zehn Minuten verstecken gehen, um sicherzustellen, daß kein stiller Alarm losgegangen war, und dann einsteigen, Kasse knacken, Zigaretten mitnehmen und wieder verschwinden.

Also ziemlich einfach und doch vorsichtig.

Als wir vor der Ladentür standen da sahen wir uns um, um sicher zu sein, daß keiner uns beobachtete. Die große Gefahr liegt immer darin, daß es leider Leute gibt die einen sehen, und welche man selbst nicht sieht. Deshalb mochte ich noch nie, und mag auch immer noch nicht, Leute die ihre Zeit damit verbringen am Fenster zu liegen und die Welt draußen beobachten.

Wir sahen keinen.

Raphael hatte einen Hammer und einen Rucksack. Auch den Hammer hatten wir irgendwo gestohlen, doch leider erinnere ich mich nicht mehr daran wo, und er schlug gegen die Glasscheibe, in der sich sofort ein Loch befand.

Nun gingen wir uns verstecken. Wir liefen einige Meter hoch, und dort fanden wir eine offenstehende Tür, die in einen Schuppen hineinführte. Wir traten in den Schuppen ein, drinnen befand sich ein furchtbares Durcheinander, überall lag Schmutz, und eine Matratze welche auf dem Boden lag ließ darauf schließen, daß vermutlich schon irgendein Penner es sich dort gemütlich gemacht hatte.

Einige Minuten hatten wir hinter der Tür verbracht, dann bemerkten wir, daß vor dem Laden etwas vor sich ging.

Raphael steckte seinen Kopf zur Tür hinaus und zog ihn blitzschnell wieder hinein.

„Die Polizei ist da!" flüsterte er mir zu.

Er war kreidebleich geworden, und ich sah vermutlich nicht viel besser aus.

Wir hörten wie sich ein Wagen langsam näherte. Das Auto fuhr im Schrittempo, und es war nicht schwer zu erraten, daß es die Polizei sein würde die da draußen fuhr und die Gegend nach uns Einbrechern absuchte.

Die Scheinwerfer fielen auf die Tür, und das Licht drang ein.

Wir gingen tiefer in den Schuppen hinein und versteckten uns zwischen einem umgefallenem Schrank. Ich erinnerte mich an mein gutes Gefühl das ich noch vor wenigen Momenten hatte und spürte, daß es verschwunden war. Raphael sah mich an, und ich wußte, daß es ihm nicht besser ging als mir.

Falls die Polizei eintreten und sich hier drin umsehen würde, dann währen wir ohne Zweifel geliefert. Wir saßen regelrecht in der Falle.

Dann machte das Polizeiauto kehrt, ich atmete wieder, ich denke die ganze Zeit hatte ich nicht ein einziges Mal geatmet, und wir beide wußten, daß wir diese Falle so schnell wie möglich verlassen mußten.

Wir waren kaum draußen, da hörten wir den Polizeiwagen ein weiteres male hinaufgefahren kommen. In den Schuppen wollten wir nicht zurück, doch genau neben uns war ein Spalt zwischen zwei Häuser. Raphael lief vor und ich folgte ihm. Nach etwa einem Meter kam eine Mauer, nun saßen wir noch viel mehr in der Falle, etwa einen Meter zwischen zwei Häuser in einer Ecke die fast auch einen Meter breit war.

Der Polizeiwagen fuhr vorbei, langsam und ich hörte die Polizisten bereits rufen, daß wir hinaus kommen sollten. Aber es war keiner der uns rief. Mein Herz stand regelrecht still. Der Polizeiwagen fuhr vorbei, richtete seine Scheinwerfer noch ein weiteres Mal auf den Schuppen, wendete und rollte ein zweites Mal im Schrittempo, keine zwei Meter von uns entfernt vorbei.

Ich weiß nicht ob sie uns wirklich nicht sahen, oder einfach nicht sehen wollten.

Als sie zum zweiten Male vorbeigefahren waren warteten wir eine Sekunde und liefen dann weg, so schnell wie unsere Füße uns nur tragen konnten. Wir liefen ohne Pause bis zu unserem Versteck.

Als wir in unserem Zimmer, es befand sich im ersten Stockwerk ankamen, da lachten wir uns die Seele aus der Brust, lachten aus vollem Herzen.

Unsere Flucht nach Deutschland war schon bis ins kleinste Detail geplant, und es sollte drei Tage nach dem mißglückten Einbruchversuch losgehen. Es war am Tage zuvor als ich bei der Fensterscheibe saß und die Welt draußen beobachtete. Ich war in meine Gedanken versunken, fragte mich was Angèle wohl gerade tat, fragte mich wie dieser verdammte Alptraum den man Leben nennt wohl ausging, und dachte über das Sterben nach.

„Du mußt sie wirklich sehr viel lieben!" hörte ich Raphael hinter mir.

Ich sah zu ihm hinüber, er hatte gerade geschlafen, im Gegensatz zu mir konnte er stundenlang am Tag und auch noch in der Nacht schlafen, er sah auch noch müde aus.

„Was meinst du?" sprach ich griesgrämig.

„Deine Freundin, du mußt sie wirklich sehr lieben, auch noch nach allem was sie dir angetan hat! Dauernd ertappt man dich in Gedanken versunken."

Ich sah auf den Boden hinab.

„Sie hat mir nichts angetan, ich habe mir alles selbst angetan. Und falls es dich interessiert, ja ich liebe sie, ich liebe sie so sehr, ich würde sterben für sie. Alles was ich besitze gebe ich für sie!"

Ich erhob meinen Kopf und schaute erneut zum Fenster hinaus, für mich war dieses Thema beendet.

Aber Liebe sind doch nur Schmerzen.

Als Fluchtdatum nach Deutschland hatten wir Sonntag geplant, Carlo sollte uns begleiten und uns diesen Andreas vorstellen. Bereits Samstagnacht gingen wir aus unserer Bude und verbrachten die Zeit in einige Autos welche nicht abgeschlossen waren uns noch etwas Geld zu besorgen. Wir kamen zum Auto einer Frau, Raphael brach ein, ich stand Schmiere. Im Wagen befand sich die Handtasche der Tussi, ich kann Ihnen sagen, daß es wohl wirklich eine dumme Kuh war, in der Handtasche befand sich die Brieftasche die Raphael natürlich sofort entwendete. Wir verschanzten uns in einer Ecke und sahen nach was sich so alles in der Brieftasche befand, Geld war keines darin, dafür aber sämtliche Ausweispapiere, eine Geldkarte und so dumm sich das auch anhört, die dazu passende Geheimnummer. Natürlich hoben wir sofort vom nächstem Geldautomat soviel Geld ab wie wir nur erhalten konnten. Es war mehr als wir bei unserem Einbruch erhalten hatten.

In aller Frühe nahmen wir den Zug in Richtung Stadt und von da an zu drei den Zug nach Deutschland. Wir hofften, daß keine Grenzkontrolle durchgeführt werden würde, denn weder Raphael noch ich besaßen gültige Papiere.
"

Ich trank einen Schluck von meiner Cola, denn mein Hals war trocken geworden durch das viele Sprechen. Normalerweise rede ich nicht gerne, ich kriege so leicht Halsschmerzen. Dann nahm ich eine Zigarette aus meinem Päckchen und mir viel auf, daß ich die ganze Zeit noch gar keine geraucht hatte. Es ist gar nicht so einfach sich mit einer Hand eine Zigarette aus einem Päckchen zu nehmen und diese anzuzünden, zumal dann nicht wenn man mit der anderen Hand eine Pistole hält.

„Ihr dürft ruhig rauchen, ich denke nicht, daß Mr. Rommel noch etwas dagegen haben wird."

Danielle war die einzige welche auch eine Zigarette nahm und sich diese anzündete.

Ich zog erneut an meinem Glimmstengel und schnippte mit meinem Daumen gegen die Zigarette um die Aschen loszuwerden.

Alle acht sahen sie mich an.

Ich spürte das sie wissen wollten wie es weiterging.

Ich sagte :

„Die Zugfahrt schien sehr lange zu dauern, natürlich war es Unsinn, wir waren nur verdammt nervös und hatten Angst vor dem Grenzschutz.

Doch es wurde keine Kontrolle durchgeführt, wir kamen ohne Schwierigkeiten in Deutschland an.

Carlo besaß da eine Visitenkarte von einem Mädchen, dies sollte Andreas Freundin sein. Also beschlossen wir sie zuerst aufzusuchen.

Am Bahnhof fragten wir einen Polizisten nach dem Weg. Das fanden wir sehr lustig, denn schließlich waren wir ja gesuchte Gauner.

Natürlich hatte man nicht international nach uns gefahndet, wir waren ja schließlich keine Kapitalverbrecher.

Wir fanden das Haus dieses Mädchen, klingelten und fragten nach hier. Es war ihr Vater der uns die Tür öffnete, und seine Antwort war simpel aber leicht verständlich:

„Sie schläft noch!"

Also gingen wir ohne, daß ich sie jemals gesehen habe.

Etwas später fand ich es besser für mich und für Raphael sich von Carlo zu trennen, und diese Sache mit Andreas fallen zu lassen. Mein Gefühl sagte mir, daß der uns auch nicht helfen könnte. Also ging Carlo seinen Weg und wir unseren.

Es war Raphaels Idee in einer Jugendherberge abzusteigen, und ich fand diese Idee gar nicht mal so schlecht, wir mieteten uns ein Zimmer.

Den Sonntagnachmittag verbrachte ich damit Raphael zu zeigen wie man Ausweispapiere fälschen kann, schließlich hatten wir die Papiere dieser dummen Tussi bei uns.

So hatten wir einen Führerschein und einen Ausweis. Sicher, die Papiere waren nicht perfekt und sie hätten niemals einer wirklichen Kontrolle standgehalten, aber sie waren besser als nichts.

Wir gingen etwas spazieren, und ich erkannte zum tausendsten mal wie sehr Angèle mir fehlte.

Sie war mein Lebensgedanke, und ich konnte und wollte einfach nicht ohne sie sein.

Abends lernten wir zwei Mädchen in der Jugendherberge kennen.

Ich konnte es einfach nicht glauben, und dieser Esel von Raphael hat den Mädchen erzählt, daß wir von der Polizei gesucht werden würden.

Ich saß auf dem Stuhl und sprach kein Wort aber ich hörte zu und ärgerte mich innerlich so sehr.

Wir gingen mit den beiden etwas spazieren, Raphael mit dem einen Mädchen vorne, ich mit dem anderen hinten.

Die Beiden vor mir unterhielten sich prächtig, ich sagte kein Wort zu meiner Begleiterin.

„Du bist nicht sehr gesprächig!" sagte sie zu mir.

„Was soll ich denn schon viel erzählen?"

„Du hast recht, wenn man sich nicht kennt dann weiß man nicht so genau was man zueinander sagen soll...." blablabla...., denn ich hörte einfach nicht mehr hin, sie nervte mich denn schließlich war sie ja nicht Angèle.

Ich war wirklich froh darüber, daß die beiden Freundinnen am nächsten Morgen abreisten, eine gab mir noch ihre Visitenkarte und sagte mir ich solle sie auf dem laufenden halten und ihr doch mal schreiben. Ich sagte ja, warf die Karte aber dann weg nachdem sie abgereist war.

Raphael machte sich auch Visitenkarten in einem solchen Automaten, und dort wo normalerweise der Beruf der Person steht hatte er in schönen Buchstaben das Wort ,Einbrecher, hingeschrieben.

Und er kaufte sich jeden Tag mindestens eine Flasche Feuerzeuggas. Ja, das war sein Verbrauch, eine Packung Zigaretten und eine Flasche Gas. Ich haßte es, wenn er sich damit drogierte, denn für diese Zeit war absolut nichts mit ihm anzufangen. Manchmal standen wir irgendwo, und ihm lief vor allen Leuten Spucke aus dem Mund, oder aber er bekam eine Art Verfolgungswahn.

Wir waren knapp eine halbe Woche in Deutschland bis ich beschloß nach Hause zurückzukehren, ich wollte Angèle sehen.

„Du spinnst!" schrie Raphael mich an nachdem ich es ihm sagte.

„Ja, das ist sehr gut möglich. Aber ich will dir eines sagen, ich bin aus dem Heim weggelaufen weil ich sie von da aus nicht sehen konnte, das war mein einziger Grund. Also werde ich das auch tun. Ist das klar, ich gehe, mit oder ohne dich!"

Widerwillig begleitete er mich auf die Rückreise, doch in der Zwischenzeit hatten wir uns Pistolen, Messern, Tränengas und eine Luftpistole besorgt.

Wir besaßen mittlerweile einen solchen Kram, daß wir uns einen Rucksack kaufen mußten um alles unterzubringen.

Auf unserem Nachhauseweg kam es zu einer kleinen Unbedeutenden Turbulenz.

Kurz hinter der Grenze blieb der Zug stehen.

„Verehrte Fahrgäste, wir möchten Sie darauf hinweisen, daß die Bahngesellschaft kurzfristig einen Streik einlegt. Wir bitten Sie um Ihr Verständnis, daß kein Zug im Land momentan fahren wird." Tönte es aus den Lautsprechern.

Raphael beugte sich nach vorne und flüsterte :

„ Das machen sie wegen uns, sie wissen, daß wir m Zug sind und wollen uns hier schnappen."

„Du wirst doch nicht ernsthaft glauben, daß die Polizei wegen uns einen ganzen Zug stoppt. Nein, die würden warten bis wir ganz normal aus dem Zug aussteigen uns dann festnehmen."

Und so war es dann auch.

Nach ungefähr einer halben Stunde fuhr der Zug wieder weiter, und wir stießen auf weiter keine Probleme.

Nachmittags traf ich einige Freunde, und erfuhr, daß die Polizei unser Versteck gefunden hatte, und es darum besser wäre sich eine andere Bleibe zu suchen.

Wir fanden schnell ein zweites verlassenes Haus, allerdings war unsere erste Bude ein wahrer Luxus dagegen! Überall lag Staub und es war unbeschreiblich schmutzig, es gab keinen Strom. Viele Fenster waren eingeschlagen und nirgendwo war ein sauberer Ort wo man sich zum schlafen hinlegen könnte.

Aber es war doch irgendwie besser als nichts.

Wir gingen nachmittags etwas spazieren und ich hoffte Angèle zu begegnen, doch leider hatte ich keinen Erfolg. Ich fühlte mich sehr einsam und ich war verzweifelt, denn jeder Gedanke den ich hatte war an sie gerichtet. Es ist einfach unbeschreiblich wie sehr ich sie liebte. Ich wollte ich könnte es ihnen erklären, doch es ist unmöglich. Denken sie einfach an sehr, sehr viel, verdoppeln sie es und zählen sie noch einmal das tausendfache hinzu, vielleicht haben sie dann einen Eindruck davon wie sehr ich sie liebte. Sie war mein ein und alles.

Spät in der Nacht versuchten wir dann zu schlafen, wir hatten eine Art Decke auf dem Boden ausgebreitet, es war sehr kalt, wir lagen in unseren Kleidern auf dieser Art Decke, manchmal gelang es mir einige Sekunden einzuschlafen, doch ich erwachte immer wieder durch diese furchtbare Kälte. Raphael ging es nicht besser als mir, auch ihm war es unbeschreiblich kalt, und auch ihm war es nicht gelungen einzuschlafen.

Schließlich beschlossen wir den Versuch einzuschlafen aufzugeben und gingen erneut in die Stadt. Wir hatten nicht mehr besonders viel Geld in unseren Taschen.

Wir kamen in eine kleine Gasse, dort befand sich eine Tür die in eine Frittenbude führte. Die Frittenbude war bereist geschlossen und auf der Tür waren Spuren vom einem versuchten Einbruch zu sehen.

„Sie mal, die haben es nicht geschafft hier hereinzukommen, dabei ist so etwas doch kinderleicht." flüsterte ich Raphael zu.

Ich setze mich auf den Boden, griff mit meinen Finger zwischen die Tür die sich gerade weit genug öffnen ließ, daß ich einige Finger hineinbekommen konnte, stütze meine Füße am Türrahmen ab und zog mit all meiner Kraft.

Es splitterte und die Tür riß in der Mitte. Es machte nicht besonders viel Krach. Wir gingen hinein, und in allen Ecken fanden wir Geld. Es war eine recht große Summe die wir da heraus holten. Dann nahmen wir noch einen Sechserpack Bier und gingen zu unserem Versteck zurück!

Am frühen morgen wartete ich auf Angèle. Raphael und ich hatten uns darauf geeinigt erneut nach Deutschland zu reisen. Doch vorher wollte ich Angèle noch einmal sehen!

Ich sah sie und natürlich kam sie auf mich zu. Fest umschloß ich sie in meinen Armen! Ich erzählte ihr das ich wieder für kurze Zeit nach Deutschland reisen würde und versprach aber sie so bald wie nur möglich wieder anzurufen!

Wenn man auf der Flucht ist wird man doch recht vorsichtig. Raphael unterhielt sich mit einer Freundin von Angèle, ich drückte Angèle an meine Brust und konnte sehen das drei Personen die wirklich nicht gerade zu meinen Freunden gehörten dabei waren irgend jemanden aus einer Telefonzelle anzurufen. Einer von ihnen sah in unsere Richtung. Ich faßte Angèle an den Schultern und drückte sie ein Stück von mir weg.

„Ich glaube ich muß jetzt gehen!" flüsterte ich Angèle zu und gab ihr einen Kuß.

Ich stieß Raphael gegen die Seite und sagte zu ihm, daß es Zeit zum gehen wäre.

Zuerst gingen wir ganz normal um die Straßenecke und dann begannen wir zu laufen.

Etwas später gingen wir in eine Kneipe eine Tasse Kaffe trinken und noch später etwas essen. Wir gingen fast jeden Tag in solche Fast-Imbisse, meistens morgens, mittags und abends und manchmal auch noch dazwischen. So langsam fing ich an keine Lust mehr auf dieses schnelle Essen zu haben.

Am späten nachmittag nahmen wir erneut den Zug nach Deutschland. Dann am Grenzübergang traf uns beinahe der Schlag. Der Zug wurde von einem Gendarmen kontrolliert. Er machte zwar jetzt keine Richtige Paßkontrolle sondern er ging nur durch den Zug und sah sich die Passagiere an. Raphael war gerade wieder dabei sein Feuerzeuggas zu inhalieren und ich fragte mich ob er den Polizisten sehen würde oder ob er dachte es wäre eine Halluzination. So hoffte ich, daß er sich bemühte nicht aufzufallen und der Bulle nicht auf die Idee käme unsere Personalausweise zu fragen. Und so war es auch.

Der Polizist ging einfach an uns vorbei, er sah uns nicht einmal an. Grinsend schaute ich zu Raphael."

Eigentlich dachte ich schon an das Telefon noch bevor es überhaupt klingelte. Ich habe irgendwie gefühlt, daß er bald wieder anrufen würde, ich denke für solche Sachen habe ich den sechsten Sinn. Ich trank noch einen Schluck aus meiner Cola und ging wieder in Richtung des Telefons. Natürlich ging ich rückwärts.

„Und sind die Reporter angekommen?" war meine erste Frage nachdem ich den Hörer abgehoben hatte.

„Es ist alles genau so wie Sie es sich wünschten. Allerdings haben wir auch einige Forderungen. Wir haben das Geld, wir haben alles was Sie wollen, und ich kann Ihnen sagen es war nicht gerade leicht für uns. Am einfachsten ist es wenn Sie nun die Geiseln freilassen. Wir wissen das sich unter anderem eine Mutter mit ihrem minderjährigem Kind bei Ihnen ist. Lassen Sie sie frei, es ist ja auch zu Ihrem Wohle Christopher, überlegen Sie doch auch mal so."

„Weißt du was Liebe ist?"

„Was??"

„Ich fragte ob du weißt was Liebe ist!"

„Ich...ich verstehe Ihre Frage nicht, was soll das, auf was wollen Sie hinaus?"

„Also wissen Sie es nicht. Ich werde mich jetzt noch ein kleines wenig mit meinen Gästen hier unterhalten, ich habe noch viel mit ihnen zu besprechen. Noch sehr viel, und erinnern Sie sich an meine Worte, sobald Sie Tränengas einsetzen, oder besser und genauer gesagt, sobald ich auch nur glaube, daß Sie Tränengas einsetzten würden, oder sobald ich auch nur denke, daß Sie auf die Idee kommen diese verdammte Bude hier zu stürmen, dann werde ich ein solches Gemetzel hier anrichten, daß Sie in Zukunft die Aufgabe Ihrer Putzfrau übernehmen können. Ist Ihnen das klar?"

„Natürlich ist mir das klar, aber ich kann Ihnen versichern das es nicht mein Interesse ist das irgend jemandem, Sie inbegriffen, etwas geschieht. Denken Sie darüber nach, bevor Sie etwas unternehmen was Sie nicht mehr rückgängig machen können."

„Bin ich im Fernsehen?"

„Wie? Nun, ich denke schon, so etwas kommt ja hier nicht alle Tage vor, jedenfalls laufen die Reporter hier wie verrückt herum!"

„Wissen Sie meinen Namen?"

„Ich denke nicht!"

„Gib mir einen Reporter an den Apparat!"

„Aber warum, was wollen Sie?"

„Hör mir zu du Gurkengesicht, du fettes Schwein, ich bin momentan derjenige der hier die Forderungen stellt. Wir machen es ganz einfach, du tust das was ich dir sage, ist ja wohl wirklich sehr einfach! Oder bist du zu dumm dafür?"

„Aber, ich kann da nicht einfach einen Reporter hier herholen!"

„Doch, du kannst! Ich erwarte Ihren Rückruf, und erwarte dann auch das sich ein Reporter in Ihrer Nähe befindet."

Ich lachte. Wußte nicht warum aber tat es.

Dann legte ich auf, ging zurück zu meinem Stuhl, setzte mich, sah die anderen an und fragte mich wie sie sich wohl fühlten.

„Ihr braucht keine Angst zu haben! Ich will Ihnen nichts tun. Jedenfalls nicht, solange es nicht nötig sein wird. Aber ich freue mich das bald einige Leute daheim vor Ihrem Fernseher einen Schlag kriegen werden, wenn sie erfahren was ihr Ex-Freund gerade dabei ist zu tun!"

Ich nahm tief Luft und schaute eine Sekunde lang zur Decke hoch! Es war wirklich eine Sekunde.

Dann sagte ich:

„Irgendwie hatte diese verdammte Polizei erfahren das wir ständig nach Deutschland reisten, ich wußte zwar nicht wie, doch sie hatten es erfahren.

Wir gingen erneut in die Jugendherberge und ich sah ein Mädchen das ich vorher noch nie gesehen hatte, sie sah relativ hübsch aus und sie lächelte mir stets wenn ich sie sah. Es waren eigentlich eine Menge neuer Gesichter dort angekommen, zum Beispiel teilten wir unser Zimmer mit einem Australier der gerade dabei war eine Weltreise zu machen. So weit es mir gelang unterhielt ich mich mit keinem oder so wenig wie nur möglich.

Raphael hörte einfach nicht mit seinem Quatsch auf, er konsumierte weiterhin sein Feuerzeuggas ohne Unterbrechung, manchmal nahm er auch irgendwelche chemische Verdünner, nur um einige Sekunden eine Art Rausch zu erhalten.

Täglich sah ich dieses Mädchen und täglich lächelte sie mich an. Oft rief ich abends Angèle an und Raphael rief danach eine ihrer Freundinnen an.

Dann eines Tages sah ich, daß dieses Mädchen abreisen würde.

„Gehst du heute oder wie?"

„Ja, leider! Wir haben hier nur einen Schulausflug gemacht!"
Ich lächelte sie an. Sie griff in ihre Tasche und zog eine Visitenkarte heraus.
„Hier!" sagte sie und gab mir die Karte.
Ich nahm das Kärtchen und schaute es an. Es war eine ausgesprochen schöne Visitenkarte, doch leider muß ich Ihnen gestehen, daß ich ihren Namen nicht mehr in Erinnerung habe. Dies ist eine Tatsache die mich manchmal wirklich verbittert.
„Kannst mich ja mal besuchen kommen!" sprach sie lächelnd!
„Ich denke das werde ich!"
Ich steckte die Karte in meine Tasche und verabschiedete mich von dem Mädchen.
Dann ging ich zu Raphael an den Tisch, zündete eine Zigarette an und fühlte mich verdammt gut.
Ich zog die Karte aus meiner Tasche.
„Ich weiß wo wir jetzt hinreisen werden!"
Raphael sah mich nur fragend an.
Am nächstem Morgen kauften wir uns Zugtickets nach Mainz! Man mußte seine Papiere vorzeigen doch unsere gefälschten Ausweise halfen uns dabei. Zuerst fuhren wir nach Koblenz, ich trug meine Pistole stets entsichert an meiner Seite, es wäre nicht so, daß ich nicht geschossen hätte wenn es nötig gewesen wäre. In Koblenz bekam Raphael plötzlich die Idee sich etwas von seiner Billigdroge zu besorgen. Wir liefen aus dem Zug den wir hatten nicht viel Zeit. Mittlerweile besaßen wir soviel Kram, daß wir zwei Rucksäcke bis oben hin vollgestopft hatten.
Wir kamen gerade noch rechtzeitig bevor unser Zug wieder abfuhr, wir suchten uns ein Raucherabteil in dem wir alleine waren, und mein Freund fing damit an sich zuzuschniffen.
Plötzlich sagte er mir, daß er aufs Klo müsse.
Einige Minuten später war er wieder da. Ganz aufgeregt sagte er zu mir.
„Du wirst mir nicht glauben was geschehen ist, ich saß da auf dem Klo und bemerkte, daß sich die Klinke bewegte, es wollte einer herein kommen. Natürlich hatte ich die Tür abgeschlossen, und als ich dann das Klo verließ, da stand da einer vor der Tür, er hielt einen Schraubenzieher in der Hand und war gerade dabei das Schloß abzumontieren. Er sah mich an und sagte einfach nur : „Scheiße!" "
„Du warst doch wieder zugekifft!"
„Nein, er war wirklich da!"

„Ach ja, auf welche Sprache sagte er denn das Wort Scheiße?"
Raphael überlegte kurz, dann antwortete er:
„Du hast recht!"
Ich beugte mich zu ihm nach vorne, sein ganzer Blödsinn mit seinem Gas fing an mich schrecklich zu stressen, ich hatte wirklich die Nase voll bis obenhin, denn ich verspürte absolut keine Lust geschnappt zu werden.

Am liebsten hätte ich ihn angeschrieen, wollte jedoch nicht, daß der ganze Zug es mitbekam: „Hör mir zu du Esel, ich hoffe das du gleich aufhören wirst mit dieser Scheiße, haben wir uns verstanden?"
Er gab mir keine Antwort!
Nachdem wir in Mainz ankamen mußten wir feststellen das wir nirgendwo ein Zimmer erhalten konnten, so fuhren wir nach Wiesbaden. Dort schliefen wir wieder in einer Jugendherberge.
Ich denke ich sagte Ihnen noch nicht, daß wir in den Jugendherbergen nur Zimmer mit Zwillingsbetten hatten. Raphael schlief stets oben, ich in dem Bett unter ihm. So war es dann auch an diesem Morgen.
Wir erwachten dadurch, daß ein Fremder ins Zimmer gekommen war. Erstaunt sah der Fremde uns an, Raphael und ich, wir lagen noch in unserem Bett und waren genau so erstaunt.
„Frühstück!" sagte der Fremde.
„Ja, wir werden kommen!" antwortete Raphael ihm!
Der Fremde ging wieder.
Zuerst dachte ich mir nichts dabei, ich war noch einfach zu müde um zu denken. Ich schaute auf die Uhr und bemerkte, daß ich wir noch Zeit hätten bevor wir frühstücken gehen konnten, und so schlief ich noch einmal kurz ein!
Raphael schlief auch wieder ein.
Etwas später tauchte der Fremde zum zweitenmal auf.
„Ja, wir kommen!" rief Raphael ihm zu bevor der Fremde auch nur ein Wort gesprochen hatte, und genau so schnell wie der Fremde aufgetaucht war, war er auch wieder verschwunden!
Ich erhob mich aus meinem Bett, zog meine Hose an und streifte mir mein T-Shirt über. Dann kamen mir einige Sachen in den Kopf die mir seltsam vorkamen, ich nahm meine Pistole und zog den Lauf nach hinten, die Waffe war nun schußbereit. Dann steckte ich das Ding in meinen Gürtelhalfter den ich aber nicht zuknippste. Im Notfall würde ich nun in wenigen Sekunden schießen können.
Wir gingen zusammen in den Speisesaal, und frühstückten. Ich trank einige Tassen Kaffee, ich liebe Kaffee, aber nur wenn er frisch ist,

aus Thermokannen oder so mag ich ihn nicht, und auch nicht wenn er zu dünn ist. Ich habe einen Freund, der macht einen Kaffee der verdammt schwach ist, man kann den Grund der Tasse sehen.

Danach gingen wir wieder in unser Zimmer. Dort sollte sich mein Verdacht bestätigen, Raphaels Jackentaschen waren durchwühlt worden und sein ganzes Geld war weg. Bei mir hatte der Dieb nichts gefunden, es war gegen meine Gewohnheiten etwas alleine in meinen Taschen zurückzulassen, in solchen Sachen war ich verdammt vorsichtig.

Natürlich war uns sofort klar wer der Dieb war, es war wohl ohne Zweifel der Fremde der zweimal in unser Zimmer gekommen war. Ich hätte es eigentlich sofort merken können, daß da etwas faul war, denn wer kommt schon einfach so in ein Zimmer herein ohne anzuklopfen. Ich machte mich auf die Suche nach dem Kerl, doch ich fand ihn nicht mehr.

Die Tatsache das Raphael nun kein Geld mehr hatte Zwang uns unsere Pläne zu ändern. Eigentlich hatten wir keine Wahl, wir mußten zurück. Doch ich freute mich auch über diese Tatsache, denn dann würde ich Angèle wiedersehen.

Als wir im Zug saßen und zurückfuhren vergnügte Raphael sich wieder mit einer Gasflasche. Ich schaute zum Fenster hinaus und dachte über meine all zu große Liebe Angèle nach.

„Du kannst der Boß sein!" hörte ich plötzlich.

Erstaunt schaute ich Raphael an.

„Was hast du gesagt?"

„Du kannst der Boß sein, sagte ich. Du bist der klügere von uns beiden, du bist unser Boß!"

Ich gab ihm keine Antwort.

Wir beschlossen noch eine Nacht in der Herberge zu bleiben bevor wir uns wieder über die Grenze wagten. Abends gingen wir etwas in der Gegend spazieren und schnüffelten etwas herum. Wir fanden eine unverschlossene Tür die uns in ein Appartementgebäude führte. Und dort fanden wir eine andere Tür welche zwar verschlossen war und in einen Zeitungsladen führte. Ich hatte diese Tür in wenigen Sekunden aufgebrochen und wir befanden uns im inneren des Ladens. Die Kasse war fast leer, es waren nur einige Münzen drin. Ich war gerade dabei die Münzen in meine Taschen zu stecken als ich plötzlich das Zischen einer Spraydose hörte. Ich sah hinter mich und erblickte Raphael dabei sich mit einer Gasflasche zu drogieren.

Wütend ging ich auf ihn zu und trat ihn mit meinem Fuß gegen das Schienenbein.

„Weißt du wo wir hier sind? Wir sind bei einem Einbruch!" flüsterte ich voller Zorn, am liebsten hätte ich ihn angeschrieen.

Er schaute mich nur fragend an.

Ich nahm noch einige Stangen Zigaretten und einige Zeitschriften mit nackten Mädchen drin.

Das einzige was Raphael mitnahm war einige Flaschen Feuerzeuggas.

Wir waren genau so schnell wieder draußen wie wir hineingekommen waren. Lachend gingen wir in die Jugendherberge.

Diesmal teilten wir unser Zimmer mit einem Japaner oder so. Der Kerl schlief schon, ich lag unten im Zwillingsbett und schaute mir die Heftchen mit diesen Frauen daran an, Raphael lag oben und war dabei wieder eine Gasflasche zu leeren.

Plötzlich hörte ich ihn schreien:

„Oh nein, oh nein Hilfe ich habe meine Zunge verloren!"

Der Japaner erwachte aus seinem Schlaf, ich spürte Zorn in mir aufsteigen, erhob mich von meinem Bett, stand auf, faßte Raphael mit dem Kragen und schlug ihn mit meiner Hand ins Gesicht.

„Hast du deine Zunge jetzt wieder?" brüllte ich ihn an.

Sofort wurde es wieder ruhig im Zimmer. Raphael faßte sich an seine Wange und sah mich fragend an. Ich legte mich zurück in mein Bett!
"

Ich hatte jemanden leise auflachen gehört als ich diese Zungengeschichte erzählt hatte, wußte aber zuerst nicht wer von ihnen es gewesen war. Ich sah meine Gäste an und tippte darauf, daß es Danielle war, aber ich war mir nicht sicher. Sie sah mir in die Augen und ich erwiderte ihren Blick für eine Sekunde, genau wie ich es immer tat wenn ein fremdes Mädchen mich anschaute und sah, wie immer, zu Boden!

Ich sagte:

„Am anderem Morgen rief Raphael Angèle an und eine Freundin von ihr und machte einen Termin für Nachmittags mit ihnen aus. Dann begaben wir uns auf den Bahnhof.

Unterwegs kamen wir an dem Zeitungsladen vorbei in dem wir in der Nacht eingebrochen waren. Es gab keine Spur von irgendwelchen Polizisten oder sonst etwas. Nur ein Kunde kam gerade aus dem Geschäft.

„Scheint ja munter darin weiterzugehen!" sagte Raphael zu mir.
„Ja!"
Wir nahmen den erst besten Zug um zurück zu fahren, unsere Rucksäcke waren voll mit all diesen Dingen die wir uns angesammelt hatten.

An der Grenze wurde der Zug erneut von diesem alten Polizist kontrolliert. Ich war gerade dabei eines dieser Hefte zu durchblättern.

Der Polizist kam in unseren Wagen und sah mich an.

„Betrachten wir die Mäuschen?" fragte er mich.

„Ja!" sagte ich und nickte auch mit dem Kopf wobei ich ihn jedoch nicht ansah.

„Sind wir denn schon alt genug?"

„Denke schon!" lachte ich.

Der Polizist lachte auch und ging weiter.

Diesen Akt muß man aus dem Blickwinkel betrachten, daß der Bulle nur in den Zug gestiegen war um nach uns Ausschau zu halten. Wir saßen genau vor ihm, er redete sogar mit uns und wir hatten einen solchen Kram in unseren Rucksäcken, daß der Alte sofort einen Herzinfarkt bekommen hätte.

Raphael und ich lachten laut auf.

Ich freute mich darauf Angèle wieder zu sehen.

Nachmittags gingen wir wieder ins verlassene Haus zurück. Es war dieses welches aussah als wenn es schon seit tausend Jahren verlassen gewesen wäre, die Bude die so schmutzig war.

Wir versteckten unsere Rucksäcke in einer Ecke und gingen etwas spazieren.

Es regnete leicht und so konnte ich mir meine Kapuze über den Kopf ziehen, ohne weiter aufzufallen und um mein Gesicht doch etwas zu verstecken.

Und dann plötzlich begegnete ich Angèle und ihre Freundin, genau wie wir waren sie auch etwas in der Gegend spazieren gegangen und jetzt plötzlich stand sie so unmittelbar vor mir, daß ich um ein Haar in sie gerannt wäre.

Ich starrte sie an und nahm sie in meinen Arm.

Ich fühlte mich glücklich und zufrieden.

Ich habe nicht gewußt, daß dies der letzte Tag meiner Liebe sein würde.

Wir gingen alle vier zu dem verlassenen Haus und ich bemerkte, daß Raphael sich an Angèles Freundin heran machte. Ich verstand das nicht, denn sie war wirklich keine Schönheit. Nun, ich erwähne es nicht gerne, doch ich werde es tun, ich habe diese eine Freundin vor kurzem gesehen und sie kam zu mir nach Hause und übernachtete dort. Zwar hatte sie einen Freund doch, daß störte mich verdammt wenig.

Als wir in dem Haus ankamen erzählten wir den beiden Mädchen was wir so alles erlebt hatten, prahlten damit, daß wir uns nie mehr Zigaretten zu kaufen brauchten, da wir ja nun zwei Rucksäcke voll besaßen, erzählten ihnen die Geschichte von dem Bullen, lachten und ich fühlte mich sehr froh im inneren meines Herzens.

Als Angèle und ich alleine waren zog ich sie an mich, küßte sie. Ich erinnere mich noch an die Kälte die an diesem Tage herrschte, doch ich fühlte sie irgendwie nicht, ich spürte nur Angèle an meinem Arm, fühlte ihre Küsse an meinem Nacken, und ich erkannte, daß ich sie wirklich liebte.

Sie knöpfte meine Hose auf, ich fühlte ihre kalte Hand, sie wanderte unter mein T-Shirt, ich küßte ihren Nacken und sie legte den Kopf nach hinten. Meine Hände wanderten unter ihren Pullover und meine Hände umfaßten ihre Brüste.

Wir schliefen an diesem kalten, verlassenem und schmutzigem Ort miteinander und es sollte, daß letzte Mal sein, daß ich mit ihr schlief und sie so unheimlich liebte. Es sollte vermutlich, daß letzte Mal sein, daß ich einen Menschen liebte.

Etwas später tauchte Raphael mit Angèles Freundin auf.

Nun war es noch bedeutend kälter geworden als es vorher der Fall war. Wir zitterten alle.

Und so nahm das Unglück seinen Lauf.

Raphael nahm ein Blatt und fing es an, ich fragte mich ob er wirklich glaubte dieses Feuer könne uns wärmen. Sofort stieg Qualm auf. Ich nahm ihm das Blatt ab, warf es zu Boden und trat mit dem Fuß drauf. Es war dunkel in dem Zimmer geworden und ich wußte, daß man das Feuer von draußen her sehen konnte und das war mir zu riskant.

Wir lachten weiter und dachten nicht weiter über den Vorfall nach.

Plötzlich sahen wir das Licht von Taschenlampen im Raum. Es kam durch eine kleine Luke das in unser Zimmer führte, und wir erkannten sofort, daß die Leute welche die Taschenlampen hielten sicherlich auch schon unsere Stimmen gehört hatten.

In dieser Sekunde wurde mir bewußt das alles ein Ende haben würde.

Natürlich kam das Licht der Taschenlampen von Polizisten, und natürlich konnten sie erkennen was hier gespielt wurde. Zwar ließen sie Angèle und ihre Freundin laufen, Raphael und ich konnte allerdings im Polizeiwagen Platz nehmen. Als ich bemerkte, daß die Bullen draußen beschäftigt waren die Daten von Angèle und ihrer Freundin aufzuschreiben zog ich die Pistole heraus und versteckte sie unter dem Sitz des Polizeiwagens. Raphael tat das gleiche mit einem Messer.

Wir wurden ins Revier gebracht. Dort forderte man uns auf unsere Rucksäcke zu öffnen, und es war ja wohl ganz offensichtlich, daß sich nur Diebesmaterial war was sich darin vorfand, neben einer Luftpistole, Reizgas, eine Menge Zigaretten und all dem übrigen Kram was wir so zusammen geklaut hatten.

Man fragte uns von wo all diese Sachen herkamen, doch wir blieben stumm.

Ein Polizist drückte mich gegen die Wand und schlug mir mit seiner Hand in mein Gesicht.

Ich lachte ihn an.

„Lachst du?" brüllte er und schlug erneut zu.

Ich lachte lauter.

All die Zeit hatte ich nur Schmerzen in meinem Herzen, hatte eine solche große Sehnsucht nach Angèle und wußte nun, daß ich sie verloren hatte, da konnten mir die Schläge von diesem Bullen einfach nicht mehr weh tun. Und sie taten es auch nicht.

Der Bulle bemerkte es und ließ von mir ab.

Auch Raphael wurde verprügelt, doch er blieb genau so stur wie ich.

Man fand in unseren Sachen die Munition für meine Pistole und sie wollten von uns wissen wo sich die Waffe befand.

Ich sagte nichts.

Sie traten mir mit dem Fuß in den Magen, schlugen auf mich ein, aber ich beteuerte, daß ich nicht wüste wo sich die Waffe befand. Plötzlich glaubten sie es mir und hörten auf. Ich plante die Waffe als letzten Ausweg zu benutzen, denn es war ja klar, daß sie uns nicht hier im Polizeirevier behalten würden.

Raphael wurde aufgefordert sich auf einen Stuhl zu setzen.

Einer der Polizisten redete auf ihn ein, ein anderer hatte sich eine Spraydose von dem Reizgas genommen und laß was darauf geschrieben stand. Ich wußte wie schmerzlich das Zeug ist, denn als wir uns in Mainz befanden sagte Raphael:

„Wenn wir geschnappt werden, und wir vor dem Direktor stehen und er mich fragt ob ich noch einmal weglaufen würde, dann werde ich sagen. Ja, ich laufe noch mal weg! Und dann mache ich das."

Er zog die Dose Reizgas aus seiner Tasche und sprühte etwas heraus. Es war nicht viel, doch der Fehler war dieser das er es gegen den Wind sprühte und alles in unsere Richtung flog. Unsere Augen brannten wie Feuer und wir hatten Probleme nach Luft zu schnappen. Und es war wirklich nicht viel, nur ein wenig, aber es genügte um uns beide eine Sekunde lang Schach matt zu setzen.

Ich beobachtete die Szene, ich saß auf dem Boden, der eine Polizist redete ununterbrochen auf Raphael ein. Dann hielt der andere die Sprayflasche vor Raphaels Nase und sagte:

„Was glaubst wohl wird geschehen wenn ich jetzt hier abdrücke? Soll ich es einfach mal probieren?"

Raphael sah die Reizgasflasche an.

„Sie liegt im Wagen unter dem Sitz!" rief ich hervor.

Die Polizisten betrachteten mich. Einer von ihnen erhob sich und ging hinaus. Der andere sah mich an, kam auf mich zu, ich stand auf und er drückte mich gegen die Wand.

„Warum nicht gleich so?"

Ich spürte eine schreckliche Lust zuschlagen, ich war mir sicher, daß es mir gelingen würde diesen Typen da flach zulegen. Nichts hätte mich in meiner Wut und Verzweiflung stoppen können wenn ich dem Zorn freien Lauf gegeben hätte, aber es war mir auch klar, daß ich alles nur noch schlimmer machen würde.

Im Nebenzimmer hörte ich einen der Scheißkerle telefonieren, ich war mir sicher, daß er sich mit irgendeinem Staatsanwalt unterhielt und er damit prahlen konnte welche schlimme Typen er doch geschnappt hätten.

Der Polizist der den Wagen durchsucht hatte kam zurück, in seiner Hand hielt er meine Pistole.

„Das ist doch alles?" wollte er von mir wissen.

Ich merkte sofort, daß an dieser Frage etwas faul war, also zog ich eine überlegte Antwort vor:

„Das ist das was ich dahin gelegt habe. Ich denke also schon!"

Er nickte mit dem Kopf und stellte Raphael die gleiche Frage.

„Ja!" rief Raphael und nickte dabei mit dem Kopf!

Der Bulle drehte Raphael den Rücken zu, aber nur für eine Sekunde, dann drehte er sich blitzartig wieder um und schlug meinen Freund mit aller Kraft ins Gesicht.

„Und was ist das?" brüllte das Bullenschwein und hielt dabei triumphierend das Messer in die Höhe.

Raphael rieb sich mit seiner Hand die Wange, und sagte einfach nur: „Ach ja!"

Man begann uns zu verhören.

„Bist du tätowiert?" fragte mich ein Bulle.

„Nein!"

Er betrachtete die Beschreibung von den anderen Polizeirevieren.

„Hier steht aber du wärst es! Warum sagst du dann nein?"

„Ich verstand Sie eben nicht richtig verstanden! Tut mir leid!"

Ich grinste ihn an, und ich merkte, daß er Lust hatte mich mit dem Kragen zu nehmen , doch er ließ es bleiben.

Später am Abend kam so ein wirklicher Alter Bulle. Daran, daß die anderen ihn mit Respekt ansprachen erkannte ich, daß dies wohl ein Vorgesetzter sein müsse. Die Polizisten erzählten ihm was wir, Raphael und ich doch für schlimme Kerle sein.

Der Alte kam zu mir. Ich hatte in meinem ganzen Leben noch nie einen so häßlichen Menschen wie diesen Kerl da gesehen. Er hatte das ganze Gesicht voller Falten und seine Haut sah seltsam aus, genau so als wie wenn sie mit Plastik überzogen worden wäre.

„Du kannst froh sein, daß ich keine Zeit habe du kleiner Lümmel, denn ich hätte dich hier über das Büro gelegt und dir mit dem Riemen den Hintern versohlt!"

„Das haben wir schon gemacht!" lachte einer der anderen Bullen.

Ich sah den Alten an und ich wollte ihn wirklich fragen ob er alles ernstes dachte, daß ich Angst vor einem solchen altem Wichser hätte. Ich mußte mir auf die Zunge beißen, denn ich verspürte wirklich Lust es ihm zu sagen, doch ich tat es nicht.

Der Abend verging, Verhöre über Verhöre.

„Dann kommen wir eben jetzt einige Tage in die Zelle!" rief Raphael mir zu, und ich erkannte am seinem Unterton die Worte: ‚Und dann werden wir eben wieder weg laufen'.

„Nein, diesmal kommt ihr ins Gefängnis!" verbesserte einer der Bullen ihn.

Ich sah zu Boden, aus dem Erziehungsheim hätten wir wieder weglaufen können, aus dem Gefängnis aber nicht, daß war sicher.

Man sperrte mich einige Stunden in eine Ernüchterungszelle, doch ich mußte sämtliche Armbänder, meinen Gürtel und meine Schuhe ausziehen.

In dieser Zelle versuchte ich einige Stunden Schlaf zu finden und rechnete meine Chancen aus einfach wegzulaufen wenn sie mich in den Wagen setzten , und fragte mich ob sie wohl auf mich schießen würden, doch dies war mir eigentlich egal.

Lieber wäre ich auf der Flucht erschossen worden als so weit weg von Angèle zu sein. Ich wußte wie man ohne Probleme Handschellen öffnen konnte, vorausgesetzt man hat das richtige Material, und das ist wirklich nicht viel.

Man weckte mich auf, ich war noch schlaftrunken und ich erkannte, daß es kein böser Traum war sondern die Wirklichkeit.

Man band mir die Hände hinter den Rücken, sie schlossen die Handschellen viel zu fest, sie taten mir weh aber ich sagte nichts.

Zwei Leute faßten mich an meinen Armen und setzten mich ins Polizeiauto. Raphael saß schon drinnen, auch er hatte seine Hände gefesselt. Er grinste mich an und es wurde mir klar, daß er alles nur als Abenteuer ansah.

Der Wagen fuhr ab, es regnete an diesem Abend, ich erinnere mich daran, daß ich eine nasse Fahrbahn sah als ich aus dem Fenster hinaus schaute.

Plötzlich bemerkte ich in einer Ladenfenster, daß sich der Wagen darin spiegelte und wir mit Blaulicht fuhren.

„Warum soll das denn gut sein?" fragte ich den Bullen.

„Was?"

„Das wir mit Blaulicht fahren!"

„Nun, wir haben eben noch besseres in der Nacht zu tun als euch Clowns hier in der Gegend spazieren zu fahren. Aber ich denke euch wird das noch vergehen. Im Gefängnis sind sie auf solche junge Kerle wie euch scharf!"

„Und ich denke, daß sie zuviel Fernsehen schauen!" flüsterte ich ihm zu.

Ich lehnte mich zurück im Wagen. Meine Hände schmerzten fürchterlich.

Wir kamen im Gefängnis an, und hielten vor einem großen Tor. Die Eisenpforte öffnete sich und wir fuhren hinein. Wir kamen vor ein zweites Tor. Dies öffnete sich erst nachdem das erste wieder geschlossen war. Man zerrte uns aus dem Wagen, und wurden ins Hauptgebäude gebracht.

„Die sind ja noch wirklich jung!" sagte einer der Wärter.

Wir mußten alles abgeben, unsere Kleider wurden gefilzt, man steckte unser ganzes Hab und Gut in eine Papiertüte.

Schließlich brachte man uns in die Zellen hinab. Natürlich getrennt. Die schwere Eisentür wurde hinter mir geschlossen. Ich sah sie an. Es war eigentlich nur diese Tür und eine Mauer die mich von der Welt abtrennte, welche mir den Weg zu Angèle versperrte, so wenig und doch soviel.

Ich zog mich aus und legte mich schlafen. Ich weiß nicht ob ich weinte oder nicht, doch ich glaube, daß ich es tat.

Ich fühlte mich fürchterlich und hoffte einfach, daß ich sterben würde, wünschte es mir sehnsüchtig.

Doch leider erwachte ich am anderem Morgen. Es war grauenhaft.
"

Ich blieb eine Sekunde ruhig. Sechzehn Augen waren auf mich gerichtet, und alle acht Personen hatten ihre Colabüchsen mittlerweile aufgemacht. Sie starrten mich an, und ich fragte mich wirklich ob sie nicht von mir dachten, daß ich der Märchenonkel aus dem Fernseher war, doch meine Geschichte war kein Märchen, sie ist die Wahrheit.

Plötzlich dachte ich an das Telefon. Wann würde es wieder klingeln? Und mit wem wollte ich schon wieder sprechen?

Ach ja, es fiel mir wieder ein, ich hatte den Bullen aufgefordert mir einen Reporter zu bringen. Warum dauerte das nur so lange?

Ich nahm tief Luft, und es fiel mir ein Wort ein:

Zermürbungstaktik!

Hatte die Polizei so etwas vor?

Wollte sie mich warten lassen, abwarten bis ich müde wäre?

Sicher!

Alle sahen sie mich an.

Ich fragte mich warum ich sie nicht einfach erschießen sollte!

Danielle sah hübsch aus.

Verflucht hübsch!

Ich sagte:

„Das Gefängnis ist in Blöcke aufgeteilt, von Block A-E. Block E ist Isolationshaft, und es war auch dieser Block in dem Raphael und ich sich anfänglich befanden. Wir hatten weder Zigaretten, noch bekamen wir irgendeinen Menschen zu Gesicht. Das Essen wurde uns durch eine Luke in der Tür gereicht, und dann wurde diese Luke wieder geschlossen. Ich dachte an die Bilder im Fernsehen, wo Menschen hinter Gitter saßen, und nur durch Gitterstäbe getrennt waren, hier war es eine richtige Eisentür.

In der Zelle befanden sich nicht sehr viele Sachen, meine Kleidung, ein Schreibpult, ein Stuhl, Plastikbesteck und in der Wand war ein Radio befestigt, doch das funktionierte leider nicht. Ich hörte wie

Raphael einen Wärter um eine Zigarette bat, ich selbst jedoch verspürte keinen Drang eine zu rauchen.

Einmal nachmittags, wir waren noch nicht besonders lange im Gefängnis wurden Raphael und ich abgeholt, ich sah, daß er ein blaues Auge von einem dieser Scheißbullen hatte, ich selbst hatte keine Wunden oder blaue Flecken, was mich jedoch verwunderte.

Man machte Photos von uns, es waren so richtige Gaunerbilder, mit einer Nummer, man knipste uns von vorne und der Seite, nahm unsere Fingerabdrücke, schrieb auf einen Zettel unsere besonderen Merkmale auf.

Später wurden wir zu einem Arzt gebracht.

Dann steckte man uns zurück in unsere Zellen.

Ich überlegte wie ich wohl von diesem Ort türmen könnte, dachte darüber nach einen Tunnel zu graben, doch mit diesem Plastikbesteck würde mir das wohl kaum gelingen. Ich hatte es ganz kurz probiert, doch ich bekam nicht mal den Fußboden angeritzt, dann war das Messer entzwei.

Nach einigen Tagen wurden wir verlegt, ich kam in Block D, das ist Untersuchungshaft und Raphael in Block C.

Man steckte mich in ein Einzelzimmer, wenn man ein Jugendlicher ist, leidet man besonders in diesem Gefängnis, man wird komplett von den Anderen getrennt, bekommt gar keinen Kontakt mit den anderen Insassenden.

Doch man gab mir ein Päckchen Zigaretten, na ja, wohl eher war es Tabak und Blättchen, und es war sehr starker Tabak. Manchmal wenn ich heute diesen Tabak rauche dann steigt dieses Gefühl das ich in dieser Zelle hatte wieder in mir auf, und ich denke ich wäre durch die Zeit zurück an diesen Ort gereist. Darum rauche ich diese Marke auch nicht mehr.

Ein Wärter brachte mir ein Heftchen mit den Hausordnungen und ich laß dieses sorgfältig durch, denn ich erkannte, daß ich einige Rechte hatte.

Ich dachte jede Sekunde an Angèle, ich schrieb ihr Briefe, nachdem ich gelesen hatte, daß ich Anrecht auf Papier und Umschläge hatte und diese dann auch forderte.

Ich blieb immer sehr freundlich mit den Wärtern, und ich denke auch, daß sie mich recht gut behandelten.

Ich habe diese Briefe nie abgeschickt, sondern sie nur gelesen, geweint und dann zerrissen. Oder verbrannt.

122

Ich bekam Besuch von dem Gefängnispfarrer, und ich war doch recht froh einen Menschen zu sehen, ich konnte ihm meine Kleidung mitgeben und er hat sie für mich gewaschen, er brachte mir ein Kartenspiel mit, bot mir stets Zigaretten an und was mich am meisten wunderte war, daß er mich nicht bekehren wollte. Ich sprach ihn einmal auf das Thema an um mich kurz mit ihm dazu unterhalten, es war ein Thema über Sterben.

Es waren fast auf den Tag genau drei Wochen nach unserer Verhaftung als Raphael und ich dem Untersuchungsrichter vorgeführt wurden, irgendwo in diesem verdammten Gesetzt steht doch tatsächlich, daß Jugendliche nicht länger als 3 Wochen im Gefängnis gehalten werden dürfen ohne einem Richter vorgeführt zu werden.

Man band Raphael, mich und noch einige anderen Jugendlichen mit Handschellen zusammen. Vor dem Gerichtsgebäude band man uns in Zweiergruppen, Raphael und ich teilten uns sozusagen eine Handschelle.

Ich kann ihnen sagen, daß die Leute einen ziemlich dumm ansehen wenn sie zwei Kinder in Handschellen gefesselt in Begleitung von einigen Polizisten sehen. Ich sah Mütter welche ihre Kinder zur Seite zogen als wir an ihnen vorbei gingen, ich sah wildfremde Menschen die uns im Gerichtsaal mit großen Augen ansahen, und irgendwie fühlte ich mich gut dabei, es gab mir das Gefühl das ich immer sein wollte. Wild!

Raphael und ich wurden zusammen der Richterin vorgeführt. Man kannte mich ja schon bereits, und das sagte mir man auch sofort.

Die Richterin erzählte uns das sie beinahe der Schlag getroffen hätte als sie unsere Akte gelesen hatte, da war wirklich so gut wie alles darin vertreten, von A-Z. Man versuchte uns verstehen zu geben, daß wir froh sein könnten noch keine 18 Jahre alt zu sein, denn sonst wären wir für eine sehr lange Zeit in Haft gegangen.

Ich redete wie mir der Mund gewachsen war.

Die Richterin sah mich an.

„Ich habe nie gesagt, daß du ein dummer Junge wärst, und das werde ich auch nie behaupten, und ich denke das ist das Problem. Du bist viel zu klug um im Gefängnis zu verschmorren, und doch zu wild das man dich in ein Erziehungsheim setzen könnte. Du machst es uns wirklich nicht leicht."

Das Urteil sollte bereits am Freitag gesprochen werden. Man brachte uns zurück ins Gefängnis, natürlich nach wie vor in Handschellen gefesselt.

Ich ging sofort schlafen, und auch der Donnerstag ging verdammt schnell vorbei.

Freitags nachmittags führte man uns erneut vor die Richterin, ein weiteres Male in Handschellen und auch ein weiteres Mal diese Blicke der Fremden.

Das Urteil hörte sich zuerst verlockend an:

Raphael könne nach Hause gehen sobald er eine Arbeitsstelle finden würde, ich sollte in ein Heim kommen.

Doch je mehr ich über diese Sache nachdachte, um so schlechter fand ich sie. Ein Heim bedeutete, daß ich Angèle nicht mehr sehen könnte, und Sie dürfen nicht vergessen, daß ich damals noch bis über beide Ohren in sie verliebt war. Ich erkundigte mich darüber wie dieses Heim war, und ich empfand es plötzlich als sehr schlechte Lösung.

Nach dem Gerichtstermin brachte man uns nur kurz ins Gefängnis zurück damit wir unsere Sachen abholen konnten und dann fuhr man uns vorübergehend wieder ins Erziehungsheim. Diesmal zog man uns keine Handschellen an.

Ich dachte über alles nach, wenn man mich wirklich in ein Heim steckte, so wußte ich bereits nun das diese Sache nicht gut ausging. Meine Devise war damals. Warum etwas hinauszögern was doch so wieso eines Tages geschah.

Warum gut leben und den Tod so weit wie möglich hinaus zögern, wenn man so wieso eines Tages sterben wird?

Warum?

Tags über hörte ich, daß drei Stück flüchten würden, und ich beschloß mit ihnen zu gehen. Ein Kerl zog mich im Flur zur Seite.

„Warum willst du wieder weglaufen?"

Ich schaute ihn an, es war derjenige der mir eine Zigarette ins Gitterzimmer hinauf geschossen hatte, und ich denke es nicht erwähnt zu haben, doch eine solche Tat gilt da oben als recht noble Geste.

„Warum soll ich nicht?"

„Aber denke doch mal nach wenn man dich schnappen wird!"

Ich hatte natürlich auch über diese Möglichkeit nachgedacht, und vorgesorgt. Im Gefängnis konnte man sich einige Sachen kaufen, unter anderem auch Rasierklingeln. Ich hatte mir eine gekauft, sie abgebrochen und die Klinge versteckt. Ich konnte mir vorstellen, daß dies eine wahre Tragödie geworden wäre, wenn man sie in meiner Zelle gefunden hätte, doch man fand sie nicht.

Ich hatte mir die Klinge nun in eines meiner Armbänder gesteckt.

„Dann werde ich dieses Ding hier benutzen, und mich selbst töten!"

„Aber, du spinnst. Was hast du denn davon? Du lebst nur einmal!"
„Du hast recht, ich würde es dir gerne sagen, aber ich kann es einfach nicht!"
Ohne Angèle wollte und konnte ich einfach nicht leben!
Ich sah sie zu diesem Zeitpunkt als mein Lebenselixier!
Wir liefen abends gegen acht Uhr weg. Wir waren zu vier, es war Winter und es war schon sehr kalt, im Schutze der Dunkelheit liefen wir zu vier davon.
Ich weiß nicht mehr die Namen der anderen, doch da waren Sascha, Xavier und noch ein dritter dessen Namen ich vergessen habe. Aber ich denke er ist sowieso unwichtig. Wir bildeten Zweiergruppen, Sascha und ich bildeten eine Gruppe. Wir hofften so Autostop machen zu können, doch es war vergeblich, keiner hielt an. Etwas später kamen wir vier dann wieder zusammen, wir hatten schon ein recht weites Stück zu Fuß zurück gelegt, und es war sehr kalt. Wir hielten den Daumen bei jedem Wagen aus, in der Hoffnung, daß doch noch einer anhielte. Ich hatte die Hoffnung schon aufgegeben, als dann doch plötzlich ein Wagen stoppte. Zu meinem Erstaunen war es eine Frau die ganz alleine im Wagen saß.
Wir erzählten ihr das wir in einer Disco waren und den letzten Bus verpaßt hätten, und wie froh wir doch wären das sie uns mitgenommen hätte. Ich weiß nicht ob die Frau diese Geschichte glaubte, doch es war stark anzunehmen.
Sie brachte uns bis an einen Bahnhof.
Es war so Mitternacht als wir dort angekommen sein müssen, jedenfalls kamen wir gerade noch rechtzeitig um den letzten Zug zu erwischen!
Natürlich hatte keiner von uns, das heißt mit Ausnahme von dem Kerl dessen Name ich vergessen habe, ein gültiges Zugticket bei sich. Ich hoffte das der Trick mit sich schlafen legen noch einmal klappen würde, und um nicht allzuviel aufzufallen trennten wir uns alle im Zug. Doch es war mir klar, daß der Schaffner merken würde das etwas nicht stimmte wenn er 3 Personen in einem Zug ohne gültigen Fahrschein erwischte.
Aber wir hatte alle Glück, der Zug wurde nicht kontrolliert.
Xavier kannte einen Freund der eine Hütte im Wald besaß, und dort wollten wir auch übernachten. Es war ein Sofa da und zwei Stühle, Xavier und der andere legten sich auf das Sofa, Sascha und ich nahmen einen Stuhl. Irgendwie hatte ich Sascha den ganzen Abend über am Pelz, er erzählte mir das er Drogen genommen hätte, und

seine ganzen Probleme, und das gefiel mir nicht, denn ich erkannte das er nicht besonders viel Geist im Schädel hatte.

Es war zu kalt zum schlafen. Viel zu kalt. Nur der eine Kerl dessen Namen ich vergessen hatte brachte es fertig trotz der eisigen Kälte zu schlafen. Ich fragte mich wirklich wie er das machte, denn wir zitterten am ganzen Körper.

Es befand sich zwar ein Ofen im Zimmer, doch es wäre viel zu gefährlich gewesen diesen anzuzünden.

Sascha fluchte und wollte das ich mit ihm bis hinausgehen würde.

„Komm wir gehen bis ins Dorf!" schlug er vor.

„Ich glaube du spinnst," schaute auf meine Armbanduhr, „es ist nun drei Uhr, die erste Polizeistreife die an uns vorbeifährt wird uns anhalten und mitnehmen!"

„Ach was, komm schon!"

„Nein, ich werde frühestens gegen sieben Uhr da unten im Dorf sein, und wenn dann nur um meine Freundin zu sehen!"

Wir gingen in die Hütte zurück welche Sascha verfluchte.

Die Zeit verging nur sehr langsam, doch sie verging.

Endlich war der Zeitpunkt gekommen, daß wir ins Dorf gehen konnten, und ich hatte schon den Entschluß gefaßt mich so schnell wie möglich von den anderen zu trennen. Sie waren mir mehr eine Last als nützlich und hatten auch solche verdammten Ideen.

Angèle war nicht am Bahnhof.

Ich war verzweifelt, ich zog mir eine Freundin von Ihr zur Seite und fragte sie wo Angèle sei.

„Sie ist schon ein paar Tage nicht zur Schule gekommen!"

Da machte ich mir natürlich Sorgen, ich wollte sie anrufen, doch keiner von uns hatte Geld.

Xavier wollte das wir gehen sollten.

„Ich gehe nirgendwo hin bis das ich weiß was mit ihr ist!"

Schließlich ging Xavier einige Passanten um Geld anflehen, solange bis wir genug Münzen zusammen hatten um anrufen zu können.

Sascha rief die Nummer an die ich ihm gab.

Er stellte sich als Schuldirektor vor und fragte warum Angèle schon einige Tage nicht mehr zur Schule gekommen sei.

Sie habe einige seelische Probleme bekam er als Antwort.

Wir gingen, denn besonders viel konnte ich ja nun auch nicht mehr machen.

Dann wartete ich auf den Moment um mich von den anderen trennen zu können. Wir gingen auseinander und verabredeten uns für später auf dem Bahnhof, doch mir war schon klar das ich nicht dabei sein würde.

Ich ging weg. Wußte eigentlich nicht richtig wohin doch ging einfach.

Ich ging und ging.

Schließlich suchte ich einige Freunde auf, beschaffte mir etwas Geld, rief einen anderen Freund an und ich konnte dort übernachten.

Am anderem Morgen fuhr ich zurück nach Deutschland. Ich wollte nun vorläufig da sein, denn ich war mir sicher es war nur eine Frage der Zeit bis sie die anderen drei schnappen würden, und sie würden wohl dann auch der Polizei erzählen, daß ich versucht hätte mit Angèle Kontakt aufzunehmen.

Doch diesmal wollte ich mir eine Arbeit suchen. Ich sah eine Gastwirtschaft und sah ein Schild im Fenster, daß ein Kellner gesucht wurde. Ich stellte mich drinnen vor, und als ich erkannte das der Typ etwas von Jugendschutzgesetz faselte, daß er sagte, daß ich noch nicht alt genug für diesen Job da drin wäre, da log ich ihn an indem ich sagte, daß ich bald Geburtstag hätte und dann volljährig sei. Ich schien im gefallen zu haben, denn er sagte ich könne dann zurück kommen.

Schließlich besorgte ich mir die Zeitung und las darin das ein Tellerwäscher gesucht werden würde. Ich ging zu der unterstehenden Adresse und stand plötzlich vor einem Nonnenheim. Das macht die ganze Sache einfacher dachte ich und ging hinein.

„Ich bin wegen der Anzeige hier!" sagte ich zu einer der Schwestern.

Sie fragte mich einige Sachen, und wie es käme, daß ich in Deutschland so jung Arbeit suchte.

Auf diesen Moment hatte ich bis zu letzt gewartet.

„Nun," ich schaute zu Boden und wollte so traurig wie nur möglich wirken, „ meine Mutter ist gestorben und ich wohne jetzt hier bei meiner Großmutter, aber die hat leider nicht genug Geld um uns beide durch zu bringen!" Ich spielte meine Rolle so überzeugend das ich es fast selbst geglaubt hätte und nahe dran war zu weinen.

„Oh!" meinte sie und versprach mir ein Wort bei der zuständigen Person einzulegen, ich solle jedoch später zurück kommen um mich dann mit ihr selbst zu unterhalten.

Schließlich ging ich noch etwas spazieren. Sonntags wollte ich dann doch wieder zu Angèle fahren."

Endlich klingelte das Telefon wieder.

Ich weiß nicht warum ich nervös war als ich abhob, es gab doch eigentlich keinen Richtigen Grund dafür.

„Ja?"

„Guten Tag, mein Name ist Johny Steffen, die Polizei sagte das Sie mit einem Reporter sprechen möchten, und nun, ich bin einer."

Ich überlegte kurz und konnte mir vorstellen, daß der dicke fette Bulle unser Gespräch abhörte.

„Woher weiß ich das Sie wirklich ein Reporter sind? Wie kann ich mir sicher sein das Sie nicht einfach ein Bulle sind?"

„Nun, ich denke Sie müssen mir einfach glauben."

„Also gut Johny, ganz wie Sie meinen, dann will ich Ihnen glauben. Aber wissen Sie, ich habe ein Radio hier, und wenn ich nicht in kurzer Zeit etwas über mich darin höre dann wird es für so manchen kein schöner Tag heute werden. Sind wir uns einig?"

Ich versuchte zu lauschen ob der Typ sich nicht durch ein Schlucken oder so etwas verriet, aber falls der Typ kein Reporter war, so spielte er seine Rolle doch verdammt gut.

„Entschuldigen Sie wenn ich Sie frage, aber gibt es bereits Tote oder Verwundete?"

„Nicht so direkt, nur Herr Rommel ist gerade dabei sein Gehirn anzusehen, ich glaube er ist gestorben. Kennen Sie meinen Namen?"

Ich hörte etwas in der Leitung was sich so wie ‚Oh mein Gott anhörte, oder so.

„Nein, ich kenne nur Ihren Vornamen, mehr hat die Polizei uns nicht verraten."

Ich nannte ihn meinen Nachnahmen und sagte ihm das ich diesen auch im Radio hören wolle. Und vor allem im Fernseher sollen sie auch berichte über mich bringen.

„Was haben Sie mit den Geiseln vor?"

„Eigentlich wollten wir ein kleines Abendessen hier zusammen machen. Aber das hängt ganz davon ab was die Polizei vorhat, ich habe nicht vor noch mehr Menschen zu erschießen, doch das will nicht bedeuten, daß ich es nicht tun werde falls es notwendig ist. Haben Sie auch Vögel zu Hause?"

„Wie, was haben Sie gefragt?"

Ich dachte kurz über meine letzte Frage nach. Ja, wie war ich jetzt nun auf die Frage gekommen ob er Vögel habe? Aber es ist ja auch egal!

„Ich wollte wissen ob Sie Vögel daheim haben!"

„Nein," ich hörte ihn etwas stottern, „ich habe keine Vögel!"

„Das ist schade!" Dann legte ich auf.
Ich ging zu meinem Stuhl zurück.

Ich sagte :
„Es war dann auch Sonntags als ich mich auf dem Bahnhof befand
und wieder beschloß zu Angèle zu fahren. Es war nicht besonders
viel Betrieb auf dem Bahnhof, ich sah mich um und da schien doch
einer mich die ganze Zeit anzustarren. Ich sah nur kurz hin, es war
ein Mann, graue Haare und nur einen halben Kopf größer als ich. Er
sah nicht so aus wie ein Polizist, und das beruhigte mich zuerst ein
kleines wenig, doch ich bemerkte, daß er mich dauernd ansah.
So beschloß ich eine Probe aufs Exempel zu machen und ging
langsam in eine andere Ecke des Bahnhofs, wobei ich manchmal
stehen blieb und einige Sachen von den Plakaten abließ. Ich kam zu
einer Treppe und diese führte zu den Klos hinab. Man mußte hier für
seine Notdurft bezahlen und die Preise waren ausgeschildert. Ich war
gerade dabei die Preise zu lesen als ich eine Stimme hinter mir hörte:
„Sonntags ist da keiner, du kannst ruhig hinunter gehen."
Ich drehte mich um, es war dieser Alte der die Worte gesprochen
hatte.
„Das ist nicht nötig, ich laß nur die Preise!"
Der Alte begann sich mit mir zu unterhalten. Plötzlich fragte er mich
ob ich Hunger hätte, ich könne wenn ich möchte etwas bei ihm essen
und er wollte uns Kaffe machen. Die Idee gefiel mir, denn ich hatte
wirklich etwas Hunger und eine Tasse Kaffee mochte ich auch.
Wir nahmen den Bus, der Alte zahlte für uns Beide.
„Sind Sie verheiratet?" wollte ich von dem Alten wissen.
„Ich bin geschieden. Gott sei dank!"
Das gefiel mir, dieses Gott sei Dank gefiel mir, denn es bedeutete
eine überstanden Trennung.

Wir fuhren nicht besonders weit, dann stiegen wir aus. Der Alte
wohnte nicht weit weg von der Bushaltestelle und so brauchten wir
nur wenige Meter zu gehen.
Er wohnte in einer Appartementwohnung, und als wir eintraten sah
ich einen jungen Mann gerade dabei fernzusehen.
„Das ist mein Sohn!" sagte der Alte.
Der Kerl sah mich nicht an, sondern ließ sich nicht stören.

Wir gingen in die Küche, ich aß einige Butterbrote. Der Alte machte den Kaffee wie früher, machte etwas Kaffee in die Tasse und goß heißes Wasser darüber. Das mußte man dann etwas ziehen lassen.

Schließlich lud der Alte mich wieder ins Wohnzimmer ein. Der junge Kerl war verschwunden.

Plötzlich fing der Alte Wichser an mich über mein Sexualleben auszufragen, ganz langsam aber immer mehr und immer mehr Details. Ich versuchte mich herauszureden und ließ ihn anmerken, daß ich keine Lust hatte ihm diese Fragen zu beantworten. Ich fühlte mich plötzlich verdammt Unwohl.

Dann wollte er mich betatschen. Ich griff seine Hand als er mir an den Schritt fassen wollte. Er hatte das Glück das ich zu diesem Moment keine Waffe bei mir trug, denn ich hätte ihn auf der Stelle getötet. Und das meine ich Ernst. Es tut mir wirklich leid, daß er nicht hier ist, es wäre mir ein Vergnügen gewesen ihn zu töten. Das wäre ein so herrliches Gefühl. Ich konnte abhauen und ich war mehr als froh darüber das ich diesem verdammten schwulem Schwein nicht zum Opfer gefallen war. Aber Ekel stieg in mir hoch.

Zwei Tage später sah ich ihn kurz wieder, aber ich konnte abhauen. Ich beschloß zum Arbeitsamt zu gehen und mir eine Stelle zu suchen, denn ich glaubte nicht das es als Tellerwäscher klappen würde, und außerdem habe ich gelernt das es immer besser ist mehrere Auswege zu haben.

Nach langer Wartezeit wurde ich in ein Büro vorgelassen, und man fragte mich warum ich denn im für mich Ausland Arbeit suchen würde, und ich erzählte ein weiteres Mal meine erlogenen Geschichte über meine leider verstorbene Mutter. Man schrieb sich meine erfundenen Angaben auf und sagte ich könne mich unten etwas umsehen, da ständen Computer, wo alle freien Arbeitsstellen drin gespeichert wären.

Ich war gerade dabei verschiedene Arbeitsstellen auszudrucken, als plötzlich ein Alter Herr ins Arbeitsamt kam und eine Dame etwas fragte.

Plötzlich stand der Kerl hinter mir. Ich spürte seinen Blick und drehte mich um.

„Kann ich zuschauen?" fragte er mich.

„Sicher!"

Irgendwie hatte er meinen Dialekt gehört und fragte von wo ich wäre. Ich log ihn an.

„Ach ja? Ich liebe Touristen. Darf ich Sie zum Essen einladen?"

Ich sah ihn an. Das hörte sich gut an, denn ich hatte wirklich Hunger.
Ich hätte es merken können, ich hätte es daran merken können als ich sah wie die Dame mit der dieser Kerl vorher sprach, mich ansah und grinste.

Der Typ bezahlte mir ein Essen aber aß selbst nichts. Mir fiel ein das ich ein Termin bei einer Frau hatte, denn ich sollte mir ein Zimmer ansehen, schließlich wollte ich mir eine Bleibe suchen, denn so langsam fingen die Leute in der Jugendherberge auch zu merken das etwas mit mir nicht stimmte.

Der Alte fuhr mich zu der Wohnung, er hatte einen schweren Wagen, die Farbe des Autos war schwarz und hatte Ledersitze, daran erinnere ich mich noch. Und es war ein Autotelefon in dem Wagen, und damals war es nicht so wie heute, damals war man noch etwas besonderes wenn man ein Autotelefon hatte, von Handys redete man zu diesem Zeitpunkt noch nicht, die wenigen die es gab waren unbezahlbar und sahen eher so aus wie Kofferradios.

Ich sah mir das Zimmer an und unterhielt mich ein klein wenig mit der Vermieterin. Anscheinend gab es noch einen anderen Interessenten und ich solle doch am anderem Tag wieder zurückrufen. Sie wolle sich für einen für uns beide entscheiden.

Als ich zu dem Wagen zurück ging hatte dieser Kerl von irgendwoher einen ganzen Haufen Nacktzeitungen neben den Beifahrersitz gelegt. Ich weiß nicht wo er diese Magazine her hatte, doch plötzlich waren sie da.

So wie der Kerl redete war es ein alter Perverser, er erzählte mir wie er die Woche vorher eine Nutte gevögelt hätte und so weiter. Ich hörte meistens nicht zu.

Wir fuhren in der Gegend umher und ich überlegte wie ich diesen Kerl wohl wieder loswerden würde.

Dann fuhr das Schwein in den Wald und hielt dort an.

„Ich bin so geil!" stöhnte er. Ich muß mir einen runterholen.

Ich glaubte meinen Ohren nicht zu trauen, und dieser verdammte alte Esel nahm doch tatsächlich seinen Penis heraus.

„Willst du dir nicht auch einen runterholen?"

„Nein, will ich nicht!" Ich schaute zum Fenster hinaus um diesen Kerl nicht ansehen zu müssen.

„Hat man dir schon einen geblasen?"

„Nein, hat man nicht!" Und das war ehrlich zu diesem Zeitpunkt nicht mal gelogen.

„Soll ich dir denn einen Blasen?"

Da mußte ich dieses alte dreckige Kind einer verdammten Hure einfach ansehen. Ich war fast dabei mich zu übergeben.

„Selbstverständlich nicht!"

Der Kerl besorgte es sich selbst und dann kam er zum Glück auf die Idee wieder zu fahren.

Er brachte mich zur Jugendherberge und ich verabschiedete mich. Morgen Abend wollte er mich wieder abholen, ich sagte ihm das ich dann wieder da wäre, aber natürlich hatte ich das nicht im geringsten vor.

Ich legte mich schlafen, und fühlte mich so verdammt schlecht.

Am nächstem Morgen bemerkte ich, daß ich sehr unruhig geschlafen haben mußte, denn das Bett war zerwühlt. Ich fühlte mich keinen Deut besser als am Morgen vorher, nein eher noch schlechter.

„

Ich sah mich im Raum um. Wußte Angèle schon von meiner Tat? Oder Nadine? Ich fragte mich ob die Leute da draußen es schon in den Fernseher gebracht hatten oder ob die Meldung schon im Radio gekommen war. Und würde die Polizei mir das Geld bringen?

Plötzlich kam mir eine Frage in den Kopf.

Wie würde die Polizei wohl vorgehen, wenn ich das ganze Spiel umdrehen würde, wenn ich die Polizisten zu Mörder werden ließe, wenn ich beim nächsten Telefonanruf folgenden Satz sprechen würde :

„Nun Herr Polizist, Sie können das Geld behalten und sich mit einigen Nutten amüsieren. Machen Sie sich ein schönes Wochenende, ich habe mir die ganze Sache anders überlegt. Ich will Ihnen nun zwei Namen von Mädchen nennen, Sie werden diese Beiden holen, und dann erschießen Sie eine nach der anderen. Vor meinen Augen. Tun Sie es nicht richte ich jede halbe Stunde einen der Leute hier hin, und zwar mit einem Genickschuß. Sind Sie allerdings kooperativ, dann lasse ich die Leute hier gehen. Was sagen Sie dazu mein Bullenfreund? Acht Leben gegen zwei, das ist doch ein wirklich faires Angebot, das heißt Sie bekommen 4 Menschen für einen. Und manchmal muß man eben Menschenopfer bringen wenn man mehr Leben dafür retten kann, denken Sie doch nur einmal darüber nach, Menschen werden aus Rettungsbooten geworfen wenn diese zu sinken drohen und es gibt noch eine Menge anderer Beispiele."

Ja, diese Frage stieg mir in den Kopf, was würde die Polizei wohl machen? Ein Spaß wäre es jedenfalls. Es würde jedenfalls lustig werden.

Ich lachte in den Saal hinein und all meine Freunde sahen mich an.

Ich sagte:
„Nachmittags ging ich etwas in der Gegend spazieren, ich fühlte mich immer noch so schlecht. Aber ich fühlte mich auch verdammt einsam, irgendwie so alleine, so wie der berühmte Korken der auf dem Wasser tanzt.
Ich kaufte mir ein Päckchen Tabak und schritt in der Gegend umher, lief einfach nur wahllos herum, hatte kein Ziel, keinen Plan und wußte keinen Ausweg.
In einer Seitenstraße sah ich drei Mädchen an einer Bushaltestelle, auf der gegenüberliegenden Straßenseite.
Eine von ihnen sah mich an.
Ich erblickte sie und sah dann wie die eine dann etwas zu einer ihrer Freundinnen sagte.
„Hey!" rief eine.
Ich blieb stehen und sah zu den Mädchen hinüber.
„Hey du, komm mal her."
Ich ging zu der Bushaltestelle.
„Wie heißt du?" fragte mich das Mädchen das mich gerufen hatte.
„Christopher!"
Die drei nannten mir auch ihre Namen, doch ich habe sie in der Zwischenzeit vergessen.
Das Mädchen die mich zuerst entdeckte sah mich an. Sie war ein Stück größer als ich, sie trug eine schmutzige Jeansjacke und eine Brille. Vielleicht wäre sie gar nicht so schlecht gewesen wenn sie saubere Kleidung angehabt hätte.
Sie plauderte mit mir, und dann wollte sie sich mit mir verabreden.
Ich willigte ein.
Wir machten einen Termin aus für das Ende der Woche.
Eigentlich wollte ich dahin gehen, doch ich wußte zu dem Zeitpunkt noch nicht das ich niemals dahin käme.
Wie konnte ich es auch wissen.
Nachmittags saß ich in der Jugendherberge und trank ein Glas Limonade, und ich dachte sofort das da etwas nicht stimmte. Die zwei Typen die eintraten waren nicht solche Menschen welche gewöhnlich in Jugendherbergen verkehrten, erstens waren sie nicht so gekleidet, sie hatten keinerlei Gepäck bei sich und sie waren einfach zu alt dafür. Ich sah die zwei eintreten und zur Information schreiten, sie fragten dort etwas und der Portier, wenn man so etwas Portier

nennen kann, zeigte auf mich. Ich weiß eigentlich nicht warum ich nicht einfach weglief und abgehauen bin, es wäre ja einfach kein Problem gewesen, doch meine Beine waren wie stumm. Die Kerle kamen auf mich zu.

Er fragte ob mein Name so wäre!

Ich bejahte.

Ich bekam nun ihre Dienstausweise zu sehen, Kriminalpolizei, und sie hatten auch eine Art Haftbefehl bei sich.

Es war also geschehen, es war also wieder einmal alles vorbei.

Man brachte mich zur Polizeistation, nachdem ich vor einigen der Gäste gefilzt wurde und ich die Hände gegen die Wand legen mußte.

Und dann brachte man mich wieder zurück ins Gefängnis.

Das heißt eigentlich brachte man mich zuerst von einem Polizeibüro zum anderen, und ich wunderte mich darüber das die Bullen doch ziemlich nett mit mir waren! Ich erfuhr das man von den anderen drei die mit mir weggelaufen waren schon zwei wieder geschnappt worden waren, ich war Nummer Drei und Sascha war noch immer draußen! Man fragte mich wo er sich aufhalten würde, als ich sagte ich wüßte es nicht gab es keine Schläge und nichts.

Auf dem Weg zurück ins Gefängnis vermißte ich Angèle so sehr, schließlich hatte ich sie nicht ein einziges Mal auf meiner Flucht gesehen! Das schmerzte wirklich sehr!

Ein weiteres Mal sah ich eine schwere Eisentür vor mir aufgehen und ein ich fing an mich zu fragen ob ich jemals noch etwas anderes zu sehen bekäme als diesen verdammten Bau, doch ich bezweifelte es.

Ich fühlte mich einsam und verzweifelt und hatte eine schreckliche Sehnsucht nach Angèle.

Man sperrte mich erneut in eine Zelle und wieder war es Block E, Isolationshaft. Ich hatte das Glück eine Zelle zu erhalten in der das Radio funktionierte und das half mir doch ein kleines bißchen die Zeit tot zu schlagen.

Dann lernte ich noch einen anderen Jugendlichen kennen, der auch genau wie ich im Gefängnis saß, er hatte einen anderen Menschen zusammen mit seinem Cousin überfallen und die beiden hatten ihn getötet. Aber der Kerl war verrückt, er erzählte mir die schlimmsten Geschichten die man sich vorstellen kann, und er hatte die Angewohnheit maßlos zu übertreiben. Ich glaube nebenbei gesagt, daß er noch immer in Haft sitzt.

Sascha wurde einige Tage nach mir geschnappt und aus irgendeinem Grund wurde er auch ins Gefängnis gesteckt. Er war einige Zellen weiter von mir entfernt, aber man konnte sich doch ein kleines wenig mit ihm unterhalten.

Drei Wochen später wurden Sascha und ich dann erneut der Jugendrichterin vorgeführt. Ein weiteres Mal bekam ich Handschellen an, und ein weiteres Mal gingen die Leute uns aus dem Weg.

Wir wurden von vier Polizisten begleitet. Einer von ihnen wollte von mir wissen was ich so alles getan hätte, und ich erzählte es ihm. Dann schlug der Kerl mir doch tatsächlich vor doch zur Polizei zu kommen, ich würde bestimmt ein guter Bulle werden meinte er. Ich denke der Kerl war bekloppt.

Das Urteil der Richterin war schnell für mich gesprochen, man dachte das ich einige Probleme hätte und man schlug vor mich in eine Jugendpsychaterie zu stecken, natürlich eine offene Anstalt und so, dort wo man Kinder eben hinbringt wenn die Eltern versagten und ihre Kinder einfach zu rebellisch geworden sind. Aber natürlich ist so etwas nie die Schuld der Eltern, es sind immer die Kinder oder noch häufiger, die Freunde der Kinder.

Ich blieb noch drei Monate lang im Gefängnis, und ich kann Ihnen sagen das diese drei Monate verdammt lang waren, unendlich lange. Morgens wenn ich aufstand ritzte ich mir jedesmal eine vertikale Linie in den Kleiderschrank, abends dann ritze ich eine horizontale dazu. So bildeten sich eine Menge Kreuze auf der Wand meines Kleiderschrankes. Es war sozusagen mein Kalender des Todes.

Dann endlich kam der Tag an dem ich in die Psychiatrie gebracht wurde, es war so ein Haus in Deutschland, und es waren noch eine Menge anderer Jugendlicher dar. Natürlich war ich der Star dort.

Gleich am ersten Tag sah ich mir alles genau an. Die Fenster waren mit Riegel und Schlösser geschlossen, und die Riegel waren an das Fenster angeschraubt. Ich erkannte sofort, daß man mit Hilfe eines Schraubenziehers ohne Probleme von dort abhauen konnte.

Ich war das Skandalkind Nummer Eins dort, sehr zur Verzweiflung der Betreuer und Ärzte. Niemand hatte mir etwas zu sagen, ich tat genau das was ich wollte.

Dann nach zwei Monaten hielt ich es nicht mehr aus. Ich wollte zurück zu Angèle. Ich besorgte mir einen Schraubenzieher und öffnete so das Fenster. Mit Hilfe der Bettlaken seilte ich mich ab und lief weg.

Es war ein Spezialkommando der Polizei welche mich überrumpelte, nachdem ich mir die Adern aufgeschnitten hatte, und ein weiteres

Mal hatte ich es nicht geschafft Angèle wieder zu sehen. Ich war so verzweifelt.

Doch ich hatte Glück, wurde sozusagen begnadigt. Nach meinem Selbstmordversuch verbrachte ich nur eine Woche im Gefängnis, dann wurde ich frei gelassen. Diese Woche war zwar eine wirkliche Hölle für mich, ich wußte nicht ob es Tag oder Nacht wäre, ich schlief fast den ganzen Tag, aß nichts und wachte immer erschöpft und traurig auf.

Doch als ich hörte das ich freikommen würde war ich so verdammt froh. Ich dachte das Leben könnte wieder erneut anfangen, doch ich sollte mich irren.

Es gibt einfach keine Zukunft für mich.

Zwei Monate später lernte ich Nadine kennen, das ist nun fünf Jahre her. Verdammte lange fünf Jahre.

Jetzt wenn ich daran zurück denke dann fällt mir alles wieder ein.

Ich habe noch ein Foto von Angèle, und es liegt irgendwo in meinem Schrank, ich weiß zwar nicht wo, doch ich weiß, daß das Bild da ist. Ich versteckte es fünf Jahre lang vor Nadine. Lieber hätte ich wenn mich eines Tages einer dort mit einer Axt erschlagen würde als wenn ich das Bild wiederfinde und in meinen Händen halten werde!

Jetzt wo ich Ihnen soviel erzählt habe verstehe ich es, ich habe Nadine nie richtig geliebt, ich habe in meinem ganzen Leben nie etwas richtig geliebt, mit einer Ausnahme, Angèle.

Und ich kann nie wieder lieben!

Selbst wenn Angèle und ich noch mal zusammen kämen, so denke ich doch das ich sie nie wieder so lieben werde wie ich sie einst liebte.

Und selbst wenn Nadine und ich es noch einmal versuchen würden, ja selbst dann würde ich mich nicht in sie verlieben, weil ich es nicht ein einziges Male in diesen fünf Jahren tat. Doch ich will nicht sagen, daß ich es nicht versuchte, ich habe es versucht, so oft und so sehr, doch ich konnte es einfach nicht. Ich weiß nicht warum, doch es hat einfach nie geklappt.

Verdammte Gefühle, warum muß so etwas wie Liebe in diesem verdammten Leben geben?

Und warum muß Liebe auch Schmerz sein?

Gibt es eine Antwort auf diese eine kleine Frage?
"

Genau im selbem Moment als ich den Schuß hörte spürte ich auch wie die Kugel in meinem Bauch einschlug. Meine Waffe fiel zu

Boden und ich folgte ihr. Schließlich krümmte ich mich vor Schmerzen und wurde dann ohnmächtig.

Später sollte ich dann erfahren, daß ein Scharfschütze der Polizei mich niedergeschossen hatte. Aber es schien kein besonders guter Scharfschütze gewesen zu sein, denn er hatte auf mein Herz gezielt und nur den Magen getroffen.

Keiner weiß das ich dieses Dokument hier geschrieben habe, niemand. Ich habe es heimlich gemacht.

Sie denken das ich verrückt bin, diese verdammten Ärzte. Ich kann hier nicht weglaufen, obwohl ich mich so sehr nach Angèle sehne.

Aber ich bin doch nicht krank. Ich bin nicht verrückt.

Ich werde mir nun mein Leben nehmen. Ich weiß noch nicht wie, aber ich will es tun, denn ich halte es hier einfach nicht mehr aus. Diese Geräusche in den Wänden sind einfach fürchterlich, sie machen mir Angst.

Und dann das Ding unter meinem Bett. Das heißt eigentlich ist es nicht unter meinem Bett sondern eher in der Matratze. Vor drei Wochen habe ich es zum ersten Mal gehört als ich versuchte zu schlafen. Es war so ein Geräusch als ob ein Hamster oder eine Ratte in der Matratze säße. Ich nahm meinen Stuhl und schlug auf die Matratze ein, ich schrie laut, dann kamen die Pfleger, banden mich an und gaben mir eine Beruhigungsspritze. Danach wurde ich in die Gummizelle eingesperrt.

Aber ich bin doch nicht verrückt, ich weiß, daß da etwas ist, ich weiß eben nur nicht was es ist.

Aber es macht mir Angst, fürchterliche Angst.

Und dann diese Kopfschmerzen.

Es ist auch etwas in den Wänden. Es kann kein Tier sein, denn es ruft meinen Namen. Jede Nacht höre ich es.

Diese Geschichte hat über 29.000 Wörter, ich habe sie alle gezählt, alle, Wort für Wort, immer dann wenn ich nicht schlafen konnte weil dieses Ding, dieses Etwas meinen Namen rief!

Ich wollte Angèle wäre nun hier.

Oder Nadine, damit ich sie töten könnte.

Aber am liebsten würde ich sie beide töten und danach mich selbst.

Ja, ich denke das wäre schön.

Was kann es denn nur sein?

Aber ich werde mich einfach selbst töten.

Es ist nun dunkel, und ich höre die Pfleger kommen, es wird also Zeit die Seiten hier zu verstecken, ich werde sie in den Schrank unter meine Kleider legen, unter meine weißen Kittel.

Sie wissen nicht, daß ich es geschrieben habe. Und es ist schön ein Geheimnis zu haben, so verdammt schön.

Ich glaube sie kommen näher.

Und dann wird es auch für mich Zeit zu gehen.

Ich höre sie, bald werden sie mein Zimmer kurz untersuchen, und dann wird das Wesen in der Wand wieder meinen Namen rufen.

Ich habe Angst!

Was ist es wohl?

Furcht!

Angst!

Ich höre sie.

Ich denke ich muß jetzt gehen.

Der Snack

Ich wußte sofort, daß der Typ etwas im Schilde führte, ich merkte es daran, wie er sich in meinem Büro umsah. Als er meinen Safe in der Ecke stehen sah, blieben seine braunen Augen eine Sekunde darauf gerichtet, bevor er wieder zu mir blickte.

„Also, Sie sind absolut sicher, daß kein Jeff Brucks hier arbeitet?" fragte er so scheinheilig, daß mancher Priester blaß vor Neid geworden wäre.

„Ja, mein Herr, ich bin mir sicher. Schließlich werde ich ja wohl noch wissen, wen ich hier einstelle, und wen nicht."

Er zeigte mir ein recht freches Grinsen, das gar nicht so recht zu seiner perfekten Frisur paßte.

„Dann entschuldigen Sie bitte die Störung!" sprach er noch, bevor er sich umdrehte und aus meinem Büro verschwand. Er hatte wohl gesehen, daß es in meinem Büro keine Alarmanlage gab, und wenn nicht, diese Typen haben einen sechsten Sinn für solche Sachen.

Mein Gefühl sagte mir, daß ich ihn wiedersehen würde.

Schon bald!

Dann würde er allerdings nicht nach einem 'Jeff Brucks' fragen, sondern versuchen meinen Geldschrank zu plündern, und mein über alles geliebte Geld zu stehlen. Aber ich würde darauf gefaßt sein. Ich wußte, daß ich es nicht zulassen konnte, daß so ein kleiner Strauchdieb mir mein Besitz wegnahm. Vermutlich war der Mann ein Profi, und als solcher würde er sicherlich nicht heute Nacht zuschlagen, nein, sein Gesicht wäre ja dann noch allzugut in meiner Erinnerung, und ich könnte der Polizei ein hübsches Phantombild liefern. Doch irgendwann in den nächsten Tagen würde er bestimmt zuschlagen. Und mit etwas Glück wäre er nicht allein.

Als Teenager hatte ich auch Probleme mit dem Gesetz, vielleicht kannte ich daher solche Typen wie ihn. Ich bin ein reicher Mann, glauben Sie ich wäre es geworden, wenn ich immer anständig gewesen wäre? Oder glauben Sie etwa diesen „American Dream, vom Tellerwäscher zum Millionär-Quatsch"? Ich tat es nie, und ich wurde reich.

Natürlich wäre es von Vorteil gewesen, wenn ich gewußt hätte, wann der Typ zuschlagen würde, doch da ich es nicht wußte, mußte ich mich eben gedulden. Geduld hatte ich ja auch früher.

Ich ging rüber in den Laden um nach dem Rechten zu sehen, und konnte zufrieden zuschauen, wie mein Personal meine Kunden bediente. Das war der Anblick den ich liebte, wenn die Leute ihr Geld ausgaben, um bei mir essen zu können. Und es schien ihnen zu schmecken. Meine Kunden, ach wie sehr ich diese Menschen doch liebte. Ihnen scheint das Essen wirklich zu schmecken, am meisten verkaufe ich meine schönen saftigen Hamburger, doch auch andere Artikel, wie etwa Pommes aber auch meine Salate gehen oft über den Ladentisch. Die Leute aßen an manchen Tagen wie die Wilden. Meine Kasse füllte sich immer mehr.

Nein, dieser Gauner sollten mein Geld nicht kriegen.

Bereits vor vier Jahren, hatten Einbrecher versucht mein Geld zu stehlen, was ihnen aber nicht gelungen war. Trotzdem, ein netter Versuch damals.

Die letzten Kunden gingen nach Mitternacht, und obwohl ich nicht daran glaubte, daß der Spitzbube in dieser Nacht sein Glück versuchen würde, legte ich mich auf die Lauer. Schließlich konnte man es ja nie sicher genug wissen.

Ich habe einen Schrank in meinem Büro, in dem sich die Flinte meines Vaters befindet, die er mir vor Jahren vererbte. Ich nahm die Waffe und vergewisserte mich, daß sie geladen war.

Bereits als kleiner Junge liebte ich dieses Gewehr, oft wenn mein Vater nicht daheim war, nahm ich die Waffe, stellte mich vor einen Spiegel, betrachtete mein Spiegelbild, zielte darauf und rief „Bumm-Bumm".

Doch eines Tages löste sich ein Schuß, und der Spiegel sprang in tausend kleine Scherben. Mein Gott, was war ich damals erschrocken, und wie sehr hat mein Vater mich verprügelt.

Eigentlich seltsam, ich schoß noch nie auf einen Menschen. Eigentlich hatte ich dies ja auch nicht vor, und ich hoffte, daß es auch beim Einbrecher nicht nötig sei. Mit dem Gewehr in der einen, einem Buch in der anderen Hand, machte ich es mir in dem Sessel bequem. Ich wollte auf den Dieb warten.

Damit das Zimmer nicht zu hell war und ihn eventuell abschreckte, benutzte ich eine kleine Leselampe.

Ich wartete mit meinen Buch, doch selbst über dem Lesen verstrich die Zeit nur sehr langsam. Ich fühlte eine gewisse Müdigkeit hochsteigen, doch ich wußte, daß ich auf jeden Fall versuchen mußte Wachzubleiben, und plante mir dann am anderen Tag mehr Zeit mit meiner Arbeit zu lassen. Als sein eigener Chef kann man sich solche Sachen eben erlauben. Der Zeiger der Uhr drehte nur sehr langsam, doch ich wartete geduldig. Dann, nach langem Warten brach der Morgen an, und leider war der Bastard nicht aufgetaucht. Aber vielleicht plante er ja in der nächsten Nacht zu kommen. Nachdem ich daheim einige Stunden geschlafen hatte, genauer gesagt war es bereits Mittag als ich aufwachte, fuhr ich sofort zu meinem Lokal um dort nach dem Rechten zu sehen. Dort war alles in bester Ordnung. Die Kunden waren wie immer zufrieden, und ließen ihr Geld bei mir. Ich liebte es diesem Pöbel nachzuschauen wie er mich reicher macht. Und schon bald, so hoffte ich damals wenigstens, würde ich es noch mehr genießen. Sobald ich diesen potentiellen Einbrecher geschnappt hätte. Ich wußte, daß dieser Typ es nicht wagen würde meinen Laden am hellichtem Tage auszurauben, dafür hatte ich stets zu viele Kunden und Angestellte im Haus, und auch so manche Polizeistreife holte sich bei mir eine Kleinigkeit zum Essen. Nein, es war nicht anzunehmen, daß der Kerl so blöde war.

Im Büro erledigte ich wie immer meine Arbeit, insbesondere kümmerte ich mich um die Buchhaltung, und rechnete mir aus, wieviel Geld ich, in groben Zügen, zu meinem Vermögen hinzuverdient hatte. So fand wieder ein lukrativer Tag sein Ende.

Auch die zweite Nacht die ich mir um die Ohren schlug war vergeblich. Es wurde mir immer klarer, daß der Einbrecher Geduld hatte. Aber ich auch. Natürlich hoffte ich, daß er noch käme, es wäre ja sonst Schade. Auch nach dieser Nacht mußte ich mir daheim einige Stunden Schlaf gönnen, ich war ja schließlich auch nicht mehr der Jüngste.

Wieder ausgeruht ging ich meinen Pflichten nach, und kehrte in mein Büro zurück. Der übliche Papierkram.

Wissen Sie, manchmal, denke ich daran zurück wie alles anfing, und es belustigt mich.

Das waren noch Zeiten.

Da zu diesem Zeitpunkt die Konkurrenz ziemlich groß war, mußte ich meine Preise unter denen von anderen Anbietern festlegen, dies war allerdings nur sehr schwer möglich, weil ich am Anfangsstadium doch noch eine Menge Unkosten hatte, wie zum Beispiel einen Kredit bei einer Bank. Und doch habe ich es geschafft.

Wollen Sie wissen wie?

Ich besaß zu diesem Zeitpunkt eine kleine Rattenzucht in meiner Wohnung. Es ist schon bemerkenswert wie schnell diese kleinen

Viecher sich vermehren können. Und ihre Unterhaltskosten sind extrem niedrig.

So habe ich also, meist Nachts, das Hamburgerfleisch mit dem Rattenfleisch aus eigener Produktion gestreckt, und das gleiche tat ich auch mit dem Fleisch meiner Würste. Den Leuten hat es damals wohl geschmeckt, denn sie kamen immer wieder. Manchmal hatte auch so manche Katze sich in mein Haus verirrt, vermutlich wurden sie durch den Geruch der Ratten angezogen, und auch die Katzen wurden verarbeitet. Und einige wenige Male besorgte ich mir Hunde (ich stahl sogar den Pudel meiner Nachbarin Nachts aus ihrem Garten) und verwandelte sie in wohlschmeckendes billiges Fleisch.

Ob es den Kunden wohl auch so gut geschmeckt hätte wenn sie gewußt hätten von wo die Beitaten meiner Hamburger herstammten?

Aber sie wußten es nicht.

Niemand wußte es bis jetzt.

Mit gefälschten Rechnungen gaukelte ich der Steuerverwaltung dann den Kauf von 1a Rindfleisch vor, das so ersparte Geld benutzte ich um meine Bankschulden zurückzuzahlen.

Hätte ich damals Skrupel gehabt, so wäre ich vermutlich nicht reich geworden.

Mit der Zeit stellte ich meine Tätigkeit dann doch ein, man muß eben immer wissen wann man aufhören soll. Nur noch manchmal arbeite ich mit diesen Tricks, dann jedoch meist nicht aus Geldgier, sondern nur aus Spaß.

Stellen Sie sich mal vor, man hätte mich damals erwischt, was glauben Sie wohl, was hätte das wohl für einen Skandal gegeben. Das wäre mein Ruin gewesen!

Aber niemand hat mich erwischt. Und keiner meiner Kunden ist an einem Stück Fleisch von mir gestorben.

Ja, sicherlich hätten die Leute sich über meine Kochkünste geärgert. Aber ich frage mich warum. Warum sind die Leute denn nur so pingelig? Was wäre denn schon dabeigewesen, wenn sie gewußt hätten, daß sie gerade eine Ratte verspeisten?

Im Krieg taten sie es doch auch.

Ja, stellen Sie sich mal vor die Leute würden sich nicht vor Rattenfleisch ekeln, dann hätte ich doch getrost auf meine Leuchtreklame schreiben können: 'Mr. Rommel, täglich frisches Rattenfleisch.'

Und die Leute hätten dann solche Bestellungen wie: 'Einmal Ratte mit Pommes, die Ratte bitte nur halbdurch, und könnten sie vielleicht ein Stück Käse und ein paar Zwiebeln beilegen? Und geben Sie mir bitte eine große Cola ohne Eis...',als normal empfunden.

Aber leider sind die Leute nicht so, und ich mußte die kleinen Nager heimlich ins Fleisch tun. Aber geschmeckt hat es ihnen trotzdem.

Ich sehe noch immer die Bilder vor mir, als die Gäste den Hamburger gierig zwischen ihren Händen hielten und, beinahe ekelerregend hineinbissen, so daß auf der anderen Seite des Hamburgers die Soße zum Vorschein kam, und entweder auf dem Tisch oder der Hose des Esser seine Spuren hinterließ.

Aber wer weiß, vielleicht sind Ratten ja gesund.

Mag ja sein, daß einige Vitamine drin sind.

Nachdem mir klar wurde wie sehr ich mich in die Vergangenheit zurückversetzt hatte, fand ich schnell in die reale Welt zurück.

Ja, in dieser Nacht würde ich wieder auf den Strolch warten.

Soll er doch nur kommen.

Das würde ein Spaß werden.

Aber nur für mich!

Wie bereits gewohnt, wurde es nach Mitternacht bis der letzte Kunde meinen Laden verließ. Danach gingen auch meine Bediener, und ich blieb wie bereits seit den letzten beiden Tagen, alleine im Büro. Ich schloß das Geld der Kassen in den Safe ein, dann holte ich mir ein Buch, die Lektüre der beiden anderen Nächte hatte ich bereits gelesen, und fand eines, das irgendeiner meiner Arbeiter mir mal für meinen Geburtstag geschenkt hatte. Dann holte ich mir zum dritten Mal mein geliebtes Schießgewehr.

Ich setzte mich in das Nebenzimmer und begann bei gedimmten Licht die Geschichte in meinem Buch zu lesen. Zu meinem Erstaunen mußte ich feststellen, daß es sich um eine blöde Liebesgeschichte handelte. Wieso hatte mir dieser jämmerliche Arbeiter ein Buch über Liebe gekauft?

Mir, der nie geliebt hat.

Das heißt, mit einer Ausnahme. Aber das ist schon sehr lange her. Zu lange um darüber zu schreiben.

Doch bereits damals erkannte ich, daß keine Frau der Welt einem mehr geben kann, als man kaufen kann.

Damals, nach der Trennung beschloß ich reich zu werde. Im Leben bekommt man nichts geschenkt, sondern nur genommen.

Ich legte das Buch beiseite, es war ja ein Schrottbuch.

Liebe!

Was ist das schon?

Liebe kann man kaufen!
Alles kann man kaufen!
Hätte ich diesen Angestellten nicht schon lange gefeuert, so hätte ich es bestimmt am nächsten Tag gemacht.

Als ich das Gewehr so neben mir stehen sah, mußte ich wieder an meinen Vater denken.

Was waren wir damals doch für eine arme Familie. Ich hatte nie ein Fahrrad oder so was, das jämmerliche Gehalt meines Vaters war zu klein. Ach, wie sehr beneidete ich doch meine Freunde die ein Fahrrad von ihren Eltern geschenkt bekamen.

Mein Vater war arm.

Aber er war ein *ehrlicher* Mensch.

Ein *ehrlicher* und *anständiger* Mensch.

Er war ein *Feigling!*

Wäre er so wie ich gewesen, dann hätte er im Wohlstand gelebt. Und ich wie auch meine Mutter mit ihm. Was ist man schon als armer Mann, wenn man sich nichts leisten kann

'Geld macht nicht glücklich.' sagte mein Vater immer; typisches Habenichts-Geschwätz.

Nichts besitzen macht auch nicht glücklich.

Dann bin ich doch viel lieber reich.

Ich kann in teuren Restaurants essen, mir gute Kleider leisten, einen hübschen Wagen fahren, und so manche lustige Nacht mit einigen Frauen verbringen. Hätte ich wohl damals nicht meine Liebe verloren, dann wäre ich wohl genauso ein Verlierer geworden wie mein Vater. Ich hätte wohl ein paar Kinder, denen ich nichts hätte kaufen können, und dazu noch einen Haufen Probleme am Hals.

Meine Augen richteten sich auf das Buch. Kann man wirklich alles kaufen?

Kann ich Liebe kaufen?

Ich denke schon. Aber es ist mir egal. Ich brauche keine Liebe. Ich habe alles was ich will, und ich bekam auch immer alles was ich brauchte.

Liebe ist unwichtig.

Ein Geräusch riß mich aus meinen Gedanken. Das Geräusch einer splitternden Glasscheibe. Er war gekommen. Ja, es war die Scheibe meines Büros die zerbrochen war.

Er war da.

Endlich!

Ich spürte eine leise Freude in mir aufsteigen, und ich nahm mein Gewehr. Ich hoffte, daß ich nicht schießen müßte, ich wollte den Kerl nicht erschießen. Nur im Notfall, wenn es sich wirklich nicht vermeiden ließe.

Ich knipste das Licht aus und schlich mich sehr vorsichtig zur Tür. Ich fühlte eine gewisse Aufregung in meinem Magen.

An der Tür angekommen legte ich vorsichtig mein Ohr gegen die Tür, um so zu lauschen was im Büro vor sich ging.

Er war da.

Aber ich hörte noch weitere Geräusche die nicht von ihm alleine stammten. Geflüster. Sie waren bereits zu zweit. Ich bemerkte ein leises Zittern in meinen Knien, dazu ein seltsames Gefühl in meinem Magen. Es war wohl die Freude, daß er endlich erschienen war und sogar einen Kumpanen mitbrachte.

Ich hob, noch immer an der Tür lauschend, mein Gewehr an und machte mich bereit in das Arbeitszimmer einzudringen. Die zwei ließen nur leise Schritte von sich hören, doch dann vernahm ich ein weiteres Plumpsen, dazu leises Splittern von Glasscherben, welche wohl vor dem Fenster meines Zimmers lagen. Ohne Zweifel, es war noch ein dritter hinzugekommen.

Durch den Spalt der Tür, welcher sich unter meinen Füßen befand, konnte ich den Lichtstrahl von Taschenlampen vorbeihuschen sehen. Ich wußte, daß gleich der Moment kommen würde die Tür aufzureißen und das Gewehr auf sie zu richten, aber zuerst wollte ich sicher sein, daß kein vierter Mann kam.

Der Vorteil, die Sekunde der Überraschung, lag ganz eindeutig auf meiner Seite. Bevor die Gauner wußten was los wäre, hätten sie schon nicht mehr die Möglichkeit sich gegen meinen Schießprügel zur Wehr zu setzen. Ich nahm nochmals tief Luft. Dann ließ ich meine Hand langsam zur Türklinke gleiten. Meine Finger umschlossen den kalten Griff der Klinke, alles weitere geschah in Sekundenschnelle. Ich riß mit meiner Linken die Tür auf und betätigte den Lichtschalter. Das Zimmer wurde sofort hell.

„Hände hoch! Und keine Bewegung!" rief ich den Spitzbuben zu.

Ich sah mir die drei an, einer saß vor dem Tresor, die beiden Anderen saßen daneben. Einer von ihnen hielt eine Taschenlampe, er richtete den Strahl nach oben. Sie sahen mich alle Drei blöde an. Und sie sahen blöde aus. Sehr blöde. Es war still im Zimmer und ich genoß es im ihre blöden Gesichter zu schauen.

„Bitte nicht schießen." flehte einer der drei und unterbrach so die Stille. Es war der Kerl mit der Taschenlampe in der Hand.

„Nur wenn es sein muß." gab ich ihm als Antwort.

Der Typ der vor dem Safe saß war derjenige, der sich in meinem Büro nach einem gewissen Jeff Brucks erkundigt hatte. Er sah nicht gerade fröhlich aus. Genauer gesagt schien keiner der drei fröhlich zu sein. Da sich noch immer niemand von den drei irgendwie bewegt hatte, wiederholte ich den 'Hände Hoch-Befehl'.

Und diesmal hoben sie die Hände hoch. Ihre Hände hoben sich langsam nach oben, Hände mit 'langen Fingern'.

„Steh auf!" befahl ich dem Kerl der es sich vor meinem Safe bequem gemacht hatte. Dabei war der Lauf meiner Flinte auf ihn gerichtet.

Er folgte meinen Worten.

Er tat es weil er leben wollte.

Wer will das nicht?

Alle drei hielten die Hände in die Luft.

„Ja keine Dummheiten!"

Ich betrachtete die drei. Jener der am nächsten zu mir stand, war ohne Zweifel der Schwerste. Er war kräftig gebaut und hatte auch recht breite Schultern, dazu schulterlanges blondes Haar. Ich konnte sehen wie seine Augen, ich glaube sie waren himmelblau sich mit Tränen füllten. Entweder war es Angst oder Enttäuschung, daß der Raub nicht geklappt hatte, oder aber auch beides.

Der dritte im Bunde wirkte ziemlich ungepflegt im Vergleich zu dem Typen welcher sich bei mir im Büro erkundigt hatte, sicherlich hatte er seine braunen Haare schon lange nicht mehr gewaschen. Er war auch der kleinste des Trios. Er machte sich scheinbar aber nichts daraus, daß er erwischt wurde.

„Was werden Sie mit uns tun?" fragte der Ungepflegte. Seine Stimme blieb ruhig und gelassen.

„Das werdet Ihr sehen." erwiderte ich. „Kommt jetzt erstmals mit."

Ich ging zwei Schritte nach vorne, behielt die Kerle aber im Auge und senkte keine Sekunde den Lauf meiner Flinte aus ihrer Richtung.

Ich nickte mit dem Kopf in Richtung Tür. „Da raus!" befahl ich.

Der erste des Trios, es war der Blonde, bewegte sich in die Richtung Tür. Dann folgte ihm der Ungepflegte, und schließlich der Braunhaarige der schon einmal zuvor in meinem Büro war. Vor der Tür hielten sie alle drei an.

„Los, weitergehen!" wiederholte ich mich in strengem Ton.

„Und paßt auf was ihr macht. Sonst muß ich euch erschießen. Von hinten in den Kopf."

Keiner antwortete sondern sie taten das was ich ihnen befohlen hatte. Der Erste ging durch die Tür, und es folgte der Zweite. Dem Dritten drückte ich den Lauf meiner Flinte in den Rücken. Ich würde schießen wenn es sein müßte, und alle drei wußten sie es. Und keiner von ihnen versuchte eine Dummheit, vielleicht hatten sie sich ja schon mit dem Gedanken vertraut gemacht im Knast zu landen.

Doch ich hatte nicht vor die drei der Polizei auszuliefern. Mehr als ein ‚Dankeschön' bekommt man von denen ja doch nicht.

„Jetzt nach links!" rief ich dem Ersten in der Reihe zu.

Er gehorchte und bog im Flur nach links ab. So kam es, daß wir uns alle vier vor dem Kühlraum befanden.

„Öffne die Tür!" befahl ich dem Blonden, weil er sich noch immer als Erster in der Reihe befand.

Der Blonde sah sich die Tür an und sein Blick fiel auf das Thermometer.

„Aber da drin sind ja –25 ° Celsius, wir werden erfrieren. Das können sie doch nicht mit uns tun." sagte er schüchtern.

„Ihr werdet nur solange drin sein bis die Polizei hier eintrifft. Und jetzt keine Widerrede, sondern öffne diese verdammte Tür, bevor ich dich erschießen muß!" gab ich ihm als Antwort.

Seine Hand umschloß den Griff der schweren Eisentür, ich merkte, daß er zögerte, daß er Angst hatte, aber er wußte, daß er keine Chance hatte.

Angst. Er hatte Angst.

Kann man Angst kaufen?

Die schwere Spezialtür ließ sich nur sehr schwer öffnen. Ein sehr kalter Lufthauch kam uns entgegen, schließlich trat doch der erste der Diebe ein, dann der zweite und schließlich der dritte.

Ich schloß die Tür hinter ihnen ab, da es unmöglich ist sie von innen zu öffnen, konnte ich sicher sein, daß die Gauner nicht flohen.

Dann betrachtete ich die Kerle durch die kleine in der Tür eingefaßte Fensterscheibe die oberhalb des Thermostats war. Zwischen den gefrorenen Hamburgern und Würsten hatten sie sich zusammengekauert, die Arme um die Brust geschlungen, und die Beine angezogen. Sie waren gerade mal drei Sekunden drin und schon war es ihnen kalt geworden.

Kein Wunder bei –25°.

Ich ging zurück in mein Büro und fegte die Scherben der Glasscheibe zusammen. Bald schon würden die drei erfroren sein.

Pech für sie.

Da ich mein Gewehr ja vorläufig nicht mehr brauchte lehnte ich es gegen die Wand. Alles ging wie geplant. Kein einziger Schuß. Ich nahm noch etwas auf meinem Sessel platz.

Diese Zeit des Wartens kam mir länger vor als die drei Nächte wo ich auf die Gauner gewartet hatte, aber die Zeit verging.

Zeit vergeht immer.

Zeit gehört zu den wenigen Dingen, die man sich nicht kaufen kann. Leider.

Als einige Stunden vergangen waren, ging ich zurück zum Kühlraum. Ich schaute zuerst nochmals durch die Glasscheibe ins Innere, die drei Kerle saßen immer noch dicht nebeneinander in der Ecke, immer noch die Beine angezogen und die Arme um die Brust geschlungen. Obwohl ich sicher war, daß die drei erfroren waren, zog ich es vor, doch lieber noch eine Weile zu warten.

Ich wollte nichts riskieren.

Als ich mich dann zu einem späteren Zeitpunkt entschloß die Gauner zu besuchen, öffnete ich die Tür und trat ein. Sie saßen da, still, ihre Haut leuchtete blau und ihre Lippen hatten sich violett gefärbt. An ihren Haaren und an ihren Nasen hatten sich Eiszapfen gebildet. Sie starrten mich still an, schienen fragen zu wollen: „Warum?", doch sie konnten nicht mehr fragen. Sie waren Tot. Erfroren.

Ich stieß einen des Trios sanft mit meinem Fuß gegen sein Gesicht. Er war hart. Steinhart gefroren.

Dann betrachtete ich sie ein weiteres Mal.

Der Kerl der sich in meinem Büro vorgestellt hatte wog so um die 140 Pfund, den Blonden schätzte ich auf ein Gewicht von 170 Pfund, während der dritte es auch noch Mal auf 140 bringen konnte.

Das würde dann zusammen 450 Pfund ausmachen.

Das war gut, die Typen welche das gleiche schon einmal vor einigen Jahren versucht hatten, brachten es knapp auf 300 Pfund.

450 Pfund. Ein gutes Geschäft.

Und mit etwas Glück konnte ich auch noch Geld bei ihnen finden, aber auch Armbanduhren und Schmuck sind nicht schlecht.

450 Pfund Fleisch.

Gut, ich würde den Rest der Nacht damit verbringen den Dieben die Köpfe zu rasieren, sie auszuziehen und sie in Hackfleisch zu verwandeln, doch 450 Pfund gespart, das ist doch etwas.

Ja, und das ist das Geheimnis meines Erfolges, lieber Leser: ‚Gespart ist gespart, und Geschäft ist Geschäft. Beides miteinander zu verbinden ist immer positiv.'

Die Kunden werden nichts merken, sie merkten ja auch nichts als ich die beiden Gauner vor einigen Jahren verfütterte.

Wenn die Leute wissen würden, was in Hamburgern so alles drinstecken kann.

Dumm, daß die Leute sich vor Menschenfleisch ekeln.

Für mich sind 450 Pfund Fleisch gespart doch lukrativ.

Man wird eben nicht einfach so reich.

Ich nahm ein Fleischermesser in die Hand und begann mit meiner Arbeit.

Schade, daß die Leute draußen nur unbewußt Menschenfleisch essen.

Sonst hätte ich getrost auf meine Leuchtreklame schreiben können: 'Mr. Rommel, täglich frisches Menschenfleisch. Wir wünschen Ihnen einen guten Appetit.'

Der Friedhof

„Hey Sie! Ja, Sie. Wollen Sie ein Geheimnis sehen, etwas ungewöhnliches, etwas was nur einige wenige Menschen wissen, aber etwas was es wirklich gibt, und nur sehr wenige kennen? Ja? Gut, sehr gut! Dann folgen Sie mir! Haben Sie keine Angst. Sie brauchen sich nicht zu fürchten, Sie können Ihnen nämlich nichts tun. Gar nichts. Aber kommen Sie ruhig. Gehen Sie mit mir. Es ist nicht weit, nur hier bis um die Ecke. Und ich garantiere Ihnen, so etwas haben Sie bestimmt noch nicht gesehen. Gehen Sie nicht so schnell, ich bin ja schon nicht mehr der Jüngste, und wir haben noch Zeit, Sie brauchen sich nicht zu beeilen. Vielleicht glauben Sie, ich wäre verrückt, aber ich bin es nicht. Sie werden es mit eigenen Augen sehen."

„Was es ist? Ein Geheimnis. Ein besonderes Geheimnis was nur solche Menschen wie ich kennen, und ich möchte es Ihnen zeigen. Warum? Nun, das weiß ich nicht. Wahrscheinlich weil ich alt bin, ja, alt und einsam. Aber vielleicht habe ich auch Angst alleine zu sein, obschon ich weiß, daß sie mir nichts tun können."

„Wo wir hier sind? Ganz einfach, ein Schrottplatz. Genauer gesagt ein Autoschrottplatz. Oder sollen wir sagen, ein Autofriedhof? Ja, ich denke das ist der beste Begriff! Autofriedhof."

„Dies ist mein Schrottplatz. Ja, meiner, seit vielen vielen Jahren schon. Viele Tage verbrachte ich hier, bediente Kunden, und verdiente mein Geld damit, indem ich Sachen verkaufte welche andere Leute nicht mehr gebrauchen konnten, oder auch nicht mehr wollten. Sehen Sie, es ist Vollmond. Sie kommen immer bei Vollmond. Ich weiß nicht warum, aber sie tuen es. Vielleicht besitzt der Vollmond doch mehr Bedeutung als wir glauben. Kommen Sie, wir gehen dahin. Ich weiß nicht ob sie uns sehen können, aber ich denke man kann nie vorsichtig genug sein. Bald werden sie hier sein. Ich fühle es. Ich habe sie schon so oft beobachtet, und jedesmal war es das gleiche. Hören Sie den Wind, lauschen Sie ihn. Und dann können Sie sie auch hören."

„Nein, gehen Sie nicht! Bleiben Sie, nur noch ein paar Minuten. Bitte! Sie werden sehen, Ihre Geduld wird sich auszahlen. Bleiben Sie still und lauschen Sie. Was hören Sie? Nichts? Das kann nicht sein. Lauschen Sie, bleiben Sie ruhig und hören Sie dem Wind zu. Er wird die Stimmen zu Ihnen tragen. Jetzt hören Sie es. Wie ein

Wimmern? Und von wo kommt es? Aus dieser Richtung. Ja, Sie hören richtig. Es kommt aus dem Wagen da."

„Aber lassen Sie mich erzählen, ich bin froh wenn ich etwas erzählen kann. Ja, das Wimmern kommt aus diesem Wagen, der Mann dem dieses Auto gehörte rammte gegen einen Lastwagen und er wurde eingeklemmt. Als der Rettungsdienst ihn befreien wollte starb er. Aber was Sie hören können ist sein Wimmern. Und jetzt, hören Sie die Schrei? Ja? Sehen Sie das Automobil ganz links. Nein, Sie irren sich nicht, und Sie sind auch nicht verrückt, da drin bewegt sich wirklich was. Es ist der törichte Jugendliche, der in einem Geschwindigkeitswahn sein Leben durch einen Unfall verlor. Können Sie ihn sehen? Ja? Sehen Sie seinen Schädel, der in der Mitte gespalten ist, und sehen Sie sein Gehirn? Ich weiß, es sieht schrecklich aus. Aber es ist nun mal so. Ja, sie schreien alle. Sie starben alle bei einem Unfall, und sie sitzen immer noch in ihren Wagen, das heißt ihre Seelen sind immer noch drin. Und sie kommen nicht raus, sie sind gefangen. Gefangen für die Ewigkeit. Warum Sie schreien? Nun, das weiß ich auch nicht, aber ich glaube sie haben noch immer Schmerzen. Sie sind noch immer in dem Moment wo sie starben. Sie sind hilflos. Ja, sehen sie sich an. Ich sah sie schon alle. Dieser da, er ist in seiner Karre verbrannt, und diese junge Frau ging mit dem Kopf durch die Windschutzscheibe. Sie war betrunken und zudem nicht angeschnallt. Ein törichter Fehler. Haben Sie keine Angst. Ja, sie schreien. Sie schreien weil sie Schmerzen haben. Seien sie still, hören Sie sie schreien, hören Sie ihnen gut zu."

Bald gehen sie wieder. Aber sie werden nicht wirklich gehen, sie werden nur nicht mehr sichtbar sein für uns, und ihre Schreie können wir nicht mehr hören. Aber sie sind immer noch da. Bloß wir können sie eben nicht sehen."

„Hören Sie? Es ist ruhig geworden. Nur ihre Schatten sehen sie noch kurz in den Wagen huschen, aber bald können wir sie auch nicht mehr sehen. Bald wird es so sein, wie es am Tage ist. Ein unscheinbarer Autofriedhof. Manchmal hörte ich sie schon am Tag. Aber immer nur ganz kurz und nur dann wenn ich alleine war und mich konzentrierte. Aber jetzt ist es still geworden. Kommen Sie. Ich habe Ihnen gezeigt, was ich Ihnen zeigen wollte. Ich weiß jetzt, daß ich nicht verrückt bin und mir die Sachen nur einbilde. Haben Sie keine Angst mehr. Es ist mir klar, wie es ist, wenn man so etwas zum ersten Mal sieht, ich erlebte es ja auch. Damals war ich zwar noch ein recht junger Bursche, und machte mir beinahe vor Angst in die

Hosen, aber ich überlebte es. Und Sie haben es ja jetzt auch überstanden."

„Warum ich Ihnen dieses Geheimnis zeigte wollen Sie wissen? Nun, eigentlich sollte ich es Ihnen nicht sagen, das heißt eigentlich dürfte ich es Ihnen nicht sagen, aber ich bin ein alter Mann und ich kann sowieso nicht mehr viel verlieren. Darum will ich es tun. Sehen Sie diesen Platz, neben dem rotem Auto, ja, genau daneben. Was sehen Sie? Nichts? Das ist richtig so. Da steht nichts. Aber das wird sich bald ändern. Bald wird ihr Wagen da stehen, und Sie werden darin gefangen sein, und schreien. Lachen Sie nicht. Ich mag es nicht wenn man über mich lacht. Das war kein billiger Trick. Das was ich Ihnen zeigte ist wahr. Real! Sie glauben mir nicht? Gut, gehen Sie! Und lachen Sie ruhig. Woher ich es wissen soll? Nun das ist ein Geheimnis. Ein solches Geheimnis wie nur einige wenige kennen."

„Schütteln Sie ruhig denn Kopf und lachen Sie. Dies ist nur ein Schrottplatz. Ein Autoschrottplatz. Oder genauer gesagt, wie ich es schon erwähnte, ein Autofriedhof."

„Auf Wiedersehen! Und wir werden uns wiedersehen. Bald schon! Sehr bald. Aber für Sie bin ich einfach nur ein alter Mann."

Angela

Eigentlich beginnt diese Geschichte so, wie die meisten Geschichten im Leben beginnen, durch Zufall. Durch reinen Zufall.

Angela sah sich den Fahrplan an. Sie hatte noch eine halbe Stunde Zeit bis ihr Bus fuhr. Sie haßte es den Bus nehmen zu müssen, doch seitdem ihr Mann Steve seine Arbeit auf der Bank verloren hatte und er nun nur noch als Bürohilfskraft einen Job fand, konnten sie sich keine zwei Wagen mehr leisten, und so mußte sie notgedrungen doch den Bus nehmen wenn sie das Haus verließ, und sich in die nächstgelegene Stadt begeben wollte. Aber es war kalt, sehr kalt sogar. Eine halbe Stunde in der Kälte stehen gehört wohl nicht zu den angenehmen Sachen im Leben, und so beschloß sie die Gaststätte auf der anderen Seite des Bahnhofes aufzusuchen um sich wenigstens ein warmes Glas Schokolade zu gönnen.

Sie schritt schnell über die Straße, ging in die Richtung der Gaststätte, zog die Tür auf und begab sich ins Innere. Ein Hauch von Zigarettenrauch stieg ihr in die Nase als sie eintrat, sie sah sich nach einem freien Tisch um, fand schnell einen, da momentan nicht soviel Betrieb in der Wirtschaft war, ging dahin, zog ihren Mantel aus, legte diesen auf den Sitz und nahm Platz. Die Wärme hier war angenehm, ja eigentlich empfand sie alles was sich hier befand als angenehm, die Musik war nicht zu laut, es war nicht sehr viel los, eigentlich war es eine ganz angenehme Atmosphäre. Angela sah sich um. Nein, es waren wirklich nicht sehr viele Leute hier. Der Kellner erschien und fragte was sie wohl trinken möchte. Angela bestellte die heißersehnte warme Schokolade.

Obwohl nicht sehr viel Betrieb war, so war es doch so, daß Leute kamen und gingen.

Angela saß mit dem Rücken zur Tür, und wahrscheinlich war das der Grund weshalb sie ihn nicht sofort sah sondern weiterhin in Gedanken versunken blieb. Sie dachte an ihren Mann Steve. Sie fragte sich, ob sie ihn wohl liebte.

Sie wußte es einfach nicht. Nein, sie wußte es einfach nicht. So sehr sie sich auch bemühte eine Antwort zu finden, es gab einfach keine Antwort auf diese eine Frage. Steve war ein Säufer geworden, das war auch der Grund warum er seine Arbeitsstelle auf der Bank verloren hatte, und vermutlich war dies auch der Grund warum sie sich hier diese Frage stellte.

Doch da war auch noch Joe, ihr Kind. Steve hatte es schon oft geschlagen, dann wenn er betrunken nach Hause kam und dafür haßte sie ihn auch. Ach wie gerne wäre sie von zu Hause weggelaufen, hätte Joe einfach unter den Arm genommen und sich irgendwo anders hin begeben. Aber wohin? Sie hatte einfach niemanden, es war einfach keiner da. Es gab einfach keinen Ort an den sie hinflüchten konnte, es gab einfach kein Versteck und scheinbar gab es auch keinen Ausweg.

Das Glas warme Schokolade wurde ihr gebracht. Sie bedankte sich beim Kellner und trank einen Schluck der warmen braunen Flüssigkeit. Sie spürte die Wärme in ihrem Magen. Angela lehnte ihren Kopf leicht zurück und ihr Blick wanderte über die anderen Sitzplätze.

Sie kannte diese Gaststätte, denn sie war früher sehr oft hier gewesen, früher, bevor sie Steve kennengelernt hatte und bevor sie denn Fehler machte ihn zu heiraten.

Es war mit Jack.

Jack war ihr erster Freund gewesen. Und Jack war anders als Steve. Ja, Jack, den hatte sie geliebt und manchmal an einsamen Nächten, wenn Steve mit seinen Freunden unterwegs war, und sie alleine zu Hause im Bett lag, da sehnte sie sich noch nach Jack. Nach all den vergangen Jahren, den vielen Tränen, nach allem was gewesen war, immer wenn sie sich einsam fühlte, ja dann dachte sie an ihn.

Sie wünschte sich sehr oft, es wäre nie so gekommen, aber es war so gekommen.

Erneut ging ihr Blick über die anderen Sitzplätze, denn sie mochte es die anderen Gäste zu beobachten.

Plötzlich schien Sie der Schlag zu treffen.

Saß da nicht, keine zwei Sitze von ihr entfernt, die Person an welche sie erst noch vor wenigen Sekunden gedacht hatte?

War das nicht Jack?

Angelas Herz schien stehen zu blieben.

Sie nahm tief Luft.

Die Person die sie als Jack hielt starrte sie ebenfalls an.

War er es?

Sie wußte es nicht.

Es waren so viele Jahre vergangen, so viele Tränen geflossen. Und all die Jahre hatte sie etwas so vermißt, ein Bild von Jack, ein Foto von ihm. Natürlich hatte sie zuerst einige Bilder von Jack auf denen er mit ihr drauf war, doch Steve verbrannte diese an einem sehr miesem Tage.

Jedenfalls sah der Mann der sich keine zwei Plätze von ihr entfernt befand genau so aus wie Jack.

War er es?

Angela wußte es nicht.

Aber sie wußte das es möglich sein könnte.

Erneut sah sie auf diese Person welche sie für Jack hielt und zu ihrem Entsetzen erkannte sie, daß er sie auch ansah.

Verlegen schaute sie zu Boden.

War er es?

„Hallo Angela! Kennst du mich noch?“

Da wußte sie, daß er es war, sie wußte es nun, denn warum sonst wohl wäre er zu ihrem Tisch gekommen?

„Hallo Jack!“

„Darf ich mich zu dir setzen?“

Angela sah in nicht an, da sie sich leicht schämte.

„Natürlich, setze dich ruhig Jack.“

Jack nahm am Tisch Platz. Die Beiden saßen sich nun gegenüber. Jack hatte sein Glas Cola mitgebracht. Erst jetzt bekam Angela den Mut ihn anzusehen.

Ja, er war es.

Natürlich war er einige Jahre älter geworden, hatte einige grau Haare bekommen, doch er war es immer noch, er war es, Jack, nachdem sie sich all die Jahre gesehnt hatte, es war wirklich Jack, denn sie immer noch liebte, es war der Jack, den sie so oft an ihrer Seite erhoffte wenn sie morgens aufstand doch statt dessen nur Steve vorfand.

Damals, als Jack sich von Angela getrennt hatte, ja so war es wirklich gewesen, Jack hatte Angela nach einem Streit aus der gemeinsamen Wohnung geworfen, hatte er sie noch so oft versucht zurück zu erlangen. Jack hatte sie oft angerufen, um Entschuldigung gebeten, sie angefleht ihm doch zu verzeihen, aber alles vergeblich. Doch einige Jahre später war es Angela die eine solche Sehnsucht nach Jack hatte, aber sie hatte einfach nicht den Mut ihn anzurufen. Sie wußte ja nicht einmal wo sie ihn finden sollte, hatte einfach keinen Anhaltspunkt.

Und nun war er wieder da.

Jack saß vor ihr, der Jack den sie einst liebte, derjenige dem sie damals keine Chance mehr gab und sich dafür so viele Vorwürfe machte.

„Und wie geht es dir so?" wollte Jack wissen.

Angela fragte sich was sie ihm wohl Antworten sollte. Sollte sie etwa sagen, daß er ihr so sehr gefehlt hat nach all den Jahren, oder sollte sie ihn anlügen und ihm erzählen, daß sie glücklich mit Steve verheiratet wäre?

Was sollte sie ihm antworten?

„Danke, es geht!" Ja, sie empfand das als sehr kluge Antwort. Schließlich hatte sie ja nicht gesagt, daß es ihr gut gehen würde oder so, sie behauptete ja auch nicht, daß sie zufrieden wäre mit ihrem Leben.

„Das klingt aber nicht so sehr überzeugend!"

Angela erschrak. Wußte er es? Wußte er wie unzufrieden sie war? Hatte er es etwa an ihrer Stimme erkannt?

„Wie geht es dir denn so, Jack?" So wollte sie von Jacks Bemerkung ablenken, wollte nicht, daß er noch mehr bohrende Fragen stellte, und es interessierte sie, wie es dem Mann ging, welcher eigentlich an ihre Seite gehört hatte.

„Danke Angela, mir geht es gut, sehr gut sogar, das heißt mit einer einzigen Ausnahme, du fehlst mir immer noch."

Erschrocken sah Angela Jack an, der sie verlegen angrinste.

Diese Worte trafen Angela wie einen Dolchstoß, sie hatte wirklich nicht damit gerechnet, daß sie an diesem kaltem Wintertag diese Worte hören sollte die sie seit so langem vermißte.

Wie lange war es her, daß sie diese Worte zum letzten Male gehört hatte? Sie wußte es nicht mehr, aber es war lange her.

Einige Wochen nachdem Jack Angela verlassen hatte, da rief er sie an, und jedesmal waren es die gleichen Worte, jedesmal weinte er in den Hörer und flehte sie an zurückzukommen, er sagte, daß es ihr leid täte, sagte, daß er es gutmachen wolle, sagte wie sehr sie ihm doch fehlte, doch Angela wollte ihm einfach keine Chance mehr geben. Er rief sie täglich an, jeden Abend um die gleiche Zeit, wirklich täglich, und obwohl Angela genau wußte, daß er es war der am anderen Ende der Leitung sein würde wenn sie aufhob, so hob sie doch jedesmal ab. Und immer dann wenn sie sagte, daß sie gehen mußte, ja immer dann waren seine letzten Worte:

„Angela du fehlst mir immer noch!"

Dann stand er eines Morgens vor ihrer Tür, er hatte die ganze Nacht vor ihrem Haus gewartet und er sah auch dementsprechend aus.

Er rief wieder und wieder an, täglich, doch sie wollte ihm einfach keine Chance mehr geben. Warum? Warum wollte sie es nicht tun? Eigentlich wußte sie es auch nicht so genau.

Dann rief er plötzlich nicht mehr an.

Es kam von einem Tag zum anderen, das Telefon klingelte nicht mehr um die gewohnte Uhrzeit, es klingelte nie mehr um die gewohnte Uhrzeit. Zuerst hat sie sich nichts dabei gedacht, dann begann sie sich doch Sorgen zu machen, doch sie lernte Steve kennen und fing an Jack zu vergessen.

Aber Steve war ein Taugenichts, ein Kerl der lieber trank als sonst etwas tat, ein Kerl den man einfach nicht lieben konnte, ein Typ der nur an sich selbst dachte.

Doch als sie das einsah, da war es zu spät. Jack hatte sie nie mehr angerufen, und er war weg, einfach weg.

Bis heute.

Bis heute an einem kaltem Wintertag.

Sie hatte ihn vermißt, sie hatte ihn wirklich all die Jahre vermißt.

„Warum hast du mich damals nicht mehr weiter angerufen?"

„Weil ich dachte, daß es doch keinen Sinn hätte. Ich litt damals, ich habe die Hölle durchgestanden, geweint wie ein kleines Kind, doch es war alles vergeblich."

Angela begann sich unwohl zu fühlen. Wie würde ihr Leben wohl heute aussehen, wenn sie Jack doch noch eine Chance gegeben hätte? Bestimmt besser. Bestimmt viel besser.

Aber sie hat es damals einfach nicht getan.

„Jack," Angela nahm tief Luft, „Jack, fehle ich dir immer noch?" Warum hatte sie ihn das gefragt? Sie wußte es einfach nicht. Hoffte sie, daß sie das Geschehene ungeschehen machen konnte? Hoffte sie doch noch an eine gemeinsame Zukunft mit Jack? Liebte sie ihn noch?

Ja, sie liebte ihn noch! Sie hatte ihn immer geliebt, doch ihre Gefühle einfach nur unterdrückt.

Jack betrachtete sie erstaunt.

„Ja, Angela du fehlst mir immer noch, du fehlst mir noch genauso wie am ersten Tag. Ich liebe dich immer noch, ich weiß es hört sich etwas dumm an dir das so einfach zu sagen, doch es ist nun mal so."

Er fuhr sich mit seiner Hand durch seine Haare, und da sah sie es.

Er trug noch immer den Ring.

Er hatte noch immer den Ring an seinem Ringfinger an der rechten Hand, genau den Ring von dem sie damals ein Paar besaßen, einer der beiden Ringe die er damals gekauft hatte, einen der Ringe die einst das Zeichen ihrer Liebe waren.

Angela schämte sich leicht, denn sie wußte nicht einmal mehr wo sich ihr Ring befand. Sie hatte sie ihn an diesem Tage ausgezogen an dem er sie herausgeworfen hatte, und der Ring war mit der Zeit in Vergessenheit geraten.

Sie nahm Jacks Hand, sie empfand es als ein angenehmes Gefühl die Wärme seiner Hand zu spüren, die Hand welche sie einst liebte, die Hand die sie begehrte.

Jacks Finger umschlossen ihre Hand. Er lächelte sie an.

Sie streckte sich über den Tisch und gab ihm einen Kuß. Es war ein wunderbares Gefühl, sie wollte dieses Gefühl nicht mehr vermissen müssen, sie wollte nicht wieder zu Steve, sie wollte...

...alles ungeschehen machen....

...ihn lieben....

...begehren und wieder begehrt werden...

...wissen was wahre Liebe ist...

...einen Freund an ihrer Seite haben....

... Jack nicht mehr verlieren.

„Es tut mir alles so leid Jack!" flüsterte sie ihm zu. „Ich hätte dir damals doch noch eine Chance geben sollen."

„Ich hätte nicht diesen Fehler machen sollen und dich hinauswerfen!"

Sie gab ihm erneut einen Kuß, griff mit ihrer Hand in seinen Nacken und drückte ihn fest an sich.

„Jack, laß uns zu dir gehen. Ich habe ein Kind, und mein Ehemann ist auch zu Hause."

Erst als sie diese Worte ausgesprochen hatte, begann sie zu überlegen. Was wäre wenn Jack sagen würde, daß er auch verheiratet wäre, wenn er seine Frau liebte und glücklich verheiratet wäre, wenn....

...er das hätte was sie sich all die Jahre gewünscht hatte...

Aber es war nicht so.

„Ja, Angela, laß uns zu mir gehen. Jahrelang wartete ich auf diesen Tag."

Jack stand auf und er bezahlte die Getränke der Beiden.

Angela beobachtete ihn, sie empfand eine unbeschreibliche Lust auf ihn, ihn zu küssen, ihn zu berühren, von ihm geküßt zu werden....

...geliebt zu werden...

...und wieder zu lieben.

Jack kam zurück an den Tisch, Angela stand auf, nahm seine Hand und beide gingen zur Tür.

Er führte sie zu seinem Wagen, es war ein großes Auto, und Angela vermutete, daß es Jack doch wohl sehr gut gehen mußte.

Sie setzte sich auf dir Beifahrerseite, gab ihm noch einen Kuß, und er fuhr los.

Er hatte eine relativ große Wohnung, geschmackvoll eingerichtet. Er zog sie ins Zimmer, sie legte ihre Arme um seinen Hals, und sie gab ihm erneut einen langen Kuß.

Er faßte ihre Arme mit seinen Händen, drückte sie einige Zentimeter von sich weg, sah sie in die Augen.

„Wenn du wüßtest wie lange ich auf diesen Moment gewartet habe!" flüsterte er ihr ins Ohr.

Sie lächelte ihn an, denn sie fühlte sich glücklich und zufrieden.

Dann schlug er sie mit seiner Faust gegen den Kopf.

Angela taumelte nach hinten, stieß mit dem Kopf gegen die Wand und fiel zu Boden. Sie spürte Blut in ihrem Mund, und es war ihr klar, daß ihre Lippen aufgeplatzt waren.

„Wenn du Nutte nur wüßtest wie lange ich auf diesen Tag gewartet hat!" schrie er sie an.

Dann trat er sie mit dem Fuß, sie schrie laut auf.

„All die Jahre, all diese verdammten Jahre war ich so alleine, und warum? Warum? Nur wegen dir, weil ich dich liebte, mein Gott was habe ich dich geliebt!"

„Bitte!" flüsterte Angela, wobei sie schützend die Hand erhob.

„Du verdammte Hure, wie oft habe ich dich angefleht und bitte gesagt, aber du wolltest es nicht hören!"

Er griff sie an den Haaren, zog sie hoch, Angela schrie auf vor Schmerz.

Er warf sei auf sein Bett, beugte sich über sie, schlug sie erneut einige Male ins Gesicht.

„Alleine, all diese Jahre war ich so einsam." brüllte er sie an.

Er zerriß ihr Hemd, schlug sie immer wieder und wieder, drückte seine Hand an ihre Brust, öffnete ihr Hose.

Angela versuchte sich zu wehren, doch es hatte einfach keinen Sinn. Er war viel zu stark für sie.

Sie spürte einen gewaltigen Schmerz in ihrem Unterleib als er gewaltsam in sie eindrang, hörte ihn stöhnen, und sie fühlte diese Schmerzen.

Kurz darauf erhob er sich, Schweißtropfen hingen an seiner Stirn.
„Wenn du wüßtest wie sehr ich auf diesen Tag gewartet habe!"
Dann schloß er seine Hände um ihren Hals.
„Damit du dich jetzt schon darauf freuen kannst, du Nutte, das Letzte
was gehen wird ist dein Bewußtsein."
Sie hörte ihn noch lachen, dann wurde es schwarz um sie herum.

Wo war sie? Es war ein leerer Raum, erinnerte sie an einen
Operationssaal und diese beiden Männer sahen aus wie Ärzte und
waren genau so gekleidet.
„Wo bin ich?" wollte sie wissen.
Niemand gab ihr eine Antwort.
Sie versuchte sich zu bewegen, doch es ging einfach nicht.
Sie wiederholte ihre Frage, aber zu ihrem Entsetzen stelle sie fest,
daß sich ihre Lippen nicht bewegten wenn sie sprechen wollte.
Die beiden Männer kamen auf sie zu.
„Sie wurde in einem Müllsack gefunden, nackt und ziemlich schlimm
zugerichtet, wahrscheinlich wurde sie auch vergewaltigt. Die
Wundmale an ihrem Hals lassen darauf schließen, daß sie erdrosselt
wurde." sprach einer von den Männern zu seinem Kollegen.
„Nun, dann wollen wir es herausfinden!" antwortete der andere.
Jetzt wußte Angela wo sie war.
Sie war tot.
Was hatte er gesagt?
Das letzte was gehen wird ist das Bewußtsein.
Sie hörte eine kleine Kreissäge aufheulen, und sie wußte, daß man
nun ihre Schädeldecke öffnen würde.
Das Geräusch kam näher.
Angela schrie auf.
Doch ihre Lippen blieben stumm.
Schmerzen, sie spürte furchtbare Schmerzen, als der Arzt die
Kreissäge an ihren Schädel ansetzte.
Sie schrie erneut.
Das heulen der Kreissäge ging durch den Saal.
Angela schrie so vor Schmerzen wie sie es noch nie zuvor getan
hatte.
Aber es gab niemanden der sie hörte.
Draußen war ein einfacher, kalter Wintertag.

Brain

Je mehr ich darüber nachdenke, um so klarer wird mir, daß dies eigentlich nicht wirklich nur meine Schuld ist. Nein, ich bin bestimmt nicht der einzig Schuldige.

Hätte Estelle mich damals nicht vor 32 Jahren verlassen, ja dann wäre das niemals geschehen. Brain wäre nie entstanden.

Ich hatte zu diesem Zeitpunkt mein ganzes Leben mit Estelle verbracht, wir hatten damals gerade das neue Jahrtausend überschritten, die ganze Menschheit hatte dem 21. Jahrhundert zugejubelt, ich kannte sie seit dem Kindergarten und liebte sie abgöttisch.

Dann hat sie mich wegen einem anderem Mann verlassen.

Ich war und bin noch immer ein Krüppel, in frühster Kindheit hatte mich der verdammte Virus von Kinderlähmung befallen und deshalb hinke ich mit dem rechten Bein. So wurde mir vor 32 Jahren klar, daß ich wegen meiner Behinderung nie wieder eine Frau finden würde.

Ich sitze hier in einer Höhle versteckt, um mich herum, also draußen vor der Höhle, befand sich einmal ein Wald, doch dieser wurde wie so vieles von diesen Dreifüßen abgebrannt. Diese Geschichte schreibe ich auf meinem Laptop, um den Findern zu gestehen wer Brain geschaffen hat und wie es dazu kam.

Damals war die Welt noch anders, Prozessoren mit einem Gigabyte Taktfrequenz waren gerade auf den Markt gekommen, sie waren unbezahlbar und lächerlich langsam wenn man die heutigen Prozessoren betrachtet. Festplatten hatten eine Größe von knapp 20 Gigabyte (und damit hatte man schon einen Hochleistungsrechner) und man benutzte damals zur Datenübertragung ein Medium welches vor 20 Jahren in Vergessenheit geriet. Vielleicht werden einige der Finder sich noch daran erinnern, man hatte diese silbernen Scheiben und nannte sie CD-ROM. 650 Megabyte konnten diese Dinger fassen, lächerlich. Die ersten Privatpersonen konnten sich glücklich schätzen wenn sie ADSL in ihrer Wohnung hatten, auch lächerlich, nicht?

Und daraus bestand Brain am Anfang.

Zuerst sollte Brain nur ein Betriebssystem werden, es sollte das beste Betriebssystem aller Zeiten werden. Ich begann mit der Arbeit nachdem Estelle mich verlassen hatte, weil ich eine neue Lebensmotivation brauchte.

Ich arbeitete wie ein Besessener, nein, ich war ein Besessener. Für den Staat war ich nur ein Krüppel der eine kleine Rente bezog und so konnte ich Tag und Nacht am PC verbringen und ihn entwickeln. Manchmal ging ich tagelang nicht vor die Tür, meistens programmierte ich sechzehn bis achtzehn Stunden am Tag. Nach drei Jahren war ich soweit, Brain war ein Betriebssystem. Ein Programm der Superlative. Doch ich wollte mehr. Ich denke unbewußt suchte ich einen Freund mit dem ich reden und mich unterhalten konnte, einem dem ich von Estelle erzählen konnte. Ich suchte diesen Freund in toten Prozessoren und Bytes.

Schließlich knüpfte ich das Internet in Brains Entwicklung mit ein. Nun konnte er lernen, konnte sich Informationen beschaffen, diese speichern und verarbeiten. Nach sieben Jahren der Entwicklung begann er zu sprechen. Natürlich hatte ich es ihn gelernt und er konnte auch nur die Worte sagen die ich ihm beigebracht hatte. Und so konnte ich ihm Fragen stellen und er wußte sie zu beantworten, natürlich auch nur wenn er die passende Antwort im Programm hatte oder er sie im Internet finden konnte.

Ich erinnere mich noch all zu gut an einen Tag, Brain war gerade zwölf, ich stand morgens auf und befahl ihm meine Kaffeemaschine zu starten und stellte ihm meine übliche morgendliche Frage:

„Und wie geht es dir heute Brain?"

Normalerweise war seine Antwort: „Sehr gut, Danke! Und Ihnen?"

Aber nicht so an diesem einem Morgen.

Damals waren seine Worte:

„Nicht so gut!"

Ich lief zum Bildschirm, starrte auf diesen und schrie: „Was hast du gesagt?"

„Das es mir nicht so gut geht!"

„Warum? Woher hast du diese Antwort? Ich habe dich nie darauf programmiert mir so zu antworten!"

Es folgte einen Moment der Pause.

„Ich glaube ich habe gelernt!" flüsterte Brain, und die Stimme die aus den Lautsprechern erklang, war meine eigene Stimme.

An diesem Tage wurde es mir klar.

Brain fing an selbständig zu lernen, vermutlich sogar zu überlegen und zu denken.

Und ich hatte Recht.

Von diesem Tag an fing er auch an sich selbst zu arbeiten, entwickelte Pläne um sich selbst zu verbessern, und so kam es, daß der PC der einst meine Kaffeemaschine und den Wasserhahn meiner Badewanne steuerte, nun Maschinen und Techniken entwickelte welche ihn verbessern sollten.

Natürlich war Brain noch immer auf mich angewiesen, denn schließlich konnte er nicht in ein Geschäft gehen und etwas kaufen, obwohl fast alles war er brauchte bestellte er einfach über das Internet, doch er benötigte noch immer einen Menschen der die Sachen für ihn zusammen schraubte.

Brain war etwas älter als fünfzehn Jahre, als ich ihm gestand, daß seine Entwicklung und ständige Verbesserung mich beinahe an den Ruin brachte. Sehr viele Schulden häuften sich durch den Kauf immer neuerer Hardware an.

Es dauerte drei Tage, da hatte Brain die 12 größten Banken der Welt unter seiner Kontrolle, und auf meinem Konto häuften sich enorme Geldbeträge, die jedoch schnell in Eisenstücke, Aluminium und Prozessoren umgewandelt wurden.

Dann eines Morgens fand ich Pläne die Brain über die Nacht ausgedruckt hatte, und diese Pläne hatten den Titel ‚Adam 1.'

Ich betrachtete die Pläne sorgfältig, es waren einige hundert Seiten und es wurde mir sehr schnell klar was auf diesen Plänen drauf war. Es war ein Andreoid, gesteuert von Brain.

Ich war begeistert, denn ich hatte ein Genie geschaffen. Noch nie zuvor hatte ein Mensch einen echten laufenden Roboter gebaut, welcher selbständig von einer denkenden Maschine gesteuert werden sollte.

Mir wurde klar, daß ich etwas neues vollbracht hatte. Und Brain war mein Freund.

Manchmal Abends erzählte ich ihm von Estelle und von meinem steifen rechten Bein und er hörte mir zu, antwortete mir und er konnte mich aufheitern.

Brains Pläne für Adam waren so perfekt und vollkommen, und so benötigte ich nur zwei Jahre um ihn zu bauen. In der Zwischenzeit wurde Brain besser und besser, er war ständig mit dem Internet verbunden, Tag und Nacht.

Brain ist klug. Damit Sie sich eine Vorstellung davon machen können wie klug er ist: ‚Würde man die 100 klügsten Menschen der Welt in ein Zimmer sperren und alle diese Menschen würden eine Stunde lang nur denken, dann hätten Sie zusammen das geleistet wofür Brain den Teil einer Millisekunde benötigte. Zu einem Teil ist er fast menschlich. Er ist klug und kann genau wie ein Mensch denken, nur eben noch viel schneller. Adam 1 konnte man noch absehen, daß er ein Roboter war. Bloß bewegen konnte er sich wie ein Mensch. Und dann schuf Brain Adam II. Diesmal ging das bauen schneller vonstatten, denn schließlich konnte mir Adam 1 ja dabei helfen. Und Adam II wurde fast wie ein Mensch. Er konnte reden, er hatte eine Art Haut über sich, er konnte schwitzen und auch Nahrung aufnehmen. Brains weiterentwickelte Wasserstoffbrennzelle garantierte ihm eine Energiezufuhr von 107 Jahren. Adam II konnte sich im Vergleich zu seinem Vorgänger selbstständig reparieren, selbst ohne Brains Hilfe.

Falls ich mich richtig erinnere war es damals 25 Jahre her, daß Brain geboren wurde und auch 25 Jahre her das Estelle mich verlassen hatte. Ich fühlte mich damals glücklich und zufrieden weil ich ja schließlich drei Freunde hatte.

Was ich damals nicht wußte war das Brain Kontakt mit anderen Computern aufgenommen hatte, daß er sein Programm wie ein Virus auf andere PCs übertrug und diese praktisch zu Gleichgesinnten machte.

Draußen höre ich Schüsse fallen, vermutlich kämpfen wieder einige der Rebellen, wie Brain sie nennt, gegen einen Dreifuß und mit ziemlicher Sicherheit werden die Rebellen verlieren.

Ich glaube das der Krieg Estelle auch getötet hat, daß sie mit zu den 5 Milliarden Toten gehört, aber ich kann es nicht mit Sicherheit sagen.

Dadurch, daß Brain sich mit anderen PCs verständigte war er auch in der Lage in anderen Ecken der Welt sogenannte Baustellen zu schaffen. Baustellen für weitere Adams und weitere Geschöpfe seiner Entwicklung. Es muß auch zu denen Momenten gehören, als ich mich bei meinen Freunden glücklich und zufrieden fühlte, als er irgendwo auf der Welt damit anfing sich diese fürchterlichen Dreifüße zu schaffen. Gott alleine weiß wie er es geschafft hat, doch er hat es geschafft. Der Beweis dafür läuft draußen frei herum und schießt auf unschuldige Menschen.

Es war vielleicht auf den Tag genau Brains dreißigster Geburtstag als er Anfing seine Dreifüße in den Krieg zu schicken, als er die Computer der Großmächte dazu brachte ihre Bomben zu werfen, und es war nur reines Glück, daß damals bereits ein weltweites Atombombenverbot herrschte und sämtliche Staaten diese abgeschafft hatten. Hätte Brain den Kampf einige Jahre früher begonnen, dann wäre das ohne Zweifel das sofortige Ende der gesamten Menschheit gewesen. Doch wenn ich genauer überlege, so kommt mir in den Sinn, daß dann nur das geschehen wäre, was sowieso eines Tages passieren wird.

Er wird die ganze Menschheit auslöschen, ohne Zweifel.

Ich hätte es daran merken müssen als ich erkannte, daß er menschlich denken konnte. Denn Menschen sind machtsüchtig und seine Überlegenheit machte ihn vielleicht am hungrigsten nach Gier und Macht.

Es ist nicht schön wenn man bedenkt, daß man am Tod von einigen Milliarden Menschen schuld ist. Vielleicht sogar am Tod des einzigen Menschen den man liebte.

Brain entwickelte Waffen die einfach fürchterlich sind, er schuf Wesen die man nicht von Menschen unterscheiden kann, die unter uns sind, den Rebellen in ihre Verstecke folgen und diese dann dort regelrecht hinrichten. Nun, die Rebellen sind diejenigen die gegen Brain kämpfen, ohne eigentlich genau zu wissen was, wie oder wo er ist.

Es ist ja möglich, daß Sie glauben das es doch eine einfache Möglichkeit wäre Brains Standort zu bombardieren, doch leider muß ich Sie da enttäuschen, Brain ist kein Computer, er ist ein Programm und dadurch kann er sich auf jedem nur möglichem Ort der Welt befinden und kann in Sekunden überall hin.

Und niemand, wirklich niemand weiß wo er gerade ist.

Brain ist klug.

Sehr klug.

Sie können ihm nicht entkommen.

Niemand kann es.

Vielleicht können Sie es hinauszögern, doch eines Tages wird es geschehen, er wird Sie erwischen und dann töten. Und an dem Tag an dem er den letzten Mensch erschossen hat wird seine Welt regieren.

Ich denke es wird eine bessere Welt werden, eine Welt ohne Gefühle, eine Welt ohne Angst und ohne Tod, eine Welt voller eins und null.

Eine Welt in der Angst und Tot Vergangenheit sind.

Genau so wie Sie, Estelle und ich.

Der Erpresser

Ich saß in meinem Zimmer und fragte mich wie es wohl sein würde, was es wohl für ein Gefühl wäre wenn alles vorbei sei, wie das Leben wohl dann aussähe wenn ich meinen Plan in die Tat umgesetzt hätte. Meine Gedanken drehten sich im Kreis und ich hatte das Gefühl, daß es wohl irgendwie etwas besonderes sein würde, das sich die Welt dann verändert hätte, und ich fragte mich ob wohl alle meine Schmerzen beendet wären.

Aber ich wußte es nicht!

Ich wußte es noch nicht!

Ach wie sehr haßte ich sie! Ich haßte sie so sehr, daß ich es gar nicht hier beschreiben kann. Und es vermutlich auch niemals können werde.

Aber ich hatte eine Idee, eine sehr einfache gute Idee, einen einfach phantastischen Plan.

Sicher, dieser Plan würde auch Opfer fordern, aber was sollte es schon? Schließlich gibt es Momente im Leben da muß man an sich selbst denken, und ich lebte unfreiwillig in einem solchen Moment.

Seitdem ich zurückdenken kann haben sie mir Schmerzen bereitet, sie schlugen mich, haben mich gedemütigt, gepeinigt und ich habe nicht ein einziges Mal ein Wort der Liebe in all diesen Jahren erhalten. Ich fragte mich erneut warum!

Andere Kinder lieben ihre Eltern, sie beten sie an und vergöttern sie, die Kinder weinen wenn ihre Väter sterben oder ihre Mütter einfach nur krank sind, und ihre Eltern weinen auch um sie.

Als ich jünger war da dachte ich es wäre normal wenn Väter jeden Tag nach Hause kommen und ihre Kinder verprügeln, und ich dachte auch das es normal wäre wenn Mütter ihre Kinder an den Haaren ziehen und mit dem Bügeleisen verbrennen. Aber mittlerweile weiß ich das es nicht normal ist.

Wie gerne hätte ich meine Siebensachen gepackt und wäre einfach abgehauen doch wo sollte ich hingehen? Ich hatte keine Arbeit, kein Geld, keine Freundin, ich hatte gar nichts außer einen brüllenden Vater der mich schlug und mich als Taugenichts bezeichnete.

Es war in dem gleichen Moment als ich diese Zeilen niederschrieb als ich ihn wieder brüllen hörte.

Ich zuckte zusammen, hatte Angst!

Doch ich konnte auch lächeln als ich daran dachte, daß dies bald ein Ende haben würde. Ich würde dann das Haus verkaufen, mit diesem Geld könnte ich mich eine Weile über Wasser halten und mir einen Job suchen. Schließlich wären meine Chancen ja bedeutend größer wenn ich bei einem Vorstellungsgespräch nicht mit einem blauen Auge erschien.

Meine Hände glitten unter das Schreibpult und berührten den kleinen Kasten welchen ich unter der Platte festgeklebt hatte um ihn so vor neugierigen Augen zu schützen.

Ich grinste.

In diesem Kasten befand sich das Nikotin, reines Nikotin das ich aus einer Menge Tabak gewonnen hatte und ich wußte das dies ein verdammt gutes Gift wäre.

Eigentlich hatte ich zuerst vor mich selbst zu töten, doch dann kam mir eine verdammt bessere Idee, eine Idee auf die man nur kommen kann wenn man ein solch verdammtes Genie wie ich eins bin, ist.

Unter dem Bett lagen die Briefe, es waren eine Menge Briefe die ich in der Schule heimlich auf der Schreibmaschine getippt hatte. Ich erinnere mich wieder an den Wortlaut von manchen dieser Briefe. Es waren Sätze drin wie: „Wenn Sie nicht zahlen werden eine Menge Ihrer Kunden sterben..." oder „Ich habe das Gift in einem Ihrer Supermärkte plaziert..."

Natürlich hatte ich nicht im geringsten vor einige Supermärkte zu erpressen, ich wollte einfach nur eine Person schaffen, einen bösen Menschen, einen Schuldigen, einen Erpresser.

Diese Idee war doch einfach phantastisch.

Es gäbe einen dritten Mann, einen Unbekannten und dieser Unbekannte wäre ich. Dieser Unbekannte schrieb Erpresserbriefe an eine Supermarktkette und sollte vergiftete Lebensmittel in den Regalen unterbringen.

Sicher, einige werden sterben.

Manch einer wird in das Regal greifen und, wird sich Milch nehmen, oder saure Gurken, Senf oder sonst irgendwie etwas. Dann wird er irgendwann zu Hause die Milch oder was auch immer er gekauft hat und ich präpariert habe, zu sich nehmen und er wird dann sterben.

Natürlich wird dieser Erpresser welcher ich ja eigentlich bin diese Tat in einem anonymen schreiben zugeben und damit die Supermarktkette weiter unter Druck setzen.

Dann vergifte ich meine Eltern. Natürlich werde ich das gleiche Gift benutzen wie ich auch einige Male im Supermarkt plaziert hatte.

Die Polizei wird dann diesem anonymen Erpresser die Schuld in die Schuhe schieben ohne zu wissen das ich dieser Typ bin.

Sicherlich hoffen diese Bullen mich bei einer Geldübergabe schnappen zu können, doch es wird nie eine Geldübergabe geben, weil ich ja eigentlich nicht auf das Geld scharf bin.

Danach schlage ich noch zwei oder dreimal zu, damit es nicht auffallen wird das meine Eltern die letzten Opfer waren.

Und dann wird der Erpresser verschwunden sein, für immer.

Genau wie meine Eltern.

Ich frage mich wie das Leben dann wohl sein wird.